Un VOISINAGE comme les autres

Catalogage avant publication de Bibliothèque et Archives nationales
du Québec et Bibliothèque et Archives Canada

Un voisinage comme les autres
Sommaire : 2. Un été décadent.
ISBN 978-2-89585-504-0 (vol. 2)
I. Laberge, Rosette. Été décadent. II. Titre.
III. Titre : Un été décadent.
PS8623.A24V64 2014   C843'.6   C2013-942384-2
PS9623.A24V64 2014

Image de la couverture : Sandra Cunningham, 123RF

Les Éditeurs réunis bénéficient du soutien financier de la SODEC
et du Programme de crédit d'impôt du gouvernement du Québec.

Nous remercions le Conseil des Arts du Canada
de l'aide accordée à notre programme de publication.

Nous reconnaissons l'aide financière du gouvernement du Canada
par l'entremise du Fonds du livre du Canada pour nos activités d'édition.

Édition :
LES ÉDITEURS RÉUNIS
www.lesediteursreunis.com

Distribution au Canada :
PROLOGUE
www.prologue.ca

Distribution en Europe :
DNM
www.librairieduquebec.fr

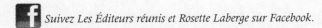 *Suivez Les Éditeurs réunis et Rosette Laberge sur Facebook.*

Pour communiquer avec l'auteure : rosette.laberge@cgocable.ca

Visitez le site Internet de l'auteure : www.rosettelaberge.com

Imprimé au Canada

Dépôt légal : 2014
Bibliothèque et Archives nationales du Québec
Bibliothèque nationale du Canada
Bibliothèque nationale de France

ROSETTE LABERGE

Un VOISINAGE comme les autres

2. Un été décadent

LES ÉDITEURS RÉUNIS

De la même auteure

Un voisinage comme les autres – tome 1: Un printemps ardent

Souvenirs de la banlieue – tome 1 : Sylvie (roman)

Souvenirs de la banlieue – tome 2 : Michel (roman)

Souvenirs de la banlieue – tome 3 : Sonia (roman)

Souvenirs de la banlieue – tome 4 : Junior (roman)

Souvenirs de la banlieue – tome 5 : Tante Irma (roman)

Souvenirs de la banlieue – tome 6 : Les jumeaux (roman)

Maria Chapdelaine – Après la résignation (roman historique)

La noble sur l'île déserte – L'histoire vraie de Marguerite de Roberval, abandonnée dans le Nouveau Monde (roman historique)

Le roman de Madeleine de Verchères – La passion de Magdelon (roman historique)

Le roman de Madeleine de Verchères – Sur le chemin de la justice (roman historique)

Le roman de Madeleine de Verchères – Les héritiers de Verchères (roman historique)

Sous le couvert de la passion (nouvelles)

Histoires célestes pour nuits d'enfer (nouvelles)

Ça m'dérange même pas ! (roman jeunesse)

Ça s'peut pas ! (roman jeunesse)

Ça restera pas là ! (roman jeunesse)

À paraître à l'automne 2014 :

Un voisinage comme les autres – tome 3 : Un automne sucré-salé

À Virginie F.,
Une jeune femme hors pair !

Chapitre 1

Voilà déjà un petit moment qu'Agathe essaie de se concentrer sur sa lecture sans y parvenir. Depuis que le beau temps est arrivé et que les fenêtres sont ouvertes, aussitôt qu'elle sort lire dans sa cour arrière, tout ce qu'elle entend, c'est un concert de gémissements qui n'en finit plus de finir. On pourrait croire que ses voisins de derrière attendent qu'elle s'assoie dehors pour s'envoyer en l'air. Ces jours-là, Agathe regrette amèrement le couple de gens âgés qui habitaient cette maison jusqu'à l'année dernière. Certes, ils n'étaient pas tellement sociables, mais au moins ils ne dérangeaient personne avec une intimité qui fait plus de bruit qu'un marteau-piqueur. Ce genre de sons, on aime bien les faire soi-même alors qu'on déteste les entendre si on n'est pas partie prenante de l'action. À tout le moins, il en est ainsi pour Agathe.

Chaque fois qu'Agathe entend les ébats de ses voisins, elle commence d'abord par sourire. Puis elle replonge dans son roman en se disant qu'il y en a qui ont de la chance – en tout cas plus qu'elle. Il lui arrive même de s'imaginer en train d'en faire autant avec Patrick, mais ça, c'est dans ses rêves les plus fous. Plus les gémissements gagnent en intensité, plus elle se laisse distraire. Généralement, c'est à ce moment qu'elle pose son livre sur ses genoux et qu'elle se bouche les oreilles en espérant que la partie de jambes en l'air tire à sa fin. Pendant les minutes suivantes, elle enlève constamment ses mains de sur ses oreilles puis les repose aussitôt. « Grrr ! C'est fou ! Je n'entends même plus chanter les oiseaux. Je n'en peux plus ! »

Agathe s'empare rageusement de son livre et retourne dans la maison en marchant d'un pas décidé. Elle avance si vite que, même si Shelby est sur ses talons, la chienne reçoit violemment la porte moustiquaire sur le nez. Une fois à l'intérieur, Agathe abandonne son bouquin sur la table de cuisine et file vers la porte d'en avant. « À l'heure qu'il est, j'ai des chances de trouver Suzie chez elle. »

À peine son amie lui a-t-elle ouvert qu'Agathe part sur une lancée :

— Je suis bien à la veille d'aller leur dire ma façon de penser ! s'écrie-t-elle d'une voix forte. Chaque fois que je m'assois dans ma cour, j'ai droit à un film pornographique sans les images. Je veux bien croire qu'ils travaillent de soir, mais il y a quand même des maudites limites à ce qu'une femme peut supporter.

— Wow ! s'exclame Suzie en se retenant de rire. Ne me dis pas que tes voisins t'ont encore rempli les oreilles de cochonneries.

— Ne m'en parle pas ! Comment veux-tu que je lise dans de telles conditions ? J'ai relu le même paragraphe au moins dix fois et je n'en ai pas retenu un traître mot. Les voisins sont bien mieux de se calmer, sinon ils sauront avant longtemps de quel bois je me chauffe.

— J'ai l'impression que tu les envies, jette Suzie sur un ton ironique.

Agathe lève les yeux au ciel et hausse les épaules. Elle pourrait nier, mais Suzie ne la croirait pas. Certes, les choses se sont améliorées avec Patrick depuis que celui-ci lui a avoué qu'il l'avait trompée, mais leur couple ne ressemble pas pour autant à ce qu'il était au début de leurs fréquentations. Même si Patrick a accepté toutes les conditions d'Agathe pour que leur union se poursuive, les soirs où il abuse du cognac, il dort dans la chambre d'amis. Parfois, il passe la nuit dans son fauteuil.

— Je t'interdis de te moquer de moi ! Mais tu as raison, j'envie ma voisine de toutes mes forces. Peux-tu me nommer seulement une femme qui ne voudrait pas que ça lui arrive ? Je te mets au défi de poser la question à toutes les filles que tu connais. Je te garantis que je ne suis pas la seule mal baisée du Québec. Pourtant, les hommes prennent un malin plaisir à crier sur tous les toits que beaucoup de femmes n'aiment pas faire l'amour. Foutaise ! ils sont maladroits, tout simplement. Pas plus tard que la semaine dernière, j'ai lu une lettre du courrier du cœur dans laquelle une pauvre femme se plaignait que son mari a la mauvaise habitude de raconter qu'il a deux frigidaires chez lui, un Westinghouse et un Laprise.

Il n'en faut pas plus pour que Suzie éclate de rire.

— Tu es vraiment en feu ! s'exclame-t-elle. Il va falloir que je parle à Patrick pour qu'il se réveille.

— Ménage ta salive, lui conseille Agathe. Il y a un sacré bout de temps que celui que j'ai marié a disparu. Je vais t'avouer quelque chose : il y a des jours où je regrette de ne pas m'être envoyée en l'air quand on est allées en Floride. Il me semble que ça m'aurait fait beaucoup de bien.

— Veux-tu bien me dire ce que tu as mangé pour déjeuner ?

— À part deux grands cafés, je n'ai rien avalé.

Suzie croit que les ébats des voisins d'Agathe sont la goutte d'eau qui a fait déborder le vase. Elle savait que ce n'était pas le bonheur parfait chez le couple Gauthier, mais elle croyait que les choses s'étaient suffisamment améliorées pour que la vie coule doucement – du moins plus sereinement qu'après les révélations forcées de Patrick.

— Suis-moi à la cuisine, propose Suzie. Je vais te préparer quelque chose à manger.

— Ne te donne pas tant de mal pour moi. C'est seulement lorsque j'entends mes voisins que je me souviens qu'il n'y a pas si longtemps – quelques années tout au plus – ma vie amoureuse ressemblait à la leur. Ça me crève le cœur de penser que je ne vivrai peut-être plus jamais la passion. Je ne suis pas mal avec Patrick. Je peux même dire que les choses vont de mieux en mieux entre nous.

Agathe n'oubliera jamais ce que Patrick lui a fait subir. Elle ne vivra jamais assez vieille non plus pour lui pardonner un jour non seulement de l'avoir trompée mais aussi d'avoir mis sa santé en danger. Elle ignore toujours si c'était la seule fois qu'il était allé voir ailleurs ; d'une certaine manière, elle préfère ne pas le savoir. Dans un tel cas, une fois, c'est une fois de trop. Elle s'est longtemps demandé ce qu'elle avait fait de travers, ou plutôt ce qu'elle n'avait pas fait, pour mériter cela. Elle a cessé de s'interroger seulement lorsque sa sœur Anna lui a dit qu'il n'y avait rien à comprendre. « Un jour, la vie nous offre un gâteau au chocolat recouvert d'une épaisse couche de glaçage onctueux alors que depuis des années on mange seulement du gâteau aux bananes. Ce dernier a beau être le meilleur gâteau aux bananes du monde, il n'en reste pas moins qu'il goûte toujours la même chose. Et ce n'est pas parce qu'on ne l'aime plus, c'est juste qu'on a envie d'un peu de variété. Je ne te dis pas que c'est bien d'essayer autre chose. Disons seulement que ça prend parfois beaucoup de volonté pour résister à la nouveauté. »

Agathe poursuit :

— Tu comprends, Suzie, je n'ai pas envie de faire mon devoir conjugal par obligation comme bien des femmes des générations qui nous ont précédées. J'ai eu la chance d'avoir des parents qui s'aimaient encore comme au premier jour jusqu'à ce que maman nous quitte. Il fallait les voir se faire les yeux doux aussitôt qu'ils étaient dans la même pièce. Moi, c'est ça que je veux vivre.

— Je veux bien croire, argumente Suzie, mais il n'y a que toi qui sais si c'est encore possible.

Si Agathe était fixée là-dessus, elle n'aurait pas abordé le sujet. Elle ne demande pas grand-chose, seulement un peu de piquant dans son lit. La jeune femme sait qu'elle n'est pas une beauté, mais elle aime l'image que lui renvoie le miroir. D'ailleurs, le regard que les hommes posaient sur elle en Floride lui a confirmé hors de tout doute qu'elle plaît encore.

— Il m'arrive de penser à ce chef d'entreprise qui m'a invitée à danser en Floride, confie Agathe. Ce n'était pas le plus bel homme que la terre ait porté, mais il était tellement charmant que dans ses bras j'avais l'impression d'être la plus belle femme du monde.

— Difficile de l'oublier, il nous a payé à boire toute la semaine ! C'est vrai qu'il était gentil.

Suzie sait que ses deux amies avaient besoin d'affection pendant le voyage. Agathe, parce que Patrick dormait depuis un certain temps dans la chambre d'amis. Hélène, parce qu'il y avait des mois qu'il ne s'était rien passé avec Réjean. Les deux femmes ne parlaient que de cela dès qu'elles apercevaient un beau gars. Aucune n'était allée plus loin, mais dans le cas d'Hélène il s'en était fallu de peu. Un soir, Suzie, Agathe et Hélène étaient allées prendre un verre dans un bar à proximité de leur hôtel. Alors qu'elles portaient un toast à leurs vacances, un grand blond dans la fin de la vingtaine était arrivé. Comme il se trouvait dans le champ de vision d'Hélène et qu'il était en plein dans ses goûts, elle était tombée sous son charme instantanément. Même si Suzie et

Agathe lui parlaient, Hélène n'entendait plus rien. Tout ce qu'elle désirait, c'était croiser le regard de l'inconnu. Quelques minutes plus tard, le serveur avait apporté un verre à Hélène de la part du beau blond. La jeune femme jubilait. Elle avait fait un signe de la tête à son admirateur pour le remercier. Les verres avaient afflué à la table des filles ; ils arrivaient plus vite qu'elles n'étaient capables de les boire. Hélène ne portait plus à terre. Elle était ravie. Au moment de partir, elle était allée se présenter à l'homme.

— Je m'appelle Paul, avait-il répondu dans un anglais parfait sans la quitter des yeux. Voulez-vous vous asseoir un peu ?

— Je vous remercie, mais il est préférable que je rentre.

— Demain soir, je serai ici à neuf heures. Viendrez-vous ?

Bien qu'elle mourait d'envie de lui dire que personne ne pourrait l'empêcher d'être là, Hélène s'était contentée de lui adresser son plus beau sourire avant d'aller rejoindre ses amies. Il fallait voir à quel point elle était heureuse. Cette nuit-là, elle était si excitée qu'elle n'avait pas fermé l'œil.

Le soir venu, Hélène avait refusé de retourner au bar. Elle ne pouvait trahir Réjean. Elle avait des responsabilités... et un fils. Il n'était donc pas question qu'elle s'envoie en l'air avec le premier venu. Elle avait passé ce temps-là. Une excuse n'attendait pas l'autre. Les trois amies étaient allées souper au restaurant et elles étaient ensuite rentrées bien sagement à l'hôtel. Mais Suzie avait envoyé un message au type du bar, message dans lequel elle lui avait indiqué l'adresse d'Hélène. Une semaine après le retour des vacances, Hélène avait reçu une lettre de Paul ainsi que sa photo.

— On a vraiment fait un beau voyage ! s'exclame Agathe, les yeux pétillants. On devrait remettre ça.

Il va sans dire que les trois filles gardent un excellent souvenir de leur escapade en Floride. Elles ont tout aimé là-bas, même la paire de pinces accrochée avec une chaîne à chacune des tables lorsqu'elles sont allées manger du homard dans une sorte de cafétéria aux prix fort élevés. Suzie, Hélène et Agathe avaient été très étonnées quand la serveuse à qui elles venaient de passer leur commande avait sorti trois plateaux de derrière son comptoir, dans lesquels elle avait déposé trois sacs de croustilles et un petit plat de styromousse rempli de salade de chou, avant de les aviser de revenir la voir quand elles entendraient nommer le numéro de leur table. « Je vous donnerai alors votre homard. » Ce n'est pas la seule chose bizarre qu'elles ont vue là-bas. L'âge de certains employés de restaurant les a étonnées. À plus d'une reprise, elles avaient eu l'impression de se faire servir par leur grand-mère ou leur grand-père. Cela les avait beaucoup attristées de voir que ces gens n'avaient d'autre choix que de travailler pour assurer leur survie. En revanche, ce qu'elles trouvaient le plus drôle, c'est lorsqu'une serveuse déposait une assiette de crêpes devant elles. L'assiette débordait de partout, au point qu'elles auraient pu se contenter d'une seule portion pour les trois. Elles n'ont jamais gaspillé autant de nourriture que pendant cette semaine-là.

Perdues dans leurs pensées, les deux amies reprennent leur discussion seulement lorsque Suzie sert à Agathe les œufs qu'elle vient de faire cuire.

— Mais c'est beaucoup trop !

— Arrête de chialer et mange ! ordonne Suzie.

Puis, sur un ton plus doux, elle poursuit :

— Finalement, allez-vous camper en fin de semaine ?

— Non! J'ai annulé toutes nos réservations. Avec ce qui est arrivé à Isabelle, j'ai bien peur qu'on doive se contenter de camper dans notre cour cet été. Sincèrement, je ne la vois pas passer ses journées dehors sur un terrain de camping, et dans le sable de surcroît, avec un bras et une jambe dans le plâtre. Si ton offre tient toujours, on risque de venir envahir ta piscine de temps en temps.

Agathe et Patrick ont retourné la question dans tous les sens pour en venir à la conclusion qu'il valait mieux faire une croix sur le camping tant que leur fille ne retrouverait pas l'usage de tous ses membres. Seulement pour faciliter la vie d'Isabelle dans la maison, il a fallu procéder à plusieurs réaménagements. Il en a été de même à l'école. Heureusement qu'il ne reste que quelques jours avant la fin des classes parce que, même si l'école n'est qu'à quelques rues de la maison, il est hors de question qu'Isabelle y aille à pied. Comme les Gauthier n'ont qu'une auto, ça complique passablement les choses. En plus, depuis la mésaventure d'Isabelle, Agathe couve sa fille comme une mère poule.

— C'est sûr que mon offre tient toujours! Je trouve ça bien plate qu'Isabelle ait fait une chute à vélo la semaine passée et qu'elle soit dans cet état, mais je suis contente de savoir que pour une fois on pourra profiter de l'été ensemble. On pourrait fêter la Saint-Jean-Baptiste en famille, si tu veux.

— Bonne idée! Je suis certaine que Patrick va être content. Tu aurais dû le voir hier quand on a décidé de ne pas aller camper. Je te jure, pendant un moment, j'ai eu peur qu'il se mette à pleurer comme un bébé. Lorsque je l'ai questionné pour savoir s'il y avait un problème, il a haussé les épaules. Puis il m'a demandé si je réalisais que ce sera la première année depuis qu'on est mariés qu'on ne fera pas de camping.

— Tu devrais me croire quand je te dis que sous les airs bourrus de Patrick se cache un homme romantique.

— Je n'irais quand même pas jusque-là! proteste Agathe. En tout cas, une chose est certaine: on économisera pas mal d'argent en restant chez nous.

Agathe n'a toujours pas réussi à rentrer dans la tête de Patrick que faire du camping coûte cher. Chaque fois qu'elle aborde le sujet avec lui, il détourne la conversation. Mais depuis que c'est elle qui tient les comptes, la situation financière de la famille s'est nettement améliorée. Agathe se revoit encore le jour où elle a su que Patrick n'avait pas payé les taxes municipales depuis leur arrivée à Belœil. Elle était tellement furieuse qu'elle avait envie de casser tout ce qui était à sa portée. La jeune femme s'était promenée de long en large dans le salon jusqu'à ce qu'elle se calme. Elle s'était ensuite laissée tomber sur le divan et avait demandé à Patrick pourquoi il avait agi ainsi. Évidemment, il n'avait fourni aucune explication logique; il ne les avait pas payées, c'était tout. Comme si ce n'était pas suffisant, au mois d'octobre suivant, ils devraient renouveler leur hypothèque à gros prix, à moins d'un miracle. Si la tendance se maintenait, le taux d'intérêt avoisinerait les 20 %. Non seulement Patrick et Agathe n'avaient pas d'économies, mais ils étaient couverts de dettes. Les jours suivants, Agathe avait épluché les comptes sans relâche. Certes, elle venait de mettre la main dans un panier de crabes, mais elle devait absolument trouver un moyen pour que Patrick et elle s'en sortent sans tout perdre.

Deux ans plus tard, Agathe se demande encore comment ils ont réussi à passer au travers. Elle a coupé partout et elle a fait l'impossible pour les sortir de cette mauvaise passe. Elle a même placé une autre petite annonce dans le journal de Westmount pour augmenter sa clientèle. Entre ses cours au centre communautaire, les murales qu'elle devait produire et la famille, il ne lui restait pas une minute pour s'apitoyer sur son sort.

— Es-tu en train de me dire que vous avez de nouveau des problèmes d'argent? s'inquiète Suzie.

— Non, non! De ce côté-là, tout va pour le mieux. Ne te tracasse pas. Tant et aussi longtemps que je suis aux commandes, on ne risque rien.

Mais Agathe n'a pas l'intention de s'éterniser sur le sujet. Son mari et elle ont la tête hors de l'eau, et c'est tout ce qui compte pour le moment. Reste à espérer que le taux hypothécaire aura baissé lors du prochain renouvellement et tout ira bien.

— Est-ce que je t'ai parlé des bijoux que j'ai vus dans une boutique? lance Agathe.

Suzie réfléchit pendant quelques secondes.

— Ça ne me dit rien. Il faut dire que je magasine beaucoup moins souvent qu'avant. Avant de m'acheter un morceau de linge, je me demande si j'en ai réellement besoin. Comme ma garde-robe déborde, plus souvent qu'autrement je ressors les mains vides des boutiques.

— Je suis convaincue que tu en serais folle. Ils sont faits en vitrail.

— Ah oui? s'étonne Suzie, soudainement intéressée. J'imagine que si tu m'en parles, c'est que tu as l'intention d'en fabriquer.

— Disons que j'y pense sérieusement. Je n'ai jamais fait de vitrail, mais tu me connais: je peux apprendre. Mon plus gros problème, c'est de trouver des clientes. Tu comprends, ce n'est pas comme exécuter une murale. Toutefois, je pense que ça pourrait être payant de vendre des bijoux.

— Tu pourrais en mettre dans quelques boutiques de la région.

— Tout compte fait, je pense que je vais réfléchir encore un peu avant de me lancer. Bon, ça suffit! Depuis que j'ai mis les pieds ici, je suis le point de mire. Parle-moi de toi maintenant!

— À part le fait que j'ai vendu une maison hier soir et que je n'ai pas encore donné ma réponse à mon patron, il n'y a pas grand-chose de neuf dans ma vie. Mais je ne m'en plains pas.

Suzie a si bien réussi au cours des deux dernières années que le propriétaire de l'agence pour laquelle elle travaille lui a proposé le poste de directeur – quand celui-ci s'est libéré, il y a un peu plus d'une semaine – au lieu de l'offrir à l'agent immobilier qui avait le plus d'ancienneté. La jeune femme a envie d'accepter, mais elle craint de ne plus avoir suffisamment de temps pour vendre des maisons alors qu'elle adore cela. Évaluer les besoins et les préférences d'un nouveau client la motive au plus haut point. Partir à la recherche de la maison idéale pour lui est un pur plaisir. Suzie aime tellement son travail qu'elle a l'impression de jouer et non de travailler. Et puis elle n'est pas certaine d'avoir ce qu'il faut pour superviser des employés et écouter leurs nombreuses doléances. Elle ne se voit pas assise toute la journée à son bureau et passer son temps à s'occuper de la paperasse. En d'autres mots, elle préfère nettement être une actrice plutôt que le metteur en scène.

Elle en a discuté à plusieurs reprises avec Francis. Comme il ne veut pas influencer sa décision, il lui soumet chaque fois une piste de réflexion.

— Édith a-t-elle encore mal aux oreilles? s'informe Agathe.

— Elle va mieux, enfin, répond Suzie. Cette enfant, c'est un vrai cadeau du ciel!

Chapitre 2

La réunion vient à peine de se terminer que Patrick court rejoindre Anna avant qu'elle ne quitte la salle. Une fois à sa hauteur, il lui met la main sur l'épaule et s'enquiert :

— Est-ce que tu aurais le temps d'aller prendre un café ?

Surprise par la question, la jeune femme regarde son beau-frère d'un drôle d'air. Elle jette ensuite un coup d'œil à sa montre, puis répond d'un ton espiègle :

— Si c'est pour me chanter la pomme, tu arrives un peu tard !

Elle pointe ensuite son gros ventre et ajoute :

— Je ne suis pas un bon parti, sauf pour celui qui m'a mise dans cet état. Je te suis.

Anna a beau être grosse comme un ballon, Patrick la trouve toujours aussi charmante avec ses petits yeux rieurs. Il se demande d'ailleurs pourquoi elle travaille encore à presque huit mois de grossesse. D'après lui, elle devrait attendre le jour de la délivrance dans le confort de son foyer. Même si Jack l'amène au travail le matin, une fois sur deux Anna rentre toute seule le soir. Le métro et l'autobus sont loin d'être des endroits sûrs, surtout pour une femme enceinte. On est tout de même à Montréal.

Patrick et Anna bavardent allègrement jusqu'au petit restaurant au coin de la rue. Ils se retrouvent rarement seuls tous les deux. Depuis que Monique est décédée, les réunions de famille se font de plus en plus rares chez les Royer. Anna est allée voir son père une seule fois en deux ans. De son côté, Agathe s'est pointée à

La Sarre seulement à deux reprises, et ce n'était pas pour fêter Noël. Pourtant, les filles ne détestent pas les fêtes de famille. Anna et Agathe ont essayé de convaincre leur père de réunir tout son monde au jour de l'An, mais elles se sont butées à un mur d'objections. En apparence, leur père mène une vie normale, mais dans les faits il est encore atterré par la mort de sa femme. Aussitôt qu'il revient de son travail, il s'enferme dans sa grange et fabrique des objets en bois jusqu'à ce que le sommeil le gagne. Nathalie et Geneviève ont bien essayé de le sortir de sa torpeur en lui demandant souvent de garder leurs enfants, mais chaque fois il a refusé. Madeleine et Céline ont usé de tous les stratagèmes possibles et impossibles pour l'intéresser à quelque chose d'autre, mais sans plus de succès. Même lorsque Agathe et Anna parlent à leur père au téléphone, elles ont l'impression de s'entretenir avec un fantôme. Alors que Jacques a aidé toutes ses filles à sortir de leur peine, deux ans après la mort de Monique, il est encore submergé par elle.

Quand Anna revient après être passée aux toilettes et avoir appelé Jack, elle lance joyeusement en se glissant tant bien que mal sur la banquette :

— J'ai dit à Jack que tu me ramènerais chez moi.

— Tu as bien fait, approuve Patrick. C'était déjà prévu, de toute façon. Je ne t'aurais quand même pas laissée au beau milieu de la rue avec ta grosse bedaine. C'est pour quand déjà ?

— D'après mon médecin, je devrais accoucher dans cinq semaines. Et d'après moi, n'importe quand à compter de maintenant !

Le visage de Patrick change instantanément de couleur, ce qui fait sourire Anna.

— Veux-tu bien me dire ce que tu fais encore au travail? Et même ici?

— Wô! Arrête de t'inquiéter! Si tu penses que je vais me bercer à longueur de journée en attendant que le bébé arrive, tu te mets un doigt dans l'œil jusqu'au coude. Tu conviendras avec moi qu'assise derrière mon bureau il ne peut pas m'arriver grand-chose de dangereux. Et si le bébé se pointe, eh bien, je m'en irai à l'hôpital.

— Oui, mais si…

— Il n'y a pas de mais qui tienne, le coupe Anna. Je ne suis pas malade, je suis seulement enceinte.

Agathe a tout tenté pour convaincre Anna de cesser de travailler avant son accouchement, mais elle s'est fait remettre à sa place chaque fois. Anna a rétorqué qu'elle ne se mettrait certainement pas à tricoter ou à coudre, ni même à faire du macramé ou n'importe quel autre travail manuel pour passer le temps. Elle aime son emploi. Et non seulement elle restera en poste jusqu'à la dernière minute, mais elle recommencera à travailler aussitôt que son bébé pourra prendre le chemin de la garderie. Anna n'a rien contre les femmes qui restent à la maison, mais ce n'est pas pour elle. Le jour où Agathe a osé dire qu'elle aurait peut-être dû y penser plus longtemps avant de faire un enfant, Anna a répliqué qu'il y avait autant de modèles de mères qu'il y avait de points différents en tricot, et que ce n'était pas parce qu'elle tirait moins fort sur sa laine que le résultat final serait moins beau. «Si on était toutes et tous pareils, le monde serait d'un ennui mortel.»

— Ce n'est pas la peine de t'emporter! déclare Patrick. C'est seulement que je ne voudrais pas qu'il t'arrive malheur.

Anna sourit. Dans les semaines qui ont suivi le jour où Agathe avait appris que Patrick l'avait trompée, elle en avait entendu de toutes les couleurs sur le compte de son beau-frère. À un moment donné, elle n'arrivait plus à faire la part des choses entre ce que sa sœur hurlait sous l'effet de la colère, de la peine et de la déception et la vraie nature de Patrick. Un jour, Anna était débarquée dans le bureau de Patrick sans s'annoncer et lui avait dit tout de go qu'elle voulait entendre sa version des faits. À quelques détails près, il lui avait confirmé tout ce dont Agathe l'accusait. Avant de le quitter, Anna avait regardé le mari de sa sœur droit dans les yeux et lui avait certifié qu'il pourrait toujours compter sur elle quand il aurait besoin de parler à quelqu'un. Cela ne signifiait aucunement qu'elle approuvait ce qu'il avait fait ; elle lui avait tendu une perche au cas où il en aurait besoin. Anna n'aurait pu expliquer pourquoi elle avait agi ainsi. Mais quelque chose les unissait, Patrick et elle, depuis qu'ils s'étaient tous deux toisés du regard un soir de réveillon à La Sarre. C'était quand Agathe était venue présenter son amoureux à la famille et annoncer leurs fiançailles.

— Je suis désolée, s'excuse Anna. Plus je grossis, plus j'ai la mèche courte. Je suis même impatiente avec Denise au bureau.

— La réceptionniste ? s'étonne Patrick.

— Mais oui !

— Tu es sérieuse ? C'est un ange, cette fille.

— Je le sais bien. Certains jours, je ne me reconnais plus. En réalité, je ne suis plus capable de supporter que tous s'inquiètent pour moi. Tu devrais les entendre. « Ne touche pas à ça ! Laisse, je vais te l'apporter dans ton bureau. C'est trop lourd pour toi. » « Tu devrais t'asseoir ! » « Voudrais-tu que j'aille te chercher un peu d'eau ? » « Je t'ai fait une tisane ! » « Tu ne devrais pas manger autant de sucre ! » J'en ai vraiment marre qu'on me couve autant.

Patrick a envie de rire. À la place de sa belle-sœur, il perdrait patience lui aussi. Même si ses collègues ne veulent que lui rendre service, Anna, toujours aussi férue de liberté, trouve leur prévenance pour le moins agressante.

— Je réagirais sûrement de la même manière que toi, reconnaît-il. Et tes amours, ça va ?

— Que dire sinon que je suis aussi heureuse qu'au premier jour. Vivre avec Jack, c'est… le paradis.

— Tu m'étonnes ! C'est vrai que Jack est un maudit bon gars, mais je me souviens qu'avant de le rencontrer tu n'avais que le mot *liberté* à la bouche.

— Et je l'ai toujours. Mais nul besoin d'être seul pour être libre. On peut très bien l'être à deux.

— Je crois que je n'ai pas la même définition que toi du mot *liberté*. Le jour où je me suis marié, j'ai cessé d'être libre. Je ne peux plus faire ce que je veux, pas plus que je ne peux aimer quelqu'un d'autre que ma femme. Je ne peux même plus boire comme je l'entends. Et il n'y a plus un sou qui m'adore. Comment peut-on appeler cela la liberté ? Moi, j'appelle ça une prison.

Patrick a changé beaucoup de choses dans sa vie à la demande d'Agathe. Pourquoi ? Parce qu'il ne pouvait envisager de vivre sans elle. Il a d'abord réduit sa consommation d'alcool au minimum. Désormais, il se permet de boire seulement le vendredi et le samedi. Mais il ne compte plus le nombre de fois où il a dû passer la nuit dans son fauteuil ou dans la chambre d'amis parce qu'il avait exagéré. Comme Patrick est trop gêné pour aviser ses fournisseurs de cesser de lui offrir des bouteilles de cognac, il se contente de les aligner les unes à côté des autres sur les tablettes de sa chambre froide. Et chaque fois qu'il s'aperçoit que Francis est en rupture de stock, il lui offre une nouvelle bouteille. Mais au rythme où le cognac entre chez les Gauthier, il n'y aura bientôt plus d'espace pour les conserves d'Agathe. Patrick a aussi remis les cordons de la bourse. Heureusement d'ailleurs parce que sans la vigilance d'Agathe ils seraient en faillite aujourd'hui. Ce passage a été un dur coup pour l'orgueil de Patrick. Aujourd'hui, il ne peut plus piger dans le compte bancaire familial à sa guise. Un montant a été fixé pour ses dépenses personnelles, et il doit s'y tenir. Aussi, il s'efforce d'aider sa femme au quotidien. Lorsqu'elle restait à la maison et qu'elle ne gagnait pas d'argent, Patrick n'éprouvait aucun remords de ne pas l'aider. Par contre, depuis qu'elle contribue pour les sortir du trou, il se sent obligé de participer aux tâches ménagères. Mais ce n'est pas naturel pour lui de participer aux travaux de la maison – pas plus, d'ailleurs, que de s'occuper des enfants.

Deux ans après tous ces changements, Patrick se demande encore s'il aime Agathe autant que son père aime sa mère.

— Mon pauvre Patrick, tu confonds tout! s'exclame Anna. À ce que je sache, tu n'es sous le joug de personne. Donc tu es libre. Ce sont les règles du jeu que tu n'acceptes pas. Être libre ne veut pas dire avoir le droit de tout faire. Le jour où tu t'es marié, tu t'es engagé avec Agathe.

— Quand ça fera douze ans que tu seras mariée, tu m'en reparleras. J'ai beau aimer le pâté chinois, des fois j'ai envie de manger autre chose.

— Je t'arrête! Je suis loin de tout savoir de tes galipettes extra-conjugales, mais mon petit doigt me dit que tu n'en étais pas à ta première sortie. Mais si le mariage te rend aussi malheureux, il n'en tient qu'à toi d'y mettre fin. C'est facile, tu as la clé de ta prison.

Les paroles d'Anna saisissent Patrick. Il ne croyait pas qu'elle serait d'accord avec sa façon de penser, mais il ne s'attendait pas non plus à une telle réaction de sa part.

— Mais il n'est pas question que je laisse Agathe ! objecte-t-il vivement.

— Il faudrait que tu te branches. Comme dirait mon père, tu veux le beurre et l'argent du beurre.

— Tu ne comprends pas. J'ai juste besoin d'un peu de nouveauté dans ma vie de temps en temps.

— Et c'est à moi que tu dis ça ? Mon pauvre Patrick, il va falloir que tu vieillisses un peu si tu ne veux pas être insatisfait toute ta vie. Je vais te poser une question. Sur une échelle de 100, à combien estimes-tu le taux de satisfaction que te procure Agathe ?

Patrick n'a pas besoin de réfléchir très longtemps avant de répondre à Anna.

— Au moins à 80 %.

Anna s'apprête à riposter, mais une contraction la plie en deux. La seconde d'après, elle sent un liquide chaud lui couler entre les jambes.

— Anna ! Anna ! s'écrie Patrick. Est-ce que ça va ?

— Emmène-moi à l'hôpital. Je vais accoucher !

* * *

Hélène prend le courrier dans la boîte aux lettres et regarde vite s'il y a une lettre pour elle. Aussitôt qu'elle reconnaît l'écriture de Paul, elle sourit et serre l'enveloppe bleu poudre contre son cœur. Elle ressent un vif plaisir chaque fois qu'elle reçoit une lettre de son amant. Heureusement, Réjean ne fait que passer à la maison, alors Hélène ne court aucun risque qu'il tombe sur une des lettres de Paul. Et si par malheur cela arrivait, elle trouverait une explication plausible à lui fournir.

Loin de s'être améliorée, la vie aux côtés de Réjean n'a plus aucun attrait pour Hélène, si ce n'est de lui permettre de terminer ses études en informatique. Quelques mois encore et elle obtiendra son diplôme. Elle pourra enfin quitter son mari. De toute façon, Pierre-Marc et elle ne font plus partie de la vie de Réjean depuis un bon moment.

Au début, Hélène en a voulu de toutes ses forces à Suzie quand celle-ci lui a avoué qu'elle avait donné son adresse à Paul. Aujourd'hui, elle ne manque pas une seule occasion de remercier son amie. L'entrée de Paul dans son existence lui a redonné le sourire et l'espoir en une vie meilleure. Ils ne se voient pas souvent tous les deux, mais le peu de temps qu'ils passent ensemble est essentiel à la survie d'Hélène. De par son travail d'exportateur de café, Paul se rend plusieurs fois par année dans les pays producteurs. Au retour, il ne manque jamais de s'arrêter à Montréal pour la voir. Évidemment, Agathe et Suzie viennent alors à la rescousse d'Hélène. Soit elles lui servent d'alibi, soit elles gardent Pierre-Marc quelques heures.

Hélène s'assoit sur le divan. Elle dispose de quelques minutes avant que Pierre-Marc ne revienne de l'école. La jeune femme déplie les feuillets et commence sa lecture. Plus elle lit, plus sa vue se brouille. Elle aime tout de cet homme. Malgré son français approximatif, Paul s'efforce toujours de lui écrire quelques lignes dans la langue de Molière. Hélène lui renvoie la politesse ; elle lui répond en anglais. Mais elle se débrouille mieux en anglais que lui en français.

Ma chérie,

Tu me manques beaucoup. Je serai à Montréal le 20 juin. J'espère te voir…

La lettre se poursuit pendant deux longues pages d'une écriture serrée et régulière. Hélène est si émue qu'elle doit relire quelques passages. Jamais elle n'aurait pensé qu'il existait quelque part dans le monde un homme comme Paul. Il lui tarde de vivre avec lui. Son amoureux lui a déjà demandé deux fois de l'épouser. Chaque fois, Hélène a répondu que s'il n'en tenait qu'à elle ils seraient mariés depuis longtemps. Mais pour réaliser son rêve, il faudra d'abord qu'elle divorce.

Paul lui a montré des photos de sa maison en Floride. La résidence plaît beaucoup à Hélène. Paul lui a dit qu'il l'attendait avec Pierre-Marc. Au début, la jeune femme se disait qu'elle ne pouvait pas aller habiter aussi loin, que ce serait trop difficile pour Réjean de voir son fils seulement de temps en temps. Mais devant le peu d'intérêt que celui-ci manifeste envers l'enfant, elle en est venue à la conclusion que cela fera son affaire. Elle ne s'inquiète pas de la réaction de ses parents lorsqu'elle leur annoncera son intention d'aller s'installer en Floride. La dernière fois qu'elle est allée les voir, son père lui a fait la leçon.

— Tu perds ta vie avec Réjean, avait-il énoncé. Tu vois bien qu'il n'y a pas de place pour toi et Pierre-Marc dans son existence. C'est un égoïste de la pire espèce, ton mari. Quitte-le avant qu'il ne soit trop tard.

— Ma pauvre petite fille, avait ajouté sa mère, je te plains de tout mon cœur. Je m'en veux terriblement de ne pas t'avoir interdit de te marier avec lui.

Peu importe ce que ses parents lui auraient dit à cette époque, Hélène ne les aurait pas écoutés. Elle aimait Réjean, et c'était tout ce qui comptait pour elle. Elle avait rencontré son prince charmant et personne n'aurait pu l'empêcher de devenir sa femme.

Hélène n'a pas encore parlé de Paul à ses parents. Elle veut y aller à son rythme. «Chaque chose en son temps.»

Chacune des lettres de Paul est un baume pour Hélène. Savoir qu'elle reverra son amoureux dans quelques jours lui donne des ailes. La jeune femme replie vivement la lettre, la remet dans l'enveloppe, qu'elle glisse dans sa poche. Elle a tout juste le temps d'aller raconter «son nouveau» à Agathe.

Chapitre 3

— Je ne te mens pas, s'exclame Jack en levant son verre, c'est le plus beau bébé de toute la pouponnière !

En observant son ami, Francis se revoit à la naissance de chacun de ses fils. Il était exactement comme lui et tenait le même discours. Il était tellement heureux que rien n'aurait pu l'atteindre. Il se considérait comme l'homme le plus chanceux de la planète parce que sa femme venait de lui donner rien de moins que la huitième merveille du monde. Il se promenait fièrement dans le poste de police avec sa boîte de cigares et en donnait un à tous ceux qui en voulaient. Les gars avaient beau lui dire que les problèmes commenceraient le jour où son petit prince franchirait le seuil de sa maison, Francis n'entendait rien. Il voyait la vie en rose, aussi rose qu'une barbe à papa vendue à l'exposition agricole.

— Je n'en doute même pas ! lance Francis. Comment va Anna ?

— Très bien. Son docteur lui a dit qu'elle était faite pour avoir une dizaine d'enfants. En moins de deux heures, le bébé était là.

— Wow ! C'est bien différent de Suzie. Chaque fois, l'accouchement a duré plusieurs heures. Comment allez-vous l'appeler ?

— Myriam ! Elle est vraiment belle. On dirait une princesse.

Jack sourit en pensant à sa fille.

— Elle n'a qu'une journée et je suis déjà fou d'elle.

— C'est tout à fait normal, assure Francis. Après quelques nuits blanches, tu déchanteras un peu. Mais c'est comme le reste, on finit par s'y faire. Mais je t'avoue que je suis bien content que cette période soit derrière moi. Les nuits blanches, je veux dire.

— Mais dis donc, est-ce que le dossier d'Édith a évolué?

— Pas vraiment! Tout ce qu'on sait pour le moment, c'est que son père souhaite toujours qu'elle vive avec nous. Inutile de te dire qu'on prie pour qu'Alexandre ne change pas d'idée. Tu comprends, on considère Édith comme notre fille.

Plus les mois filent, moins son père passe du temps avec elle. Les rares fois où il vient la chercher, il ne la garde jamais à coucher. Lorsqu'il la ramène, il s'excuse en disant que c'est au-dessus de ses forces. Ni Suzie ni Francis ne comprennent comment Alexandre peut agir ainsi. La dernière fois qu'il s'est pointé, la petite s'est mise à pleurer quand il s'est accroupi pour la prendre et elle est allée se jeter dans les bras de Suzie. Même si personne ne lui a demandé de le faire, Édith appelle Francis et Suzie papa et maman depuis longtemps. Peut-être agit-elle ainsi uniquement pour imiter les garçons, mais peu importe. Chaque fois qu'ils l'entendent les appeler ainsi, ils ressentent un coup au cœur.

Depuis l'arrivée de la petite fille chez eux, il ne s'est pas passé une seule journée sans que Suzie et lui songent qu'un jour Édith pourrait leur être enlevée. Heureusement, l'un et l'autre chassent rapidement cette pensée de leur esprit afin de profiter de chaque moment comme si rien de fâcheux ne pouvait arriver. Ainsi, ils peuvent continuer d'aimer l'enfant de toutes leurs forces, c'est-à-dire autant qu'ils aiment leurs garçons.

— Jusqu'à présent, Suzie et moi arrivons à oublier ce qui pourrait se produire, poursuit Francis.

— Vous pourriez l'adopter!

— On y a déjà pensé, mais ce n'est pas si simple. N'oublie pas qu'Édith a encore son père.

— En tout cas, je vous trouve bons, tous les deux.

— La bonté n'a rien à voir là-dedans. On aime la petite, c'est tout.

Francis ne refuse jamais de parler de la situation particulière d'Édith, mais tout ça le remue profondément. C'est pourquoi il se dépêche de faire dévier la conversation pendant que Jack prend une gorgée de bière.

— Finalement, as-tu signé le contrat de musique pour le mariage des jumelles ?

— Pas encore ! Celle avec qui je traite m'a promis de me donner une réponse ce soir sans faute.

Beaucoup d'eau a coulé sous les ponts depuis que les deux amis ont parti leur disco-mobile. Les soirées qu'ils animent amènent chacune leur lot de nouveaux contrats. Et leur réputation dépasse déjà largement la région. Ils sont allés à Montréal plusieurs fois. Et même en Beauce. Toutefois, le plus grand défi de Jack et Francis est d'ajuster leurs horaires à leurs contrats. Francis a déjà été obligé de faire quelques échanges de quart de travail avec des collègues, mais tout se passe bien. Évidemment, le fait que Jack et lui opèrent à deux la disco-mobile facilite grandement les choses.

Bien que le monde de la musique change très vite, les associés se font un point d'honneur de suivre la cadence. Chaque semaine, ils regardent les nouveautés et décident ensemble des disques qu'ils achèteront. Leur succès prouve qu'ils ont du flair. Côté équipement, ils étaient bien outillés au départ ; alors, à part quelques bricoles, ils n'ont pas encore été obligés de faire des achats importants.

Francis se félicite d'avoir plongé dans cette aventure. Il a repris son travail après son congé de maladie et, depuis, tout va pour le mieux. Les sièges des voitures de police ne sont pas plus confortables qu'avant, mais maintenant il prend un rendez-vous chez l'orthothérapeute quand son dos le fait trop souffrir. Tout rentre dans l'ordre pour un temps. La disco-mobile, en quelque sorte, a ranimé la flamme pour son travail de policier, même si Francis déteste toujours autant donner des contraventions.

— Je t'avoue que je ne comprends pas pourquoi c'est si difficile pour certains de choisir avec qui ils veulent traiter, lance Francis. C'est simple, pourtant ! On est les meilleurs !

— Ouais ! Mais n'oublie pas à quel point c'est compliqué pour des personnes de choisir ne serait-ce qu'un paquet de gommes. L'autre jour, au dépanneur du coin, j'attendais pour payer. Il y avait une femme devant moi qui n'arrivait pas à se décider. Elle prenait un paquet de gommes dans sa main, le regardait sous toutes ses coutures et le remettait à sa place. Elle en saisissait un autre et reprenait le même manège. La fumée devait me sortir par les oreilles tellement elle me pompait l'air. Et je n'étais pas le seul en file. Ça a duré ainsi jusqu'à ce que le commis dise enfin à la femme qu'il allait devoir passer les autres clients avant elle. Aussitôt, elle a déposé le paquet désiré sur le comptoir.

— Je ne peux pas le croire ! Mais dans le cas où les jumelles ne retiendraient pas nos services, est-ce que quelqu'un d'autre serait intéressé par cette date ?

— Pas seulement un, deux. Je te tiens au courant. Il faudrait peut-être qu'on fasse un peu de publicité dans le journal.

— Je veux bien, mais il ne faut tout de même pas qu'on prenne trop de contrats.

— Je sais tout ça. Je pensais surtout aux quartiers chics de Montréal – comme Westmount. Je suis certain qu'on pourrait charger plus cher.

— Il me semble qu'Agathe a déjà fait paraître une annonce dans ce journal. Je pourrais lui en parler.

— Bonne idée !

* * *

Patrick est encore tout retourné d'avoir dû emmener Anna à l'hôpital. Il n'arrête pas de se demander ce qui serait arrivé s'il ne lui avait pas proposé d'aller prendre un café avec lui. Et si sa belle-sœur s'était trouvée dans le métro ? Ou dans l'autobus ? Quelqu'un lui aurait-il porté secours ? Installé dans son fauteuil devant la télévision qui rugit à plein volume pour enterrer les cris des enfants, il donne l'impression d'être très concentré sur la voix du lecteur de nouvelles alors qu'il n'en est rien. La course effrénée vers l'hôpital tourne en boucle dans sa tête. Il entend encore le ton insistant d'Anna l'implorant de rouler plus vite. « Tiens bon ! Tiens bon ! » Il lui a répété tellement de fois ces mots sans quitter la route des yeux qu'ils lui martèlent toujours les tempes.

Occupée à ranger la cuisine, Agathe songe à ce qui aurait pu arriver à Anna si Patrick n'avait pas été là. « Elle aurait dû m'écouter et arrêter de travailler depuis un bon moment. » Agathe avait passé à un cheveu de la sermonner d'aplomb lorsque Anna l'avait appelée pour lui apprendre la bonne nouvelle. Alors qu'elle allait se lancer dans les reproches après avoir félicité sa sœur, celle-ci lui avait demandé si elle acceptait d'être la marraine de la petite Myriam. D'un coup, Agathe avait oublié ses remontrances et s'était mise à pleurer. Elle rêvait d'une telle demande depuis le jour où Anna lui avait appris qu'elle était enceinte. Elle a des neveux et des nièces à La Sarre, mais elle n'est la marraine d'aucun d'entre eux. Et cela ne la dérange pas le moins du monde. Tout ce qu'elle voulait, c'était être la marraine d'un des enfants d'Anna.

— Agathe ? s'était exclamée Anna. Es-tu toujours là ? Inutile de te mettre dans cet état. Tu n'as qu'à me le dire, si tu ne veux pas.

La dernière phrase d'Anna avait suffi pour qu'Agathe reprenne ses esprits. Elle avait reniflé un bon coup, avait pris une grande respiration et s'était écriée :

— C'est sûr que je veux ! Si je pleure comme un veau, c'est parce que je suis contente !

— Il me semblait aussi… Crois-tu que Patrick acceptera d'être le parrain de Myriam ?

— S'il refuse, il aura affaire à moi ! Il ne se mettra sûrement pas à pleurer quand il apprendra la nouvelle, mais je suis certaine qu'il sera content. Merci, Anna ! Je te promets que ta fille sera fière de son parrain et de sa marraine. Aimes-tu mieux en parler toi-même à Patrick ?

— Non ! Je te laisse le soin de lui transmettre ma demande. Mais s'il refuse, il faudra qu'il me donne sa réponse lui-même, par contre.

Après, Anna avait souligné l'incompétence de son médecin pour calculer la date de son accouchement. Même si la jeune femme lui avait dit qu'elle avait eu de fausses menstruations depuis qu'elle était enceinte, il avait refusé d'en tenir compte.

— Sais-tu ce qu'il a fait quand Myriam est sortie de mon ventre ?

Sans même attendre la réaction d'Agathe, Anna avait poursuivi sur sa lancée.

— Eh bien, il n'a même pas voulu que je la prenne dans mes bras. Il l'a donnée à l'infirmière et lui a dit de l'installer dans l'incubateur au cas où elle serait prématurée. Pourtant, d'après son poids, on voyait bien que Myriam n'était pas née avant terme. Je me suis retenue à deux mains de ne pas engueuler ce médecin comme du poisson pourri. Quand je vais au garage avec mon auto, le mécanicien m'écoute plus que lui ! Je veux bien croire que je n'ai pas fait ma médecine, mais je connais quand même mon corps davantage que lui ne le connaît.

— Ne le prends pas comme ça.

— Comment veux-tu que je le prenne ? À cause de lui, j'aurais pu accoucher en pleine rue. Je n'étais pas pressée, il me restait un gros mois avant la date prévue. J'avais décidé d'arrêter de travailler deux semaines avant l'accouchement pour pouvoir passer plus de temps avec mon bébé. Une chance que la chambre de Myriam est prête !

Agathe sourit en déposant le torchon près de l'évier. C'est alors qu'elle réalise que les enfants font tout un boucan. Comment Patrick fait-il pour entendre les nouvelles ? Installés à la table de la salle à manger, Isabelle et Dominique jouent au Monopoly, tandis que Steve surveille le jeu. C'est à qui criera le plus fort.

— Hypothèque, débâtis mais paie ! répète Steve du haut de ses six ans chaque fois que son frère ou sa sœur réclame de l'argent à l'autre.

Agathe observe ses enfants en souriant. C'est loin d'être toujours l'harmonie parfaite entre eux. Les deux aînés ont beau n'avoir que deux ans de différence, quand on a dix ans comme Isabelle, on se pense supérieure et on ne veut rien savoir de ses petits frères. Âgés respectivement de huit et six ans, Dominique et Steve ne sont ni plus ni moins que des bébés aux yeux d'Isabelle. Et, bien sûr, aucune fille de son âge ne s'abaisse à jouer avec des bébés. Il est donc exceptionnel qu'elle partage les jeux de ses frères, même s'ils la supplient. Mais depuis qu'elle a une jambe et un bras dans le plâtre, les choses ont changé. La veille, elle a joué à 1000 bornes avec eux, et aujourd'hui c'est au tour du Monopoly. Agathe aimerait que cela marque le début d'un temps nouveau, que désormais ses enfants soient les meilleurs amis du monde. Mais la vie lui a appris que les miracles n'existent que dans les livres de contes de Walt Disney. Ses gamins s'aiment bien, mais ce n'est pas demain la veille qu'ils cesseront de se disputer. Ils sont ainsi faits. On a beau dire, on a beau faire, on ne peut les obliger à fusionner avec leurs frères et sœurs. «On a des atomes crochus ou on n'en a pas.» Agathe est bien placée pour le savoir. Elle a cinq sœurs et elle ne les aime pas toutes de la même manière, ni au même degré. Depuis toujours, celle avec qui elle s'entend le mieux, c'est Anna. Elle aime bien les deux dernières de la famille aussi, Madeleine et Céline. Elle ne déteste pas Nathalie et Geneviève, mais si elle avait pu choisir ses sœurs, ces deux-là n'auraient certainement pas échouées dans sa famille. Nathalie et Geneviève sont deux profiteuses qui ne se soucient de personne d'autre que d'elles-mêmes.

Pendant l'enfance d'Agathe, ses parents ont fait des pieds et des mains pour que leurs filles s'entendent. Ils les obligeaient à jouer, à faire la vaisselle, le ménage et la cuisine ensemble. Évidemment, ce n'était pas toujours un succès. Avec six filles, on peut s'attendre à tout. Chacune avait ses favorites et exprimait parfois haut et fort ses préférences, quitte à mériter une punition. Jusqu'à la veille de sa mort, Monique a voulu croire qu'elle avait une famille parfaite, que même lorsqu'elle ne serait plus de ce monde ses filles continueraient à se fréquenter.

Agathe est brusquement tirée de sa réflexion par les cris de Dominique.

— Ce n'est pas juste! s'écrie le garçon en soulevant brusquement la planche de jeu et en faisant tomber par terre tous les objets qui la jonchaient. C'est toujours toi qui gagnes! Je ne veux plus jamais jouer avec toi.

— Hypothèque, débâtis mais paie! lui chantonne à répétition Isabelle en levant fièrement sa liasse de billets en l'air.

Loin d'être impressionné par le ton de son frère, Steve emboîte le pas à sa sœur, mais avec un léger décalage. Plus les secondes passent, plus le ton monte. Dominique est si fâché qu'il se bouche les oreilles pour ne plus rien entendre. Agathe observe la scène à distance. Elle ne comprend pas comment il se fait que Patrick ne soit pas encore intervenu.

— Stop! lance-t-elle suffisamment fort pour couvrir les voix d'Isabelle et de Steve.

Ces derniers ne sont pas les seuls à figer sur place en l'entendant crier. Dans le salon, Patrick manque près de tomber de son fauteuil.

— Rangez le jeu et allez vous brosser les dents, ordonne Agathe.

— Mais, maman, c'est Dominique qui a tout foutu par terre! proteste Isabelle.

— Je vais vous aider, déclare Agathe.

Une fois les enfants au lit, la jeune femme va rejoindre Patrick au salon.

— Tu ne me feras pas croire que tu n'entendais pas le tapage des enfants! lance-t-elle d'un ton joyeux.

— Oui et non. J'avais l'esprit ailleurs. J'ai commencé par penser à Anna. Après, je me suis dit que j'en savais plus sur elle que sur mes propres frères et sœurs. Et j'ai eu honte. Le coma de ma mère nous a rapprochés un peu, mais depuis qu'elle va mieux tout est redevenu comme avant.

— C'est drôle que tu me parles de ça. Pendant que j'observais les enfants, je me revoyais à leur âge. Je songeais que malgré tous les efforts que mes parents ont faits pour que mes sœurs et moi faisions bon ménage, depuis toujours j'ai des atomes crochus avec Anna et je m'entends plutôt bien avec les deux dernières, mais pas tellement avec les deux plus vieilles.

Patrick réfléchit. Il se demandait justement ce qu'il pourrait faire pour améliorer ses relations avec sa fratrie.

— Je pense que tout ça, c'est viscéral, poursuit Agathe. Ça marche ou ça ne marche pas avec quelqu'un. Pourquoi? Parce que.

— Tu as probablement raison. Mais je vais quand même essayer de me rapprocher de ma famille. C'est moi, l'aîné, après tout.

Agathe voudrait encourager son mari, lui dire que ses efforts seront couronnés de succès, mais ce serait lui mentir. Elle a essayé très souvent de se rapprocher de Nathalie et de Geneviève, mais chaque fois elle s'est heurtée à un mur. «Pour qu'il y ait une relation, il faut d'abord qu'il y ait une volonté commune.»

— J'espère vraiment que ça va marcher!

* * *

Heureusement que Francis et Jack ont parlé plus qu'ils ont bu depuis qu'ils sont arrivés à la brasserie, sinon ils seraient incapables de se lever de leurs chaises. Pour une fois, aucun des deux n'est pressé de rentrer.

— Il y a vraiment du monde qui a du temps à perdre ! s'exclame Francis. Je ne m'habitue pas au fait que certaines personnes connaissent le nom de tous les policiers. Hier, j'ai répondu à un appel. Au moment où j'ai mis les pieds hors de mon véhicule, la voisine de l'adresse où j'allais est sortie sur son balcon et m'a salué en utilisant mon prénom. Ça me dépasse !

— Je suis aussi étonné que toi ! indique Jack. C'est prouvé que les ondes de la police sont plus écoutées que celles de la radio. Il paraît qu'on est très populaires chez les assistés sociaux, les vieux et les femmes au foyer. J'imagine que ça les distrait.

— Franchement, je ne vois pas ce qu'il y a de si divertissant là-dedans. Certains n'ont vraiment pas de vie, et ils ont beaucoup de temps à perdre en plus.

De toutes les choses bizarres que Francis a vues depuis qu'il est policier, l'espionnage des ondes par monsieur et madame Tout-le-Monde demeure ce qui le surprend le plus. Il ne comprend pas à quoi cela peut servir au commun des mortels de suivre les policiers à la trace dans leurs interventions. Certes, la population les paie pour assurer sa sécurité, mais pourquoi surveille-t-elle leurs moindres faits et gestes ?

— D'une certaine manière, dit Jack, c'est toi et moi qui écopons pour ça – du moins en partie. Souviens-toi, quand on était jeunes, on se privait pour acheter des Chinois ; aujourd'hui, on paie pour tous ceux qui sont sur l'aide sociale. Regarde ça comme tu veux, on paie pour nos bourreaux.

— Tu ne trouves pas que tu exagères un peu ? Ils ne sont pas si pires que ça.

— Parle pour toi! Quand je patrouillais, ça m'est arrivé plus d'une fois de me faire invectiver par l'un d'entre eux. Mais c'est vrai que tu es plus beau que moi. C'est peut-être pour ça qu'ils te ménagent!

Francis roule en boule sa serviette de papier et la lance à son ami. Ce n'est pas la première fois que Jack le fait étriver de la sorte.

— Espèce de jaloux! s'écrie-t-il en riant. Mais tu aurais dû me voir hier. J'ai arrêté quelqu'un pour excès de vitesse. Les vitres de la voiture étaient si foncées que je ne pouvais pas savoir à qui j'avais affaire. Quand j'ai vu la personne, la mâchoire m'est tombée : il s'agissait d'une belle blonde avec de magnifiques yeux verts. Elle m'a regardé en battant langoureusement des cils. C'est là que j'ai su que j'allais devoir me battre avec mes démons. Non seulement elle avait remonté sa jupe au maximum, mais elle avait aussi pris soin de descendre son décolleté.

— Pas facile, le métier de policier, hein?! ironise Jack.

— J'avais du mal à parler tellement elle me déconcentrait. Il fallait vraiment être un chien sale pour donner une contravention à une aussi belle femme. Mais la seconde d'après, je me suis dit qu'elle la méritait. Elle roulait deux fois plus vite que la limite permise.

— Qui a gagné? Elle ou toi?

— Tu me connais. D'un air sérieux, je lui ai demandé ses papiers. Quand je lui ai remis sa contravention, elle m'a lancé : «Dommage, vous ne savez pas ce que vous avez manqué!»

Pas besoin d'être devin pour savoir que personne n'aime recevoir une contravention, même quand elle est méritée. L'humain déteste être pris en défaut. Ce n'est pas tout le monde qui essaie de s'en sauver, mais un fort pourcentage des gens pris la main dans le sac font leur possible pour gagner le policier à leur cause. Toutes les excuses sont bonnes : ils étaient dans la lune, ils sont pressés, l'arrêt n'était pas visible, leur auto s'est emballée, ils ont une urgence, la lumière était jaune et non rouge... C'est n'importe quoi ! Ce n'est pas tant le coût de la contravention qui fait mal que tout ce qui vient avec. Personne ne peut se permettre de perdre son permis de conduire parce qu'il a accumulé trop de points d'inaptitude.

— Ça prend un sacré culot pour dire une telle chose ! réagit Jack.

— Et une bonne dose de courage pour refuser une si belle offre ! blague Francis. Une chance que j'aime ma femme parce que…

— C'est sûr ! Mais tout le monde n'est pas comme nous.

Perdus dans leurs pensées, les deux amis gardent le silence pendant un petit moment. Qu'ils le veuillent ou non, une grande partie de leur travail consiste à prendre les gens en erreur dans le but de leur inculquer de bonnes règles de conduite.

— J'ai l'impression qu'il va encore y avoir une vague de hold-up, émet Jack. Il y en a eu trois en trois jours.

— Bon an mal an, il y a à peu près le même nombre de hold-up. Depuis que je suis dans la police, chaque semaine il y en a au moins un. Il n'y a pas si longtemps, Montréal était la capitale internationale des vols à main armée. Je n'irais pas jusqu'à dire que c'est facile de commettre une telle infraction, mais entre toi et moi les banques et les caisses populaires ne font pas grand-chose pour que ça change. Les employés arrivent toujours deux heures avant l'ouverture et c'est immanquablement pendant ce temps-là que les vols se produisent. Une vitre cassée avec une masse à l'arrière du bâtiment, un revolver et le tour est joué : un autre coffre-fort vient de se faire vider de son contenu. C'est toujours le même scénario.

Les dirigeants des institutions financières devraient essayer de remédier au problème.

— Oui, mais au nombre de banques et de caisses qu'il y a sur notre territoire, c'est plutôt rare que les voleurs visitent la même place plus d'une fois. Les possibilités que cela se produise sont vraiment minces. Et puis les institutions bancaires sont sûrement assurées.

— Mais il n'y a pas que l'argent, riposte Francis, il y a aussi les employés. Ils doivent être protégés. Te faire coller un revolver sur la tempe, ça doit donner des cauchemars pendant un sacré bout de temps. En tout cas, moi, ça m'en donnerait!

Francis regarde sa montre. Même s'il est en congé le lendemain, il est temps de rentrer.

Chapitre 4

Agathe ne prend pas le risque d'aller s'asseoir dans sa cour arrière. Elle est de très bonne humeur ce matin, alors elle n'a aucune envie que qui que ce soit la perturbe, surtout pas ses chauds lapins de voisins. Son petit carnet rouge dans une main et un grand café brûlant dans l'autre, la jeune femme s'installe à la table de la salle à manger. Elle aurait des tas de choses à faire plutôt que de se la couler douce, mais puisque aujourd'hui c'est le dernier jour d'école, elle en profite pour se faire plaisir. Et ce soir, quand Patrick reviendra de travailler, elle ira voir Anna à l'hôpital. Elle aurait beaucoup aimé pouvoir relever sa sœur, mais les enfants seront à la maison à plein temps, alors il aurait fallu qu'Anna vienne s'installer à Belœil avec son bébé. Évidemment, cette dernière préfère rester chez elle. Heureusement, la mère de Jack lui a offert de venir passer une semaine avec elle, ce qui est la solution idéale. Le courant passe bien entre les deux femmes. L'autre jour, Anna a dit à Agathe que la mère de Jack ressemblait à leur mère. Sur le coup, cela avait fâché Agathe. Mais en y réfléchissant un peu, elle avait songé que c'était tant mieux. « Après tout, ça n'enlève rien à maman. »

Deux ans après la mort de Monique, Agathe a encore du mal à se faire à l'idée que sa mère n'est plus là. Dans ses moments de grande joie, il lui arrive parfois de décrocher le combiné du téléphone pour l'appeler. Chaque fois, de nombreux souvenirs lui reviennent en tête. Elle a vraiment eu de la chance d'avoir une mère comme la sienne. Lorsque quelque chose ne va pas à son goût dans sa vie, Agathe demande à Monique de l'aider de l'au-delà. Elle ignore si ça marche, mais cela lui donne la force de surmonter les épreuves qui l'affligent.

Agathe juge très malheureux le comportement de son père depuis qu'il a mis sa femme en terre. Elle sait combien ses parents étaient unis, mais même si Jacques pleure la mort de son épouse le reste de sa vie, ça ne la fera pas revenir pour autant. Agathe téléphone à son père tous les dimanches. Il se montre toujours gentil, mais ce n'est plus le même homme. Il dit qu'il est content de lui parler et lui donne des nouvelles de ses sœurs ; toutefois, le cœur n'y est pas. Avant, Jacques était enjoué et il aimait rire. Mais la petite flamme s'est éteinte dans ses yeux.

— Sur quel meuble travailles-tu présentement ? lui avait demandé Agathe lors de leur dernière conversation téléphonique.

Lorsque Monique vivait, Jacques mettait un temps fou à concevoir ses projets ; maintenant, un meuble n'attend pas l'autre. Et ils sont de plus en plus raffinés.

— Je suis en train de fabriquer une grande table pour la municipalité. Elle est destinée à la salle de conférence.

— Si tu continues, tu ne sauras plus quoi faire de ton argent !

Puis, sur un ton plus modéré, Agathe avait ajouté :

— Papa, pourquoi travailles-tu autant ? Tu ne vas même plus pêcher ni chasser.

Un grand silence s'était installé. À l'autre bout du fil, Agathe avait attendu patiemment que son père reprenne la parole. Finalement, il avait dit :

— C'est pour mes meubles que je me lève matin après matin. Sans ça, je n'aurais pas la force de prendre ma boîte à lunch et d'aller travailler.

Agathe était restée ébahie. Comment son père pouvait-il tenir de tels propos alors qu'il avait six filles et plusieurs petits-enfants ? Comment pouvait-il ignorer sa famille à ce point ? Après avoir rassemblé son courage, Agathe avait répliqué :

— Cette fois, papa, tu dépasses les bornes ! As-tu pensé que tu pourrais te lever pour nous, les membres de ta famille ? Oui, tu as perdu ta femme, mais mes sœurs et moi, nous avons perdu notre mère. Et tes petits-enfants n'ont plus leur grand-mère. Je ne te comprends pas. Tu as aidé tes filles à tourner la page alors que toi, deux ans plus tard, tu es encore à la même place. Tu dois te faire une raison : maman est morte et elle ne reviendra pas. Secoue-toi et reviens dans le monde des vivants. Il n'y a pas que tes meubles dans la vie ; mes sœurs et moi, nous avons besoin de toi !

Agathe avait fondu en larmes et avait raccroché. Elle était allée chercher la laisse de Shelby et faire une grande promenade pour essayer de mettre de l'ordre dans ses pensées.

Depuis cette discussion, qui remonte à quelques jours, Agathe n'a reçu aucune nouvelle de son père. Elle n'a pas eu le temps de parler de tout ça à Anna, et elle n'est pas certaine qu'elle abordera le sujet ce soir. Après avoir accouché, une femme n'a pas besoin d'entendre les problèmes de tout le monde – pas même ceux de sa sœur préférée.

Agathe prend une gorgée de café et la savoure. Pour elle, il n'y a pas meilleur nectar. Elle pourrait cesser de manger des chips et de la réglisse rouge et de boire des boissons gazeuses, mais elle ne pourrait pas se passer de café. En souriant, la jeune femme ouvre son petit carnet rouge, dans lequel elle a noté les endroits qu'elle a visités et ceux qu'elle aimerait voir. Même si Patrick lui répète souvent qu'elle a de la chance de connaître autant le Québec, Agathe a l'habitude de ramasser toutes les brochures qui l'intéressent au Bureau du tourisme de Longueuil. Chaque année, elle y fait un saut aussitôt qu'il ouvre ses portes. Année après année, elle trouve une multitude de trésors à explorer. Évidemment, elle se retient de trop rêver. Agathe est si avide de découvertes qu'elle n'aura pas le temps de tout voir. Alors, pour se contenter un peu, elle rêvasse en tournant les pages de son petit carnet. Elle aimerait tant visiter L'Anse-Saint-Jean et son fjord. Elle essaie depuis longtemps de convaincre Patrick d'aller faire du camping là-bas, mais ils n'y sont pas encore allés.

— Tu n'y penses pas! s'insurge chaque fois Patrick. C'est beaucoup trop loin.

— Voyons donc, riposte-t-elle, ça ne tient pas la route, ce que tu dis! C'est bien moins loin que la Gaspésie et, pourtant, on est déjà allés trois fois là-bas. Ce serait bien de changer de région. Et puis je suis certaine que tu adorerais ce coin. On pourrait aussi camper sur le bord du lac Saint-Jean sur le chemin du retour. Ça fait des années que je veux aller au Saguenay.

— Prends ton mal en patience parce que ce n'est pas encore cette année qu'on y ira.

Agathe aimerait aussi voir la Côte-Nord: Sept-Îles, Havre-Saint-Pierre, les îles Mingan, Natashquan… L'année dernière, elle avait pris la peine de tracer un itinéraire, mais quand elle l'avait montré à Patrick, elle n'avait pas reçu une réponse plus satisfaisante que pour L'Anse-Saint-Jean. Pourquoi son mari est-il si réfractaire au changement? Certes, c'est beau, le Bas-Saint-Laurent, la Gaspésie, les Laurentides, Lanaudière, la Montérégie… mais il y a d'autres régions tout aussi attrayantes.

Agathe aimerait tant traverser l'océan. La Grèce et l'Égypte l'attirent particulièrement, mais il y a aussi l'Italie, le Portugal et la Suisse. Personne ne le sait, mais elle met de l'argent de côté pour leur payer un voyage, à son mari et à elle, dans un de ces pays. Et si Patrick refuse de l'accompagner, eh bien, elle trouvera quelqu'un d'autre.

En attendant de boucler ses valises, elle continue de se documenter sur tout ce qui l'intéresse.

Aussitôt sa dernière gorgée de café avalée, Agathe remplit sa tasse. Elle a juste le temps de boire son deuxième café avant d'aller rejoindre Hélène chez elle. Son amie l'a invitée à dîner. Elle a lancé la même invitation à Suzie, mais cette dernière avait déjà un engagement.

Agathe tourne les pages de son carnet jusqu'à ce qu'elle tombe sur une publicité de l'Italie. Elle s'imagine facilement en train d'admirer les richesses de Rome et du Vatican. Les Italiens la combleraient de bonheur en la couvrant de *bella* à répétition aussitôt qu'ils poseraient leur regard sur elle. Agathe se sent transportée, tellement que ce n'est qu'à la cinquième sonnerie qu'elle réalise que le téléphone sonne. Elle se lève en vitesse et court à la cuisine pour décrocher le combiné au plus vite. Une fois de plus, elle se demande à quoi sert le sans-fil puisqu'il est toujours introuvable.

— Agathe ? J'ai passé à deux doigts de raccrocher.

L'interpellée met quelques secondes à reconnaître la voix de sa jeune sœur, Céline.

— Mais j'ai un répondeur ! s'exclame Agathe.

— Tu sais bien que je déteste parler à une machine.

— Il va pourtant falloir que tu t'y fasses parce que, selon moi, beaucoup d'autres machines envahiront nos vies dans l'avenir. Mais tu n'es pas au travail ?

— Disons que j'ai pris congé.

— Y a-t-il quelque chose qui ne va pas ? Je trouve que tu as une drôle de voix.

Céline hésite avant de répondre. Elle n'a jamais été très proche d'Agathe, mais étant donné qu'elle l'est encore moins d'Anna, le choix a été facile à faire.

— Je n'irai pas par quatre chemins. Je veux déménager à Montréal. Alors je me demandais si tu accepterais de m'héberger le temps que je trouve un appartement.

C'est bien la dernière chose à laquelle s'attendait Agathe. Son cerveau roule à cent milles à l'heure. Pas question d'improviser et d'être dans l'embarras parce qu'elle aura parlé trop vite. Mais sa réflexion ne dure pas longtemps. En réalité, elle n'a aucune raison de refuser de rendre service à sa sœur. Mais à l'inverse, elle n'a aucune raison non plus de sauter de joie à l'annonce de sa venue. Puisqu'on lui a appris qu'il fallait aider nos proches et qu'elle est prête à tout pour sa famille, la réponse s'impose d'elle-même.

— Tu seras la bienvenue, répond Agathe. Tu n'auras qu'à m'avertir quand tu comptes arriver et j'irai te chercher à Longueuil – soit au métro, soit à l'arrêt d'autobus. As-tu une idée approximative de la date ?

Agathe aurait tant voulu être proche de ses autres sœurs comme elle l'est d'Anna, mais malheureusement ce n'est pas le cas. Les filles ont beaucoup de plaisir lorsqu'elles se retrouvent toutes les six, mais autrement elles vivent plutôt bien l'une sans l'autre maintenant qu'elles sont adultes.

— Demain, répond promptement Céline.

— Demain ? répète Agathe alors qu'elle a très bien compris.

— J'arriverai au terminus d'autobus de Longueuil à huit heures demain soir.

— Tu peux compter sur moi.

Après avoir raccroché, Agathe songe qu'une discussion avec sa sœur s'imposera. Céline devra lui expliquer la raison de son empressement à venir s'installer à Montréal.

Comme il est près de midi, Agathe fait rentrer Shelby et s'en va aussitôt chez Hélène. Après avoir parlé de l'appel qu'elle vient de recevoir à son amie, Agathe avoue :

— J'ai un mauvais pressentiment…

— Tu devrais attendre avant de t'inquiéter. Ta sœur a sûrement une bonne raison de vouloir quitter sa ville natale. Et puis Céline n'est plus une enfant.

— Oui, mais mon petit doigt me dit que je n'aimerai pas ce que je vais apprendre.

Puis, sur un tout autre ton, elle ajoute :

— Ça sent tellement bon. Je suis trop curieuse. Je t'en prie, dis-moi ce que tu as cuisiné !

— Tu me trouveras sans doute extravagante, mais je nous ai préparé un bon gigot d'agneau.

— Miam ! s'exclame Agathe avant de se passer la langue sur les lèvres. Là, tu tombes dans mes goûts. Étant donné qu'à la maison je suis la seule à manger du gigot d'agneau, je n'en fais jamais.

S'il y en a une qui s'investit pour faire découvrir de nouveaux mets à ses enfants, c'est bien Agathe. Mais plus souvent qu'autrement, ses efforts sont vains. Steve accepte toujours de goûter. Mais

Dominique et Isabelle ressemblent à leur père : côté nourriture, ils s'en tiennent à ce qu'ils connaissent depuis toujours.

— Comme entrée, j'ai fait une crème de champignons maison.

— Et pour dessert ? demande Agathe d'une petite voix.

— Ce sera de la crème glacée, répond Hélène en haussant les épaules. Tu sais bien que les desserts et moi ne faisons pas bon ménage.

Agathe réalise qu'elle a perdu une belle occasion de se taire. Elle sait depuis longtemps qu'Hélène, qui excelle dans les potages et les viandes, n'a aucun talent pour la confection de desserts.

— Je m'excuse, s'empresse de dire Agathe. Des fois, je suis pire qu'une enfant. Je te remercie de me recevoir ; ça me fait vraiment plaisir.

— Ne te tracasse pas avec ça.

— Maintenant, parle-moi de ton stage.

Le regard d'Hélène s'éclaire instantanément. Elle a mis du temps à trouver un lieu où faire son stage, mais de toute la classe, c'est elle qui a l'endroit le plus intéressant.

— Je suis tellement contente. Je commence lundi prochain, et j'y serai pendant deux mois.

— Et après ?

— Comme tu le sais déjà, je prendrai mon courage à deux mains et annoncerai à Réjean que je le quitte. Je m'installerai ensuite chez mes parents le temps de régler mes affaires et après j'irai rejoindre Paul.

— Ça ne te fait pas peur de partir ?

— En réalité, je suis morte de trouille. Mais si j'étais restée prisonnière de cette peur, je n'aurais pas suivi mon cours en informatique. Le plus difficile, c'est de penser que toi, Suzie, mes parents et les autres, vous ne serez plus là quand j'aurai un trop-plein d'émotions.

— C'est là que tu te trompes. On sera toujours là pour toi, mais au téléphone. Et Suzie et moi comptons bien aller te voir dans ta nouvelle maison. Mais attends, pourquoi parles-tu d'un trop-plein alors que tu ne vivras même plus avec Réjean ?

— Par habitude, j'imagine. J'ai vraiment très hâte de changer de vie.

Ces dernières semaines, à plusieurs reprises, Hélène a failli déballer son sac à son époux. Ce dernier se montre de plus en plus indifférent envers son fils et elle. Est-ce parce qu'il sent la soupe chaude ou parce qu'il empire avec l'âge ? Chaque fois que Pierre-Marc aperçoit son père, il court vers lui. C'est à peine si Réjean daigne baisser les yeux sur le petit. Le pauvre enfant finit toujours par battre en retraite. Le cœur gros, il se réfugie dans les bras de sa mère et dit :

— Pauvre papa ! Il a trop de travail pour jouer avec moi.

Dans ces moments-là, Hélène se retient à grand-peine pour ne pas couvrir d'injures son mari. Elle ne le comprend pas. Comment peut-il se comporter ainsi avec son propre fils ?

— Ça me fait tout drôle de penser que bientôt je ne t'aurai plus comme voisine, se plaint Agathe. Tu vas me manquer.

— Toi aussi, tu vas me manquer ! Pourquoi ne peut-on jamais être parfaitement heureux ? Je suis ravie d'aller m'installer avec l'homme que j'aime, mais je serai obligée de laisser derrière moi plusieurs personnes qui sont très chères à mon cœur. Avoue que ce n'est pas juste !

— La vie est tout sauf juste. On perd une mère, mais on gagne une nièce. On perd un emploi, mais on en trouve un meilleur. On quitte un homme pour un autre en se disant que, cette fois, ce sera la bonne. Et on y croit de toutes ses forces. La vie, c'est une grande boîte à surprises. Parfois, on gagne ; parfois, on perd. Si tu restes ici, avec Réjean, tu finiras par t'éteindre. Ce ne sera pas facile, mais je suis convaincue que tu as pris la bonne décision.

Hélène sourit à son amie. La seconde d'après, elle la prend dans ses bras. Elle l'embrasse ensuite sur les joues avant de retourner à ses fourneaux.

— Ma vie est ailleurs. Et je sais que je serai heureuse avec Paul. Mais là, il serait grand temps qu'on passe à table. Je vais servir le potage pendant que le gigot repose dans sa sauce.

Puis, sur un ton léger, elle ajoute :

— Je sens qu'on va se régaler !

* * *

Lorsque Agathe entre dans la chambre d'Anna, celle-ci a les yeux fermés. Elle s'approche du lit sur la pointe des pieds, puis elle embrasse doucement sa sœur sur le front. Anna ouvre aussitôt les yeux et sourit.

— Je suis contente de te voir, Agathe. Tu ne peux même pas t'imaginer à quel point j'ai hâte de sortir d'ici.

— Plus longtemps tu resteras à l'hôpital, mieux ce sera pour toi. Tu as beau avoir accouché en un temps record, tu as besoin de reprendre des forces.

— Entre toi et moi, ce n'est certainement pas ici que je pourrai le faire. Non seulement on mange mal, mais il y a tellement de bruit que je passe mon temps à me réveiller en sursaut la nuit. Et tout ça, c'est sans compter les boires de Myriam.

— Mais tu n'es pas obligée de la nourrir.

— Non! Non! J'y tiens! proteste Anna. Je ne le ferai pas jusqu'à ce que la petite entre à la maternelle, blague-t-elle, mais je veux allaiter au moins pendant mon congé de maternité. J'ai lu un tas de livres là-dessus et il paraît que ça fait une grosse différence.

— Bah! Pour ma part, tout ce que je sais, c'est que l'allaite-ment n'était pas fait pour moi. J'ai nourri Isabelle pendant deux jours et, ensuite, je l'ai mise au biberon. Je n'en pouvais plus qu'elle soit connectée à moi aux heures. Excuse-moi, mais je me sentais comme une maman vache qui nourrit son bébé veau et je détes-tais ça. Et ce n'est pas Patrick qui m'encourageait à continuer. Il ne s'est jamais levé la nuit pour lui donner le biberon, mais au moins je pouvais faire garder Isabelle de temps en temps par ma belle-mère sans être obligée de tirer mon lait avant de partir. Le seul avantage à nourrir la petite, c'est que ma poitrine était plus plantureuse!

Agathe et Anna éclatent de rire. Au niveau du buste, la nature ne s'est pas montrée très généreuse envers elles. Aucune des filles de la famille n'obtient un décolleté plongeant même en portant un soutien-gorge comprimant les seins à outrance. Mais les sœurs Royer se consolent en se disant qu'au moins elles n'auront pas les seins à la taille lorsqu'elles seront vieilles.

— Moi, je m'accommoderais facilement de celle que j'ai actuellement! avoue Anna. Toutefois, je me passerais volontiers des montées de lait. Hier, je suis allée m'installer sur le bord de la fenêtre parce que j'avais trop chaud. Mes seins sont aussi durs que du roc et sensibles comme ce n'est pas possible. Quand Myriam boit, cela me tire les larmes.

— Moi, je n'aime pas souffrir.

— Arrête, je t'en prie ! Si tu continues, je laisserai tout tomber et je m'en voudrai ensuite.

— Chère Anna, toujours aussi déterminée ! déclare Agathe en passant la main dans les cheveux de sa sœur. Ça me fait tout drôle de te voir avec un bébé. Je me souviens encore du jour où je t'ai laissée dans ton appartement. Tu n'avais que les mots *liberté* et *anonymat* à la bouche. Et puis, tout à coup, le séduisant Jack a fait son apparition et tu as oublié tous tes beaux principes. Et maintenant, te voilà mère.

— Mais je n'ai abandonné aucun de mes principes ! Je suis toujours aussi libre qu'avant. Jack, c'est mon âme sœur ; je l'ai su dès que je l'ai vu. Il me comble sur tous les plans.

Anna est rayonnante depuis que Jack a fait irruption dans sa vie. Agathe envie un peu sa sœur. Elle se demande pourquoi tous les couples n'ont pas la chance de vivre une belle histoire d'amour comme celle d'Anna. Pourtant, le jour de leur mariage, toutes les filles sont convaincues d'avoir trouvé le prince charmant. Pourquoi faut-il que le prince de plusieurs se transforme en crapaud ? Fini les mots doux à l'oreille, les petites attentions, les parties de jambes en l'air hors du lit conjugal, les regards complices ! La routine s'installe dans toute sa splendeur !

— Ça paraît que vous êtes bien ensemble, Jack et toi.

Agathe fait une petite pause avant de poursuivre. Elle n'aurait pu espérer un meilleur parti pour Anna.

— Est-ce que papa t'a appelée ?

— Mais oui! Et deux fois plutôt qu'une, aujourd'hui. Il m'a même dit qu'il viendrait nous voir cet été.

— C'est vrai? Et comment allait-il?

— Il était de bonne humeur et il faisait des blagues, comme avant.

— Tant mieux! Je commençais à penser qu'il ne retrouverait jamais son état normal. Disons que je l'ai brassé un peu la dernière fois que je lui ai parlé.

— Tu as bien fait. Il était temps qu'il cesse de s'apitoyer sur son sort. C'est triste pour tout le monde que maman ne soit plus là, mais la vie continue.

La vie est comme une rivière. Peu importe ce qui arrive de beau et de moins beau, elle poursuit son évolution avec ou sans nous. Malgré sa jeune trentaine, Agathe a compris cela depuis un bon moment déjà. Elle a vécu plusieurs expériences qui lui ont permis d'observer ce phénomène – entre autres lors de la mort de sa mère, et aussi le jour où Patrick lui a confessé l'avoir trompée. Elle aurait pu s'effondrer pendant des mois, mais la vie aurait continué inexorablement sa course. Cependant, parfois, on n'a pas le choix de rester à l'écart afin de panser nos plaies. Mais il y a aussi tout ce qu'on a manqué et qui ne reviendra pas car on était ailleurs pendant que notre vie se jouait juste à côté de nous.

— Heureusement, d'ailleurs! clame Agathe. C'est vrai, je ne t'ai pas encore annoncé que Céline arrivera en ville demain. Imagine-toi donc qu'elle veut s'installer à Montréal.

— Pourquoi? s'étonne Anna. Il me semblait qu'elle avait un travail qu'elle aimait, et un *chum* aussi.

— Tout ce que je sais, c'est que je dois aller la chercher au terminus d'autobus de Longueuil demain soir. Elle s'installera à la maison le temps de se trouver un logement.

— J'ai bien hâte de savoir ce qui s'est passé.

— Moi aussi! Est-ce qu'on pourrait aller voir ma filleule maintenant?

Chapitre 5

Fidèle à ses habitudes, Patrick dîne avec sa mère une fois par semaine. Il le faisait avant l'accident, mais depuis que Patricia a retrouvé la forme, ce moment est doublement précieux pour lui. Le temps que sa mère a passé dans le coma lui a fait comprendre la grande valeur de la vie. La plupart du temps, Patricia prépare le dîner. Mais quand Patrick dispose de plus de temps, il emmène sa mère au restaurant. C'est d'ailleurs le cas ce midi.

— Tu ne devrais pas dépenser autant d'argent pour moi, le gronde Patricia en posant la main sur celle de son fils. L'argent est trop dur à gagner !

— J'ai bien le droit de te gâter un peu.

Patricia adore manger au restaurant ; et ce n'est un secret pour personne dans la famille. Mais comme elle est habituée de donner et non de recevoir, elle se sent toujours mal à l'aise quand Patrick allonge des billets pour lui faire plaisir. Et Patricia a encore plus de difficulté à accepter les invitations de ses autres enfants. Bien qu'elle ne connaisse pas leurs salaires, elle sait qu'ils ne gagnent pas autant que Patrick.

— Depuis que je suis sortie de l'hôpital, les autres et toi, vous en faites trop. Et ça me gêne.

— Eh bien, il faudra que tu t'habitues parce qu'on a l'intention de continuer à te chouchouter. Tu as pris soin de nous toute ta vie, alors c'est à notre tour de veiller sur toi.

Ce genre de réflexion fait plaisir à Patricia, mais en même temps cela la désole. Avant que ses enfants aient peur de la perdre, ses relations avec eux étaient ordinaires... et parfois même ennuyeuses ! Leurs échanges se limitaient à des banalités, tandis que maintenant ils s'intéressent réellement à elle. Et Patricia adore ça ! Depuis deux ans, elle en a appris plus sur ses cinq enfants que pendant les trente années précédentes. Mais c'est dommage qu'elle ait dû passer plusieurs mois dans le coma pour que sa vie devienne meilleure.

— Je l'apprécie beaucoup, finit-elle par répondre. J'ai de la chance d'avoir de si bons enfants ! Je voudrais te parler de quelque chose d'autre. Te souviens-tu des romans que vous me lisiez, tes frères, tes sœurs et toi, quand vous veniez me voir à l'hôpital ?

— Si je m'en souviens ! s'exclame Patrick d'un ton joyeux. Le lendemain de la première fois que je t'ai fait la lecture, j'ai couru à la librairie pour acheter le roman. Je l'ai dévoré en quelques jours seulement. La bonne nouvelle, c'est que, depuis, je n'ai pas arrêté de lire. Un exploit en soi ! Quand j'étais jeune, je m'ennuyais terriblement quand tu m'installais à la table avec un livre. Tu me disais toujours : « Dix minutes ! Et je ne veux surtout pas entendre un mot, sinon je double ton temps de lecture. »

— Comment l'oublier ? Tu avais l'air si affligé. Malgré mon acharnement, je ne suis jamais parvenue à te transmettre l'amour de la lecture. Mais figure-toi que je suis en train de relire tous les livres que vous m'avez lus, et...

Patricia fait une pause avant de poursuivre :

— C'est vraiment bizarre. Je reconnais les histoires, mais je ne pourrais pas les raconter. C'est très curieux comme sensation. Hier, j'ai appelé mon docteur pour lui en parler. Il m'a dit : « Je ne sais pas trop quoi en penser. Vous savez, le coma est encore un mystère pour la médecine. À votre place, je ne m'en ferais pas avec ça. »

— Je suis d'accord avec lui. Si ça te chicote tant, tu n'as qu'à te débarrasser de tous les romans qu'on t'a lus. Je peux t'en apporter une pleine caisse la semaine prochaine, si tu veux. Agathe récupère tous les livres de ses amis.

— J'accepte ton offre, mais je vais quand même continuer à lire les autres. Même si je le voulais, je ne pourrais pas faire autrement. Maintenant que j'ai commencé, je dois aller jusqu'au bout.

Patrick ne comprend pas l'entêtement de Patricia, mais comme il y a longtemps que la vie lui a appris qu'on n'est pas obligé de tout, il se contente de lui confirmer que jeudi il lui apportera une boîte de livres quand il viendra chercher son père pour aller jouer au billard.

— Donne-moi des nouvelles des enfants et d'Agathe maintenant, lui demande sa mère.

— Ils vont bien. Je ne crois pas te l'avoir dit, mais on n'ira pas camper cet été. Ce serait trop compliqué pour Isabelle. Les enfants viennent de finir l'école. Les deux plus vieux ne tenaient pas en place tellement ils étaient contents, tandis que Steve pleurait comme une Madeleine. Et Agathe a livré sa dernière murale avant-hier. Je pense qu'elle était aussi contente qu'Isabelle et Dominique d'être enfin en vacances.

— C'est une bonne femme que tu as entre les mains. J'espère que tu en prends soin.

Même si Patrick s'est rapproché de sa mère, il y a beaucoup de choses qu'il garde pour lui. Par exemple, il ne lui a jamais parlé de son infidélité, de son alcoolisme, de toutes les nuits qu'il a passées dans la chambre d'amis… La seule personne avec qui il ose aborder ces sujets, c'est Francis. Mais Patricia en sait beaucoup plus à son sujet qu'il ne s'en doute.

— J'ai quelque chose à te demander, lance-t-elle en piquant sa fourchette dans un morceau de poulet pané. As-tu fini par trouver la réponse à ta question ?

Pendant quelques secondes, Patrick se demande à quoi sa mère fait allusion. Celle-ci explique :

— Je peux te rafraîchir la mémoire si tu veux. La veille de ma sortie de l'hôpital, tu parlais avec ton père. J'avais les yeux fermés, mais je ne dormais pas. Tu as demandé à Jean-Marie pourquoi il m'aimait tant. Jamais je n'oublierai sa réponse. Je savais que ton père m'aimait, mais pas à ce point. Ce jour-là, j'ai compris la chance que j'avais d'avoir un mari comme lui.

Patrick non plus n'oubliera jamais la réponse de Jean-Marie. Elle l'avait vraiment secoué. Ensuite, Patrick avait avoué qu'il ignorait s'il aimait Agathe autant que son père aimait sa mère.

— Alors, mon gars, aimes-tu ta femme autant que ton père m'aime ?

S'il y a des questions qui tuent, celle-là en fait partie. Patrick baisse la tête. Il se mordille ensuite la lèvre supérieure et respire bruyamment comme on le fait après un gros effort physique. Patricia observe attentivement son fils. Il y a longtemps que cette question lui brûlait les lèvres. Elle voudrait tellement que ses enfants aient autant de chance en couple que Jean-Marie et elle. Ils n'ont pas eu une vie facile, mais ils éprouvent tant d'amour l'un pour l'autre que tous deux ont réussi à vaincre les pires malheurs.

Patricia attend patiemment que Patrick lève la tête. Auparavant, les silences l'embarrassaient. Maintenant, elle sait qu'ils sont parfois nécessaires et qu'ils peuvent même faire partie de la réponse.

— Je ne sais pas trop quoi te répondre, murmure Patrick en fixant sa mère. Des fois, oui. Des fois, non. Il n'y a aucun doute dans mon esprit : j'aime Agathe. Mais plus souvent qu'autrement, je pense que je l'aime mal.

Patrick est gêné d'aborder ce sujet avec sa mère. En même temps, il sait que, peu importe ce qu'il lui confiera, elle ne le critiquera pas. Et puis, il a confiance en son jugement.

— Je vais tenter de t'expliquer ce que je ressens, reprend-il. On dirait que ma femme n'est « jamais assez », en quelque sorte. Agathe n'est pas aussi belle qu'Hélène. Pas aussi sexy que Suzie. Pas aussi drôle qu'Anna. Pas aussi docile que ma secrétaire. Pas aussi ferme que toi avec les enfants. Pas…

— Comment peux-tu dire que tu l'aimes, alors ? le coupe Patricia.

— Parce que c'est la vérité ! Parce que je ne voudrais pas passer ma vie avec quelqu'un d'autre qu'Agathe. Je ne voudrais pas être marié avec Hélène, ou Suzie, ou Anna…

— Je ne suis pas certaine de bien comprendre ce que tout ça signifie.

— C'est simple, pourtant. J'ai marié la femme que j'aime, mais je ne suis pas devenu aveugle en l'épousant. Après tout, aucune loi n'interdit de regarder dans l'assiette du voisin.

— Moi, je ne vois pas les choses comme toi. Si je comparais sans cesse ton père aux autres, il serait faux de ma part de prétendre qu'il est l'homme de ma vie. Pourquoi ? Parce que j'aime Jean-Marie tel qu'il est.

Patrick songe que si les choses étaient aussi simples pour lui, cela serait l'idéal. Mais malheureusement, la réalité est tout autre. Il ne peut s'empêcher de comparer ce qu'il possède à ce qu'il aimerait avoir. Il agit ainsi dans toutes les sphères de sa vie.

— Je t'envie, maman. J'espère qu'un jour je pourrai répondre à cette fameuse question sans aucune hésitation.

— Il n'y a jamais de mauvaise réponse. Et je respecte ton opinion parce qu'elle constitue ta vérité. Je voudrais juste te dire de faire attention à Agathe.

Patrick ne réagit pas à la dernière phrase de sa mère. Il préfère relancer la conversation sur un autre sujet.

— Agathe et moi, nous aimerions recevoir toute la famille chez nous cet été. Qu'est-ce que tu en penses ?

Cette offre émeut Patricia. Certes, depuis son accident, elle entretient une meilleure relation avec chacun de ses enfants, mais il y a encore beaucoup de travail à faire pour resserrer les liens familiaux.

— J'en serais ravie ! répond-elle, le visage rayonnant de bonheur. Mais il n'est pas question que vous fassiez tout. On pourrait demander à chacun d'apporter un plat.

— Non ! Si je vous invite, ce n'est sûrement pas pour que vous mettiez la main à la pâte. Laisse-moi faire ! Et ne t'en fais pas : j'ai les moyens de tous vous recevoir.

Patricia sait qu'elle ne parviendra pas à faire changer Patrick d'idée. Elle trouvera donc une manière de l'aider sans qu'il puisse refuser.

— Avez-vous choisi une date ?

— Cela se passera probablement le samedi 2 juillet. Si papa et toi êtes d'accord, j'appellerais tout le monde ce soir.

— Vas-y, mon gars! Je suis certaine que tes frères et tes sœurs seront contents.

Agathe avait été très surprise lorsque Patrick lui avait annoncé qu'il voulait recevoir toute sa famille. Il avait déménagé à Belœil pour s'éloigner d'elle, et maintenant il voulait s'en rapprocher. La jeune femme s'était dit que c'était sûrement une bonne chose. «Après tout, on a seulement une famille!»

— Je veux que tout soit parfait! avait déclaré Patrick. Tu comprends, ça fait une éternité que je n'ai pas reçu les miens.

— On ne leur servira quand même pas des filets mignons! avait riposté Agathe.

— Quelle excellente idée! Je n'ai qu'à aller acheter la viande chez le marchand de gros. Ça ne nous reviendra pas plus cher que de faire des hamburgers.

— Permets-moi d'en douter! Occupe-toi de la viande. Je me charge du reste – mais pas de l'alcool, par contre.

— D'accord! J'espère qu'il fera beau!

Chapitre 6

L'intention de Suzie, Hélène et Agathe était de fêter la Saint-Jean-Baptiste en famille. Mais voilà qu'au moment où elles avaient installé quelques drapeaux québécois devant leurs maisons, l'intérêt des voisins avait monté en flèche. Ces derniers étaient venus aux nouvelles et avaient annoncé qu'ils aimeraient bien faire partie de la fête. Alors que les drapeaux flottent depuis deux bonnes heures déjà au gré du vent, on sonne encore à la porte des résidences des femmes pour se faire inviter. Même les Larocque s'offrent pour faire un grand feu de camp chez eux. Les trois amies auraient pu se plaindre en constatant que l'événement était devenu une fête de quartier. Elles éclatent plutôt de rire en se disant qu'il s'agit de la rançon de la gloire.

— N'est pas populaire qui veut ! s'exclame Suzie, l'air taquin.

— Peut-être qu'on n'a rien à voir là-dedans, argumente Hélène d'un air moqueur.

— Je pense que toutes les femmes du quartier avaient peur de s'ennuyer, déclare Agathe. C'est sans doute pour ça qu'elles ont envoyé leurs maris nous supplier de les accepter à notre fête.

— C'est quand même curieux, lance Hélène, il y a des fêtes partout ce soir.

— Mais elles ne sont pas aussi réussies que la nôtre ! plaisante Suzie.

— C'est bien beau, mais il faudrait qu'on organise un peu l'espace, suggère Agathe. Récapitulons. En tout, nous avons à notre disposition cinq piscines – je suggère qu'on en utilise seulement deux –, douze barbecues et des chaises en quantité industrielle.

— On a aussi un feu de camp, renchérit Hélène. Je propose qu'on place tous les barbecues dans ma cour. C'est la plus large.

— Es-tu certaine que Réjean sera d'accord?

— Je me charge de lui.

Quelques minutes plus tard, plusieurs voisines viennent prêter main-forte aux trois amies. Suzie, Hélène et Agathe vont ensuite chercher les barbecues et les alignent dans la cour d'Hélène, comme prévu. Les jeunes femmes gonflent enfin des dizaines de ballons qu'elles accrochent un peu partout.

* * *

La fête bat son plein depuis un bon moment. Évidemment, Francis s'occupe de la musique. Une chanson n'attend pas l'autre. Il y en a pour tous les goûts. Si, par hasard, il y en a une qui donne des boutons à quelqu'un, eh bien, sa souffrance ne dure pas longtemps.

Une bouteille de bière à la main, Francis, Patrick et quelques voisins discutent allègrement.

— À part le fait que le Manic va jouer sa dernière saison, dit Francis, on peut affirmer que l'année 1983 a mieux commencé que 1982.

La nouvelle de la fin du Manic n'a pas fait plaisir à Francis. Cependant, il comprend qu'on ne peut pas opérer une équipe de soccer si chaque partie nous enfonce un peu plus financièrement.

— Ouais, fait Patrick, mais on a quand même eu notre lot de mauvaises nouvelles. En tout cas, moi, je me rappelle encore que le cher maire de Montréal a été désigné par le président du CIO comme le principal responsable du coût exorbitant des Jeux olympiques de 1976. Le pire, c'est qu'on n'a même pas encore fini de payer pour l'Expo.

— C'est vrai que ça nous coûte cher, commente M. Larocque, mais Drapeau est le meilleur maire de Montréal de l'histoire. Il a fait connaître la ville à toute la planète. Ce n'est quand même pas rien, et c'est loin d'être fini. Grâce à lui, la ville est de plus en plus belle. Êtes-vous passés devant le Palais des congrès depuis son inauguration? C'est vraiment un beau bâtiment. Tout le monde n'est pas obligé d'aimer Drapeau, mais on doit reconnaître qu'on lui est redevable pour beaucoup de choses.

— Au moins, cette année, aucun politicien n'a été accusé de vol! ironise Réjean.

Au début de l'année 1982, l'accusation de vol à l'étalage au magasin Eaton de Montréal du ministre et leader parlementaire Claude Charron avait causé tout un branle-bas de combat sur la place publique. On ne parlait plus que de cela dans tous les médias.

— Je ne voudrais pas prendre la défense des politiciens, intervient M. Larocque, mais pour moi le geste posé par Claude Charron témoignait d'un trop-plein.

— Voyons donc! s'indigne Patrick. Je veux bien croire que ce n'est pas un métier facile, mais ce n'est pas une raison pour se mettre à voler, surtout pas quand tu es une figure publique. Plutôt que de partir la queue entre les jambes, Charron aurait pu quitter par la voie officielle.

— Après tout ce qui était sorti sur son compte, argumente Francis, la grande porte n'était plus pour lui.

L'année précédente, la presse avait fait ses choux gras de la rumeur d'un réseau de tournage de films pornographiques entre les murs du parlement – réseau auquel, selon elle, le ministre était mêlé. L'histoire avait même dévoilé au grand jour l'homosexualité de Claude Charron. Cette révélation avait fait un immense tort au politicien auprès de l'opinion publique.

— Je suis assez d'accord avec toi, dit M. Larocque. Et puis, en 1982, Gilles Villeneuve est mort lors des qualifications du Grand Prix de Belgique. Ç'a été une énorme perte pour nous.

— C'est vrai! appuie Francis. Pour ma part, je me souviendrai toujours de l'émeute survenue au pénitencier d'Archambault. Trois gardiens sont décédés ce jour-là. Ce n'est guère rassurant quant au niveau de sécurité dans nos prisons.

— Bon, tranche Patrick, ça suffit, les mauvaises nouvelles. Vous me déprimez. Buvons à l'inauguration de la télé payante qui a eu lieu au début de l'année, ajoute-t-il en levant son verre de cognac. Je vous le jure, ça a changé ma vie.

Tous éclatent de rire. À peine Patrick a-t-il avalé sa gorgée qu'il poursuit :

— Je propose maintenant qu'on porte un toast au Fonds de solidarité de la FTQ. Moi, c'est le genre d'affaires auxquelles je crois.

* * *

Installées sur le bord de la piscine chez Suzie, plusieurs femmes discutent en surveillant leurs enfants.

— Je n'aurais jamais pensé, Suzie, que tu croyais à la cartomancie! s'exclame Mme Larocque.

— J'y crois parce que ça marche.

— Tu es bien mieux de te lever de bonne heure si tu veux me convaincre ! jette Rachelle, la voisine de droite des Larocque.

— Mais je n'ai à convaincre personne ! proteste Suzie. Consulter une tireuse de cartes, c'est un peu comme aller à la messe. Certains croient à son importance, tandis que d'autres y sont indifférents. Prenez chez nous, par exemple. Francis va à l'église alors que moi, moins j'y vais et mieux je me porte. Et mon mari prétend que toutes les tireuses de cartes sont des charlatans.

— Suzie peut en témoigner : avant, j'étais comme Francis, intervient Agathe. Chaque fois que Suzie revenait d'une rencontre avec une cartomancienne, je lui disais qu'elle jetait son argent par les fenêtres. Maintenant, même si je ne suis pas rendue au point d'aller voir une tireuse de cartes, je pense que c'est comme dans tous les domaines. Certaines sont douées, et d'autres n'ont aucune compétence.

Agathe raconte ce que la tireuse de cartes a dit sur elle seulement en voyant sa photo, deux ans auparavant.

— Avouez qu'il fallait un certain talent pour annoncer des événements dont je ne savais rien moi-même.

— Je vous mets toutes au défi d'aller consulter une cartomancienne d'ici la fin de l'année, lance Suzie. Après, vous pourrez vous faire votre propre idée. Si vous n'aviez jamais mangé du pâté chinois, comment sauriez-vous que vous aimez ça ?

La dernière phrase de Suzie était peut-être un peu dure, mais elle était juste. Effectivement, personne ne peut dire s'il aime ou déteste un plat avant d'y avoir goûté. Et il en est ainsi dans tout. Il faut expérimenter pour savoir de quoi on parle.

— Tu as bien raison, admet Hélène. On est là à donner notre avis sur un tas de choses auxquelles on ne connaît absolument rien. La dernière fois que je suis allée au cinéma, j'écoutais mes voisines discuter de l'avortement d'une de leurs amies. À les entendre, la pauvre risquait de devenir sourde, ou pire encore de ne plus pouvoir avoir d'enfants. Pas besoin d'avoir subi une telle intervention pour savoir que, si elle a été bien pratiquée, le pire à vivre sera le souvenir de ce bébé qui ne verra jamais le jour en raison de notre décision.

Un silence lourd plane sur le groupe jusqu'à ce que Steve lâche un cri de mort. Toutes les femmes se lèvent de leurs chaises en même temps. Quand elles voient que personne n'est en difficulté, elles se rassoient dans un même mouvement.

Rachelle dit d'une voix sourde :

— Il n'y a pas grand monde qui est au courant, mais…

Elle fait une pause de quelques secondes avant de reprendre :

— … je me suis déjà fait avorter. Je venais juste d'avoir dix-neuf ans. J'avais enfin mis la main sur le gars que je voulais. J'étais folle de lui. Chaque fois, on avait du mal à se quitter tellement on était bien ensemble. Deux mois plus tard, je suis devenue enceinte. Et c'est là que tout a basculé. Non seulement il ne voulait pas de l'enfant, mais il ne voulait plus de moi non plus. J'étais désespérée. Il n'était pas question que j'en parle à mes parents ; ils m'auraient reniée. Je suis passée par toute la gamme des émotions. J'en voulais à la terre entière pour ce qui m'arrivait. « Je suis enceinte. » Cette phrase me hantait jour et nuit. Est-ce que je voulais garder le bébé ou me faire avorter ? C'est de loin la plus grosse décision que j'ai prise de toute ma vie. Mais dans les circonstances, l'avortement était la meilleure solution. Chaque fois que je pose les yeux sur un garçon ou une fille qui aurait l'âge de mon enfant, mes yeux s'embuent. Je suis encore convaincue d'avoir fait le bon choix, mais jamais je n'oublierai.

— Je te trouve bien brave d'avoir surmonté cette épreuve, déclare Mme Larocque. Dans mon temps, on restait «prise avec le paquet», comme on disait, et plus souvent qu'autrement notre vie était finie. Je sais de quoi je parle parce que c'est arrivé à une de mes sœurs. Mes parents ne l'ont pas reniée, mais c'est tout comme. D'après eux, elle avait sali leur nom. Ils ont refusé de l'aider. La pauvre, elle avait seulement seize ans. Heureusement, notre grand-mère paternelle l'a prise sous son aile. Ma sœur a pu poursuivre ses études. Aussitôt qu'elle a eu son diplôme en poche, elle a quitté Trois-Rivières et est allée s'installer à Ottawa avec son fils. Elle ne s'est jamais mariée.

La discussion se poursuit sur la même note jusqu'à ce que les enfants demandent à répétition à quelle heure le repas sera servi.

Pendant qu'elle tend une serviette à chacun de ses fils à leur sortie de la piscine, Agathe songe que tout le monde cache des squelettes dans son placard. Il y a des choses qu'on refuse de dire au premier venu, certaines qu'on a même oubliées jusqu'au jour où les astres s'alignent parfaitement et que la mémoire nous revient au moment où on s'y attendait le moins.

— Au fait, lui demande Mme Larocque, ta jeune sœur est-elle déjà partie?

— Céline est allée passer quelques jours chez ma cousine Mado, à Montréal. Vous savez, c'est celle dont le père est mort dans le même accident que ma mère. Céline et Mado s'entendaient comme deux larrons en foire avant que ma cousine se marie et quitte La Sarre.

L'arrivée de Céline chez les Gauthier s'est passée en douceur, au point qu'Agathe était déçue de voir partir sa sœur. Celle-ci plaît beaucoup aux enfants, et même à Isabelle. Même s'ils n'avaient pas vu leur tante depuis plusieurs mois, le contact s'est vite rétabli. Ils ne la quittent pas d'une semelle.

Lorsqu'elle était allée chercher sa sœur au terminus, Agathe lui avait demandé ce qui la pressait tant de quitter La Sarre. La jeune femme avait répondu en toute franchise.

— Deux choses. D'abord, mon patron avait les doigts de plus en plus longs avec moi et personne ne me croyait, pas même le gars du syndicat. Ensuite, mon *chum* me trompait avec ma meilleure amie.

— Je suis désolée, avait murmuré Agathe, vraiment touchée.

— J'aimerais que tu gardes ça pour toi.

— D'accord! Voudrais-tu en parler?

— Il n'y a rien à dire. Dans le premier cas, c'était perdu d'avance. Et jamais je ne pardonnerai à Jean-Marc. Pas plus qu'à mon amie, d'ailleurs – enfin, mon ancienne amie.

Agathe est encore ébranlée par les confidences de Céline. Elle n'en a soufflé mot à personne, pas même à Patrick et à Anna. Si jamais ils veulent en savoir plus, ils n'auront qu'à interroger la principale intéressée. C'est ce qu'Agathe avait répondu à Anna quand celle-ci était venue aux nouvelles après l'arrivée de Céline à Belœil.

Agathe sait que certains patrons ont les doigts longs, mais elle n'aurait jamais pensé qu'une de ses sœurs serait aux prises avec ce problème. Elle ignore jusqu'où l'odieux personnage est allé avec Céline, mais elle aimerait lui dire sa façon de penser. Agathe est la seule de la famille qui n'a pas travaillé à l'extérieur après ses études. Ses sœurs lui disaient que ce n'était pas donné à tout le monde d'être un bon patron. Mais de là à penser que des hommes se servaient de leur pouvoir pour obtenir des faveurs sexuelles, il y a toute une marge. Lorsque de telles situations arrivent, Agathe songe que le monde est loin d'être aussi beau qu'il le paraît. Cela la déçoit grandement.

— Maman, maman! pleurniche Isabelle. J'ai reçu plein d'eau sur mon plâtre.

Agathe met quelques secondes à revenir sur terre. Elle se tourne vers sa fille. Quand elle voit le peu de dégâts, elle sourit et dit en caressant les cheveux d'Isabelle:

— Ce n'est rien! Ça va vite sécher.

— Mais je ne veux pas qu'il se détrempe!

— Hey! l'intime Agathe, arrête un peu! C'est à peine si tu as reçu quelques gouttes. Par contre, tu ferais mieux de te tenir à distance des piscines.

Au moment où Isabelle s'apprête à riposter, un grand gaillard fait son entrée dans le champ de vision d'Agathe. Du coup, elle ne prête plus aucune attention à sa fille. Elle cherche désespérément à reconnaître le jeune homme mais elle n'y arrive pas. «C'est peut-être le *chum* d'une des filles de nos voisins. Il faut que j'en aie le cœur net. Je n'ai pas envie que nos maisons soient dévalisées.»

— Maman, je te parle! lance Isabelle.

— Excuse-moi. Est-ce que tu connais ce garçon?

— Non! répond sèchement Isabelle. Comment voudrais-tu que je le connaisse? Je t'ai demandé si je pouvais rentrer dans la maison.

— Je pense que c'est une bonne idée.

Délaissant sa fille, Agathe se dirige vers le jeune homme.

— Bonjour, dit-elle une fois à sa hauteur. Est-ce que je peux t'aider?

— Sûrement! répond celui-ci très poliment. Je cherche Agathe Royer.

— C'est moi! Est-ce qu'on se connaît?

— Pas encore! Je m'appelle Jean-Marc. Je suis, ou plutôt j'étais, le *chum* de Céline. Madeleine m'a dit que je la trouverais ici. Est-ce que je pourrais la voir?

Si elle ne se retenait pas, Agathe le féliciterait. Il faut une bonne dose d'audace et de courage pour se taper autant d'heures d'auto par amour. Elle ne sait rien de lui mais il lui plaît déjà.

— Céline est absente.

— Est-ce que tu pourrais l'appeler pour lui dire que je suis ici? J'aimerais lui parler.

— Je peux faire ça pour toi, mais par contre je ne peux rien te promettre. Suis-moi.

* * *

Comme Agathe s'y attendait, Céline traite Jean-Marc comme du poisson pourri. Elle n'entend évidemment pas les propos que sa sœur tient à l'autre bout du fil, mais à voir l'air affligé du jeune homme, il est clair que les paroles de Céline le touchent droit au cœur.

Quand Jean-Marc raccroche, son regard est noyé de larmes.

— Je te remercie, dit-il en s'essuyant les yeux du revers de la main. Je suis désolé de t'avoir dérangée.

Même si Agathe a quitté l'Abitibi depuis longtemps, elle n'a pas perdu pour autant son sens de l'hospitalité. D'où elle vient, les gens ouvrent toujours leur porte à quelqu'un dans le besoin.

— Wo! Wo! s'écrie-t-elle. Dis-moi d'abord où tu as l'intention de dormir. Même si aujourd'hui c'est le 24 juin, les nuits sont fraîches. Et quoi que tu en penses, ici aussi, on a des maringouins!

L'air absent, Jean-Marc lui adresse un demi-sourire en haussant les épaules. Il n'en faut pas plus pour qu'Agathe prenne tout en main.

— Je vais te dire comment les choses vont se passer. Je vais commencer par te donner une bière. Ensuite, je te présenterai quelques personnes. Je sais que tu n'as aucune envie de te faire de nouveaux amis, mais crois-moi, cela te réconfortera. Après, tu viendras au feu de camp chez les Larocque, mes voisins, et pour finir tu dormiras chez nous. Tu peux laisser ton sac dans l'entrée.

Jean-Marc s'apprête à rouspéter. D'une voix assurée, Agathe ajoute :

— Et je ne veux rien entendre. Viens!

En ce qui concerne la rupture de sa sœur avec Jean-Marc, Agathe ne sait que ce que Céline a bien voulu lui raconter. Elle ne doute pas de cette dernière, mais elle demandera à Jean-Marc sa version des faits avant qu'il parte.

De nature réservée, Jean-Marc fait de gros efforts pour s'intégrer aux discussions. Agathe le surveille à distance. Elle croit qu'il est quelqu'un de bien. Elle veut faire tout son possible pour l'aider.

Il est près de deux heures du matin quand Agathe va se coucher. Elle a passé une très belle soirée, remplie de rebondissements. Elle en a appris plus sur ses voisines ce soir que depuis tout le temps qu'elles se côtoient. Avant que le quartier retrouve son calme, Agathe dort à poings fermés malgré les ronflements de Patrick.

Chapitre 7

— Agathe, demande Hélène d'une toute petite voix, est-ce que tu pourrais garder Pierre-Marc cet après-midi ?

Lorsque Hélène fait une telle demande en utilisant ce ton désespéré, c'est qu'elle n'en peut plus de sa vie avec Réjean, même si ce dernier brille par son absence plus souvent qu'autrement.

— Tu peux même me l'amener pour le dîner, si tu veux, répond Agathe.

— J'ai bien envie d'accepter ton offre. C'est mon jour de congé et ma petite gardienne ne peut pas s'en occuper. Merci, Agathe !

Il y a des personnes qui font le mal par la parole, d'autres par le geste. Certaines, comme Réjean, en font encore plus par leur indifférence. Agathe n'a pas hâte que son amie aille s'installer en Floride, mais ce sera une bonne chose pour celle-ci. Elle n'aime pas ce que Réjean fait vivre à Hélène. Si la jeune femme ne possédait pas une telle force de caractère, son mari l'aurait détruite depuis longtemps. À force d'être ignoré, on finit par s'éteindre.

Il y a des jours où Agathe est « en déception ». La première fois qu'elle avait utilisé cette expression devant Suzie, son amie s'était tout de suite inquiétée.

— Tu m'as mal comprise, avait dit Agathe. Je ne suis pas en dépression, je suis « en déception » du genre humain. Je suis déçue d'un tas de gens. De Réjean qui ne joue pas son rôle de mari et de père comme il le devrait, de Céline qui est aussi têtue qu'une mule, des politiciens qui gaspillent notre argent, parfois de Patrick qui a toujours un œil dans l'assiette du voisin, de mes enfants qui n'ont pas encore compris l'importance de l'effort… Et cette liste pourrait s'allonger à l'infini.

— Il n'y a que toi pour songer à des choses comme ça, avait répondu Suzie. Le pire, c'est que je suis convaincue que toutes les personnes pourraient enrichir ta liste. Parfois, il m'arrive de penser que la vie est bien faite. La majorité des gens se laissent porter par l'existence sans se poser de question. Imagine-toi seulement ce que deviendrait le monde si les humains réagissaient tous fortement à ce qui se passe de moins beau. Ce serait un vrai capharnaüm!

— Peut-être, mais au moins on saurait à quoi s'en tenir alors que, maintenant, on vit dans la complaisance à son paroxysme. Je crois que chaque individu doit assumer les conséquences de ses actes. Après avoir pris une décision, eh bien, il faut la porter, même si cela ne nous plaît pas.

Agathe songe à Jean-Marc. Comme elle s'en doutait, les choses entre lui et Céline ne s'étaient pas passées exactement comme cette dernière l'avait raconté. Certes, Jean-Marc l'avait trompée, mais de nombreuses raisons expliquaient son écart. Toutefois, Céline refusait de passer l'éponge. Le lendemain de la Saint-Jean-Baptiste, Jean-Marc était allé la voir chez Mado. Une heure plus tard, le cœur en miettes, il avait repris le chemin de La Sarre. La vie venait de lui apprendre la portée qu'un geste peut avoir. Il avait perdu la femme qu'il aimait par sa faute. Agathe avait été tentée de prendre la défense du jeune homme auprès de sa sœur, mais finalement elle s'était ravisée. Elle-même avait passé par-dessus les frasques de Patrick, mais tout le monde n'était pas obligé d'en faire autant. D'ailleurs, sa situation était bien différente de celle de Céline. «Quand des enfants sont en cause, les choses sont pas mal plus compliquées.» Agathe n'a toujours pas retrouvé son prince charmant, celui qu'elle a épousé il y a un peu plus de douze ans. Toutefois, elle ne pourrait pas imaginer sa vie sans Patrick.

Céline était revenue chez Agathe seulement pour prendre ses bagages. Mado l'avait invitée à rester chez elle jusqu'à ce qu'elle se trouve un logement et un emploi. Évidemment, Agathe lui avait offert son aide pour s'installer.

— Je te remercie! avait dit Céline avant de lui sauter au cou. Je te fais signe aussitôt que j'aurai trouvé mon logement.

— Parfait! Laisse-moi donc une copie de ton CV. Je pourrais le montrer à Patrick, si tu veux.

— Avec plaisir! Veux-tu que je t'explique un peu ce que je cherche comme travail?

Agathe avait pris quelques notes au passage.

— Si j'ai bien compris, ton expérience ressemble étrangement à celle d'Anna. Elle m'a dit que son supérieur ne lui avait pas encore trouvé de remplaçante. Veux-tu que j'appelle notre sœur?

— Oui! s'était exclamée Céline.

Céline n'était pas certaine qu'Anna apprécierait qu'elle la remplace pendant son congé de maternité. Lorsque Agathe avait raccroché le combiné, elle avait déclaré :

— J'ignore ce que ça va donner, mais Anna te conseille d'aller porter ton CV à son patron aujourd'hui. Tiens, elle m'a donné son nom. Anna va l'appeler pour te recommander.

— Tu es certaine que tu as bien compris? avait demandé Céline d'un air étonné en se croisant les doigts.

— Absolument! Et j'espère que ça va marcher! Je serais telle-ment contente pour toi. Ça te donnerait un peu de temps pour te retourner.

Céline était allée porter son curriculum vitae ; elle avait été embauchée sur-le-champ. De retour chez Mado, elle avait appelé Agathe et Anna pour leur apprendre la bonne nouvelle, et pour les remercier aussi.

Depuis que les enfants sont en vacances, ils ne se lèvent jamais avant huit heures. Le premier jour, Agathe est même allée vérifier si tout allait bien. D'une année à l'autre, elle oublie à quel point ils sont fatigués lorsque l'école finit. Mais la jeune femme s'est vite habituée à avoir un peu de temps pour elle avant que sa progéniture ouvre les yeux.

Cet été, le fait de ne pas faire de camping change passablement les habitudes de toute la famille. Cette semaine, par exemple, ils auraient séjourné dans le parc de la Mauricie. Et la suivante, au parc des Voltigeurs de Drummondville. Quand la famille est sur un terrain de camping, la jeune femme voit ses enfants seulement à l'heure des repas. Mais à la maison, tous s'ennuient, ce qui oblige Agathe à se transformer en gentille organisatrice un peu trop souvent à son goût. Les enfants râlent constamment : il fait trop chaud, ils n'aiment pas faire du vélo sur l'asphalte, ils n'ont pas d'amis pour jouer avec eux, ils ne peuvent pas aller se baigner quand ils veulent... Mais la pire des trois est sans conteste Isabelle. La fillette a vite utilisé à son avantage le fait que le plâtre limite sa liberté d'action. La veille, Agathe lui a dit qu'elle était pire qu'une vieille fille. « Lis, fais le ménage de ta chambre, regarde la télé... Je ne sais pas, moi, mais arrête de te plaindre ! Je n'en peux plus de t'entendre ! » Agathe comprend que, pour une enfant de dix ans, ce n'est pas drôle de se retrouver dans le plâtre, mais il y a tout de même des limites à ce qu'une mère peut endurer.

Le premier jour des vacances scolaires, Agathe s'était promis de faire une activité avec ses enfants chaque jour. Comme ils ont des intérêts parfois diamétralement opposés, ce n'est pas facile de trouver une occupation les ralliant tous les trois. Tout ce qui tourne autour de la baignade, de la course à pied et des longues marches est éliminé d'emblée afin qu'Isabelle ne se sente pas délaissée. Du coup, l'éventail des choses à faire est réduit de beaucoup. Cet après-midi, Agathe a prévu emmener les enfants à la bibliothèque municipale; avec un peu de chance, cette activité devrait leur faire plaisir. La dernière fois qu'ils y sont allés, ils ne voulaient plus repartir. En plus, c'est un passe-temps parfait pour une journée pluvieuse comme aujourd'hui. Heureusement, Agathe a insisté pour garder l'auto. Cela ne faisait pas l'affaire de Patrick, mais elle lui a dit qu'il devait s'habituer parce qu'il en serait ainsi au moins une journée par semaine jusqu'au retour en classe. Même s'ils vivent à proximité du centre-ville de Belœil, ils sont quand même loin de tout.

Agathe va chercher le journal et s'installe à la table de la cuisine. Elle se rend directement à la page des mots croisés. Pour une fois, elle commencera par noircir la grille avant de lire les nouvelles. «De toute façon, on a l'impression que l'été, il ne se passe rien.» La jeune femme est une habituée des mots croisés; elle y va ronde-ment, sans même ouvrir le dictionnaire une seule fois. Alors qu'elle s'apprête à écrire le dernier mot, quelqu'un frappe à la porte d'entrée. Comme Agathe ne veut pas que les enfants se réveillent tout de suite, elle se dépêche d'aller répondre.

— Suzie? s'écrie-t-elle en apercevant son amie. Quel bon vent t'amène si tôt? À ce que je vois, il y a un moment que tu es debout.

— Je me suis réveillée à cinq heures. Comme j'étais incapable de me rendormir, je me suis levée et j'ai commencé ma journée. Aurais-tu du café pour moi?

— Bien sûr! Suis-moi à la cuisine. Mais pourquoi as-tu fait de l'insomnie?

— Je pense que c'est mon souper avec mes frères et mes parents qui me travaille.

Agathe plisse le nez et le front. Elle a beau chercher dans sa mémoire, elle ne trouve aucun souvenir concernant cet événement.

— Tu ne te rappelles pas? s'étonne Suzie. Je t'en ai parlé à la fête de la Saint-Jean-Baptiste.

— Excuse-moi. Il s'est passé tellement de choses ce soir-là que j'en ai oublié des bouts. Et ce n'est pas parce que j'avais trop bu…

— Ce n'est pas grave. Comme je te l'ai dit, pendant que tu recevras ta belle-famille, ma famille et moi prendrons la direction de Gatineau.

— Oui, oui, ça me revient maintenant. Et ça t'inquiète?

— Mets-toi à ma place. Ça me fait peur! Tu comprends, avec ce qui s'est passé la dernière fois que je suis allée voir mes parents avec mes frères, je ne sais plus comment je dois me comporter avec eux. Parfois, j'en viens à croire que les non-dits sont préférables à la vérité.

— Il me semblait pourtant que tout s'était bien passé…

— Oui, mais… Pour te donner un exemple, mes parents ne connaissent même pas encore Édith. Cette nuit, j'ai réalisé que j'aurais pu agir autrement avec eux. Ils n'étaient pas de mauvais parents, c'est seulement qu'ils n'étaient jamais disponibles pour mes frères et moi. En réalité, je m'en veux de les avoir traités comme je l'ai fait. J'ai été vraiment égoïste. Au lieu de les aider, je n'ai pensé qu'à mon petit nombril.

Agathe réfléchit quelques secondes avant de réagir.

— Ne perds pas ton temps à t'en vouloir. Tu as fait ce qui était le mieux pour toi à ce moment-là. Avec le recul, c'est trop facile de se dire qu'on aurait dû agir autrement. La vraie question, c'est de savoir si ça aurait été préférable. Et ça, personne ne le sait. Fais confiance à tes parents ; ce sont des gens intelligents.

Puis, sur un ton ironique, Agathe ajoute :

— Et de toute façon, n'est-ce pas ta tireuse de cartes qui t'a dit que tout se passerait bien ?

Suzie frappe le bras d'Agathe avec sa petite cuillère. Prises d'un fou rire, les deux amies se tiennent les côtes. Aussitôt qu'elle reprend son souffle, Suzie lance :

— Tu as raison. On ne peut pas changer le passé. Mais j'y pense, as-tu déjà songé à devenir conseiller spirituel ?

— Hein ? Tu devrais reprendre une tasse de café.

— Je suis très sérieuse. Tu es quelqu'un de bon conseil. Et crois-moi, les personnes comme toi sont rares.

Suzie regarde sa montre et se lève aussitôt de sa chaise.

— Il faut que j'y aille. J'ai promis au nouveau directeur de lui donner un petit coup de main ce matin.

Suzie a eu beau tourner et retourner la question dans sa tête pendant des jours, elle n'a pu se résoudre à accepter le poste de directeur de l'agence où elle travaille. Certes, elle aurait eu des heures plus régulières, mais elle aurait trop perdu au change. La jeune femme aime les gens et a besoin d'être en contact constant avec eux. Quand elle a annoncé sa décision à Agathe, celle-ci n'a pas été étonnée de son choix.

— Ils ont vraiment de la chance de t'avoir à l'agence.

— Et c'est réciproque ! Bonne journée ! Et merci pour le café !

***

Quand Hélène vient chercher Pierre-Marc, elle a les yeux rouges. Elle se jette dans les bras d'Agathe en pleurant.

— Ça achève ! lui dit Agathe en lui passant la main dans les cheveux.

— Je me demande si je vais tenir le coup.

— Hé ! Il n'est pas question que tu abandonnes. Tu es pratiquement rendue à destination.

— C'est trop dur !

— Tu devrais aller passer quelques jours chez tes parents. Promets-moi que tu vas les appeler.

Hélène regarde Agathe à travers ses larmes. Elle se demande souvent ce qu'elle ferait si sa voisine n'était pas là.

— Tu as raison ! Pourrais-tu m'envoyer Pierre-Marc dans quelques minutes ? J'en profiterais pour les appeler. Avec un peu de chance, on sera déjà partis quand Réjean reviendra du travail. Merci, Agathe !

— De rien ! Les amies sont là pour ça !

Chapitre 8

En revenant de sa promenade avec Shelby, Patrick remarque que Francis est assis sur sa galerie. Il rentre son chien en vitesse dans la maison et il prend deux bières froides. Avant de sortir, il avertit Agathe au passage qu'il s'en va discuter avec Francis quelques minutes. Comme chaque fois que les deux hommes sont ensemble, Patrick ne voit pas le temps passer. Pour une fois, Agathe décide de le laisser en paix. «Il n'aura qu'à faire réchauffer son souper dans le micro-ondes. J'ai bien assez de courir après les enfants!»

— Tu n'aurais pas pu mieux tomber! s'écrie Francis durant leur conversation. Tu as ma bénédiction. De toute façon, on ne sera même pas là.

— Et Suzie? s'inquiète Patrick.

— Elle aurait été la première à te l'offrir si elle y avait pensé. Il faudrait que tu vérifies si Agathe a toujours la clé de notre maison, par contre. Sinon je te prêterai la mienne.

— Il est hors de question que quelqu'un entre chez vous, objecte Patrick.

— Si vous voulez vous baigner le soir, il va bien falloir que tu allumes la lumière du patio. Elle est près de la porte arrière, mais à l'intérieur.

— Je m'en chargerai personnellement. Je te remercie. C'est vraiment très gentil.

Dans de tels moments, Patrick réalise à quel point il a un bon voisin, et un bon ami aussi. Francis lui a offert d'utiliser sa piscine quand sa famille viendra souper ce samedi. Cela fera plaisir aux siens, surtout à sa mère et à ses sœurs, de profiter de la piscine. Elles adorent l'eau. Agathe aimerait bien avoir une piscine, mais Patrick lui a dit qu'il fallait choisir entre la piscine et le camping. Mais la jeune femme ne peut renoncer à aller camper. Et puis, après tout, elle peut se baigner aussi souvent qu'elle le souhaite chez Suzie.

— Comment vont tes affaires, Francis ? s'informe Patrick.

— De mieux en mieux. Hier, mon grand-père m'a appelé. Imagine-toi donc qu'il nous a déniché un contrat pour animer une soirée pour des policiers à la retraite de la Beauce. Mais le plus drôle, c'est qu'il a négocié à la hausse. Il a réclamé pratiquement le double de ce qu'on demande d'habitude.

— Peut-être que vos prix ne sont pas assez élevés…

— Il faut croire, mais je me verrais mal exiger autant d'argent pour des mariages. On a tellement de choses à payer quand on se marie.

— Je comprends. Mais Jack et toi, vous n'êtes pas obligés de travailler pour rien.

Ce genre de discussion, Francis et Jack l'ont régulièrement. Ils ne sont pas sans savoir qu'ils font partie de ceux qui demandent le moins cher. Mais tant et aussi longtemps qu'ils ne se sentiront pas lésés, ils n'ont pas l'intention d'augmenter leurs prix. Bien sûr, ils n'opèrent pas une disco-mobile pour perdre de l'argent, mais pas non plus pour devenir riches. Leur premier objectif demeure de s'amuser.

— Rassure-toi, déclare Francis, on ne travaille pas pour rien. En plus, on est payés pour faire ce qu'on aime. Que pourrait-on demander de plus ?

— Donne-moi une de tes cartes. Je la remettrai au président du club social.

Francis s'exécute aussitôt. Jack et lui ont vite appris qu'il faut saisir toutes les occasions de se faire connaître.

— Mais pour en revenir à ton souper familial…, lance Francis. Il me semble que ça fait un sacré bout de temps que tu n'as pas reçu les tiens.

— Ouais! La dernière fois, c'était avant que ma mère ait son accident. J'étais plein de bonne volonté quand elle est sortie du coma. Mes frères, mes sœurs et moi, nous avions convenu de nous voir plus souvent. Mais tu sais comment ça se passe. On s'est vus aux fêtes chez mes parents et ça s'est arrêté là. Puisque je suis l'aîné, je me suis dit que c'était à moi de partir le bal. J'ignore ce que ça va donner, mais au moins j'aurai essayé.

— C'est tout à ton honneur! Pour ma part, même si je voulais organiser un souper familial, ça ne marcherait pas. Philippe est encore en prison, et mes deux frères les plus vieux ont toujours une bonne raison pour ne pas s'éloigner de chez eux. Ç'a tout pris pour qu'ils assistent au mariage d'Olivier. Québec n'est quand même pas au bout du monde quand tu pars de Saint-Georges. Imagine-toi quel tour de force ce serait pour qu'ils viennent jusqu'ici. En tout cas, j'ai renoncé à tenter quoi que ce soit.

Francis avait été très surpris quand sa mère lui avait raconté à quel point elle avait dû insister pour que Jean-Marc et Charles acceptent de venir au mariage d'Olivier. L'un et l'autre ne portent pas les deux moutons noirs de la famille dans leur cœur, ils ne se gênent pas pour le dire haut et fort. Philippe et Olivier font de l'ombre à leur famille, et ils ne leur pardonneront jamais cet affront.

— Il me semblait pourtant que tu n'es pas très proche de tes frères et sœurs, non? reprend Francis.

— Tu ne te trompes pas! Lorsque j'habitais à Ville Saint-Laurent, ils ne se gênaient pas pour profiter de moi. Ils me quêtaient souvent de l'argent. C'est d'ailleurs pour avoir la paix que j'ai déménagé à Belœil. La distance aidant, ils ont cessé de me quémander. Ils venaient chez nous seulement quand je les invitais, c'est-à-dire le moins souvent possible. Mais après l'accident de ma mère, j'ai compris l'importance de la famille. Jamais je n'aurais pensé qu'on était capables de se serrer les coudes autant. Pour une fois, nous avons tous ramé dans la même direction. Alors j'ai décidé d'entretenir nos liens.

— Wow! Sincèrement, tu m'impressionnes, mon Patrick!

— N'en mets pas trop! déclare Patrick. Crois-moi, je ne suis pas devenu un saint pour autant. Au grand désespoir d'Agathe, il m'arrive encore de trop boire. Et aussi de lorgner les belles femmes, mais au moins cela elle ne le voit pas.

C'est ce qu'il aime croire pour se donner bonne conscience. Par contre, il n'est pas allé voir ailleurs depuis la fois où il a cru avoir une maladie vénérienne. Même s'il n'a rien attrapé, cette histoire lui a fait suffisamment peur pour qu'il se tienne à carreau. Seul l'avenir dira si sa volonté tiendra le coup. Mais deux choses n'ont pas changé: il n'emmène pas plus Agathe à ses congrès qu'avant et il y a toujours d'aussi belles filles qui le titillent aussitôt qu'il pose son regard sur leurs corps de déesse.

— Pourtant, à ton âge, tu devrais savoir que les femmes voient tout. C'est seulement que, parfois, elles préfèrent se taire. Mais, dis-moi, le camping ne te manque pas trop?

Il est clair que celui pour qui la décision de ne pas faire de camping cet été a eu le plus de conséquences, c'est lui. Quand sa famille passait la semaine au loin, il avait la maison pour lui tout seul ; il pouvait alors prendre ses aises. Il s'est bien gardé de protester, mais le jour où Agathe et lui ont décidé d'annuler leurs réservations, Patrick a vu ses « vraies vacances » fondre comme neige au soleil.

— Je ne te cacherai pas que j'ai perdu beaucoup au change. Mais je n'ai pas le choix de m'accommoder de la situation. Et ce n'est sûrement pas plus facile pour Agathe. Depuis qu'Isabelle est dans le plâtre, notre fille est à prendre avec des pincettes.

— Prends-tu tes vacances à la même date que d'habitude ?

— Ouais ! Je n'en ai pas encore parlé avec Agathe, mais j'aurais bien envie qu'on aille passer une semaine au chalet du beau-père. C'est certain que le début du mois d'août n'est pas la meilleure période pour la pêche, mais au moins on serait sur le bord de l'eau. Une bonne fois, il faudrait qu'on aille pêcher ensemble, toi et moi.

— C'est quand tu veux ! Mon grand-père serait heureux de nous recevoir à son chalet. On pourrait offrir à Jack de venir avec nous.

Patrick se réjouit déjà à l'idée de partir entre gars. Il lui arrive de sortir avec Francis, et même avec Jack, mais jamais plus que pour quelques heures. Quand il était plus jeune, il partait camper avec ses *chums* plusieurs fois pendant l'été. Après son mariage, il a cessé cette activité sans même s'en rendre compte.

— Je propose qu'on se réserve la dernière fin de semaine d'août, ajoute Francis. Qu'est-ce que tu en penses ?

— C'est parfait pour moi.

— Je me charge d'en parler à mon grand-père et à Jack. D'ailleurs, je suis allé faire un tour chez lui hier. J'ai trouvé qu'Anna n'en menait pas large. Elle a le teint vert. Je lui ai demandé si tout allait bien. Elle m'a répondu qu'elle était seulement un peu fatiguée. Je ne suis pas docteur, mais il me semble qu'elle n'a vraiment pas l'air en forme.

— J'avais cru comprendre que sa belle-mère irait la relever.

— Oui, mais la mère de Jack est retournée chez elle comme prévu au bout d'une semaine.

Patrick n'aime pas ce qu'il entend. Il ira rendre à Anna une petite visite demain après le travail. Mais il demandera d'abord à Agathe d'aller aux nouvelles.

— Qu'est-ce qu'il en pense, Jack ?

— Que veux-tu qu'il en pense ? Tout le monde lui dit que c'est normal qu'une femme soit fatiguée après un accouchement.

Les propos de Francis confirment à Patrick qu'il devra aller au fond des choses dans cette affaire.

— Avant que j'oublie, dit-il, j'ai obtenu des billets pour aller voir le Manic.

Francis n'approuve toujours pas le fait que Patrick accepte de nombreux pots-de-vin. Toutefois, quand il est question de soccer, sa conscience est plus élastique.

— J'en ai non seulement pour un match, mais pour toute la saison.

Puis, sur un ton légèrement railleur, Patrick poursuit :

— Est-ce que je dois me trouver quelqu'un d'autre pour m'accompagner ou…

— Non, non! répond précipitamment Francis. Je suis partant. Je peux même te dire tout de suite les matchs auxquels je pourrai assister.

Francis sort son horaire de travail de sa poche, puis il confirme les dates à Patrick. Heureusement, il ne manquera que deux matchs.

— Ça n'aurait pas pu mieux tomber! Je te remercie, Patrick, d'avoir pensé à moi.

— Tu ne sais pas encore la meilleure: ce sont des places VIP!

— En plus? Wow!

La porte moustiquaire s'ouvre sur Édith.

— Papa, viens manger.

C'est aussi à ce moment que Patrick réalise que, si c'est l'heure de souper pour Francis, sa famille doit avoir terminé le repas depuis belle lurette.

— Je pense que j'ai passé en dessous de la table! s'écrie-t-il en dévalant deux à deux les marches de l'escalier.

* * *

— Tu aurais dû m'avertir que le souper était prêt! lance Patrick en entrant chez lui.

— On mange toujours à la même heure, riposte Agathe. Je me suis dit que tu étais assez grand pour savoir ce que tu avais à faire. Ton assiette est dans le micro-ondes. Donne-moi deux minutes et tu seras servi.

— Mais tu ne comprends pas! Je voulais manger avec vous.

— Alors c'était à toi d'être là.

Même s'il meurt d'envie d'argumenter, Patrick décide de se taire. Après tout, Agathe a raison: il n'avait qu'à s'arranger pour être à l'heure. À la grande surprise de sa femme, il déclare:

— À moins que je sois à l'extérieur, je ne manquerai plus le souper. C'est promis!

Agathe a encore du mal à s'habituer au nouveau Patrick qui prône désormais les valeurs familiales. La tête inclinée et un sourire en coin, elle le regarde d'un drôle d'air. Lorsqu'elle dépose l'assiette devant lui, elle lui demande s'il a acheté la viande pour samedi.

— Oui. J'irai la chercher demain avant de rentrer. J'ai réservé un filet mignon. Je peux même le parer, si tu veux.

— Il ne faut surtout pas te gêner, confirme Agathe. Moins je me mets les mains dans le sang, mieux je me porte. Pour dessert, je préparerai des carrés aux dattes, des brownies et des biscuits aux pépites de chocolat. Mais pour l'entrée, je suis en panne d'idées.

— Est-ce que de la fondue au fromage conviendrait?

— J'y ai pensé. Mais au nombre qu'on sera, cela reviendrait trop cher.

— Je devrais être capable de m'en faire donner. Est-ce qu'il te manque autre chose?

Agathe doit se secouer la tête pour être certaine qu'elle ne rêve pas. Depuis quand son mari se préoccupe-t-il de ce genre de détails? «Je vous en prie, Seigneur, faites que ce nouveau Patrick reste pour toujours!»

— Non.

Patrick mange avec appétit. À peine porte-t-il une bouchée à sa bouche qu'il se prépare à en enfourner une autre.

— C'est délicieux !

Agathe n'en croit pas ses oreilles. «Là, c'est le bouquet ! Patrick vient de me complimenter sur ma cuisine !»

— Francis est allé chez Anna hier, ajoute-t-il, et il m'a dit qu'elle était verte. J'aimerais que tu l'appelles pour voir comment elle va.

— Tout de suite ! lance Agathe en se ruant sur le téléphone.

C'est Jack qui répond. Même si Agathe meurt d'envie de lui demander de parler à sa sœur, elle commence par prendre des nouvelles de son beau-frère. Elle s'informe ensuite au sujet d'Anna.

— Pour tout te dire, ce n'est pas la grande forme, répond Jack. Elle dort tout le temps. Et nourrir Myriam l'épuise.

Agathe s'inquiète. «Anna fait peut-être un peu d'anémie. J'irai lui porter des ampoules de fer. Il faudrait aussi que je la convainque de cesser d'allaiter. Mais là, ça risque d'être compliqué.»

— Est-ce que je peux passer la voir ?

— Maintenant ? s'étonne Jack.

— Oui. À moins que ça te cause un problème.

— Non ! Non ! Viens quand tu veux.

À peine Agathe a-t-elle raccroché que Patrick lui demande s'il peut l'accompagner.

— Tu pourrais demander à Hélène de nous dépanner.

— Hélène est chez sa mère avec Pierre-Marc.

— J'ai une idée. On pourrait laisser les enfants chez mes parents en passant.

Agathe est abasourdie. Elle est partagée entre le bonheur de voir Patrick s'impliquer et la peur de ne plus pouvoir rien faire toute seule. Elle sait qu'il est attaché à Anna, mais ce serait beaucoup plus simple si elle allait seule là-bas, comme d'habitude.

— On perdra beaucoup de temps si on se rend chez tes parents. Je vais demander à Mme Larocque si elle peut me rendre service.

* * *

Lorsque Anna voit sa sœur, elle se met à pleurer. Évidemment, Agathe l'imite aussitôt. Depuis qu'elles sont toutes petites, elles détestent voir souffrir l'autre. Quand elle parvient à se calmer, Agathe dit en reniflant :

— Je mettrais ma main au feu que tu fais de l'anémie. Mon diagnostic n'a rien de scientifique, car j'avais le même air que toi après chacun de mes accouchements. Quand j'en avais parlé à maman, elle m'avait conseillé d'envoyer Patrick m'acheter des ampoules de fer. Deux jours après, j'avais retrouvé la forme. Non seulement je t'en ai apporté une boîte, mais je vais te faire prendre une ampoule à l'instant.

— Au point où j'en suis, dit Anna d'une voix faible, je suis prête à essayer.

— Mais ce n'est pas tout, reprend Agathe d'un air sérieux.

Elle fait une courte pause avant de poursuivre.

— Si tu veux mettre toutes les chances de ton côté, il faudrait que tu arrêtes de nourrir ta fille.

Comme Agathe s'y attendait, la réponse d'Anna ne se fait pas attendre.

— C'est hors de question !

Agathe savait que sa sœur refuserait de mettre Myriam au biberon. C'est très louable, mais puisqu'il y va de sa santé, cette solution doit être sérieusement envisagée.

— Le contraire m'aurait surprise ! Jusqu'à maintenant, je pouvais comprendre. Mais là, tu dois prendre soin de toi. Voici ce que je te propose. Tu prendras les ampoules comme il se doit. Je reviendrai te voir dimanche. Si tu as repris du poil de la bête, tu pourras continuer d'allaiter. Sinon je t'offrirai les biberons moi-même s'il le faut !

Anna réfléchit quelques secondes. L'idée d'Agathe ne fait pas son affaire. Par contre, elle est bien obligée d'admettre que si elle ne va pas bien, par conséquent sa fille n'aura pas du lait de qualité.

— C'est d'accord ! répond-elle à contrecœur.

Aussitôt, Agathe respire mieux.

Chapitre 9

C'est sans aucune attente qu'Agathe a décidé d'inviter Céline à se joindre à la famille de Patrick ce samedi.

— Fais comme tu veux, mais je pense que tu t'entendrais bien avec les sœurs de Patrick. Comme tu viens d'arriver à Montréal, ça te ferait de nouvelles connaissances.

— À quelle heure veux-tu que je me pointe ? lui demande spontanément Céline.

Surprise, Agathe lui dit de se sentir libre d'accepter ou non son offre.

— Ça me ferait plaisir d'être là ! Si tu veux, je pourrais même t'aider.

Agathe est enchantée.

— Je ne refuse jamais d'aide. Crois-tu que tu pourrais arriver au milieu de l'avant-midi ?

— Certain ! Si je suis au métro à dix heures, pourrais-tu venir me chercher ?

— Bien sûr !

Agathe n'est pas encore prête à crier sur les toits que c'est l'amour fou entre Céline et elle. Mais leur relation est meilleure que jamais. Depuis qu'elle vit à Montréal, Céline l'appelle régulièrement pour prendre de ses nouvelles – ce qu'elle ne faisait jamais quand elle habitait à La Sarre. Elle a même offert à Anna d'aller lui donner un coup de main dimanche. Anna était si émue qu'elle a été incapable de lui répondre. À bout de patience, avant de raccrocher, Céline lui a demandé de dire à Jack de la rappeler. Quand elle a eu son beau-frère au bout du fil, ce dernier lui a expliqué pourquoi Anna avait pleuré. Céline s'est mise à sangloter à son tour. Depuis son arrivée en ville, elle a l'impression de redécouvrir ses sœurs. Elle s'était éloignée d'Agathe et d'Anna au fil des ans, mais voilà qu'elle prend de plus en plus plaisir à les côtoyer.

— Comment ça va au travail ? demande Agathe à Céline peu de temps après l'arrivée de sa sœur chez elle.

— Numéro un ! répond Céline. Le patron d'Anna m'a dit qu'il embaucherait autant de petites Royer qu'il en viendrait à Montréal.

— Wow ! C'est un beau compliment. As-tu trouvé un logement ?

— Non, pas encore. Tout ce que j'ai visité était horrible et envahi de coquerelles.

Agathe ne peut réprimer une grimace immédiatement suivie d'un grand frisson. Jamais elle ne pourra oublier le premier logement que Patrick et elle avaient loué. Tout se passait bien jusqu'à ce que de nouveaux voisins s'installent sur le même palier. Ces gens étaient vraiment crasseux. Avec eux était arrivée une colonie de coquerelles ; elles avaient tôt fait d'envahir tous les appartements. La première fois qu'Agathe avait vu ces bestioles, elle était en train de faire cuire des spaghettis. Après avoir poussé un cri d'horreur, elle avait sorti sa tapette à mouches et avait entrepris la chasse aux coquerelles en faisant très attention de ne pas les faire tomber dans ses chaudrons. Comme il était impossible d'en venir à bout, elle avait appelé le propriétaire et l'avait sommé de la débarrasser des intruses au plus vite. L'après-midi même, un exterminateur frappait à sa porte et à celle du voisin aussi.

— Tu ne te vois pas la face ! s'esclaffe Céline. Comme dirait papa : « Une petite bête ne mange pas une grosse bête. »

— Je sais tout ça ; malgré tout, j'ai le dédain de toutes les bibittes qui traînent dans les maisons. Mais j'y pense, un des frères de Patrick a un immeuble à logements. Il a peut-être quelque chose à louer. On ne perd rien à lui en parler.

— On verra ! Je ne suis pas si pressée. Mado m'a dit que je pouvais rester chez elle aussi longtemps qu'il le faudrait.

— Tant mieux ! Pourrais-tu aller me chercher deux pots de cornichons et un d'olives dans la chambre froide ?

Pour Agathe, Mado vient encore de prendre du galon. D'ailleurs, il serait grand temps d'organiser une sortie de filles et d'inviter sa cousine à se joindre au groupe. Agathe attendra qu'Hélène revienne de chez ses parents avant de tout organiser. Cette fois, au lieu d'aller à la discothèque, elles pourraient aller manger au restaurant et ensuite assister à une pièce de théâtre d'été.

Lorsqu'elle revient dans la cuisine avec les pots, Céline s'écrie :

— Mais que faites-vous avec tant de bouteilles de cognac ? Je me serais crue en pleine Commission des liqueurs !

Même si le nom du commerce a été changé officiellement en 1961 pour la Régie des alcools et, dix ans plus tard, pour la Société des alcools, beaucoup de gens utilisent encore la première appellation.

— Quand je raconte que Patrick reçoit des pots-de-vin, c'est de cela que je parle. Comme il boit beaucoup moins qu'avant, eh bien, il ne sait plus quoi faire avec tout ce cognac.

— Il n'a qu'à demander à ses fournisseurs d'arrêter de lui en donner.

— Je le sais bien. Mais chaque fois que j'aborde le sujet, il prétend qu'il est trop gêné pour agir ainsi. L'autre jour, je lui ai suggéré de donner les bouteilles de cognac ou de les vendre, même à rabais. Tu aurais dû l'entendre. Il m'a débité tout un chapitre sur l'honnêteté.

Agathe s'était moquée de lui. Elle n'en revenait pas. Son mari lui faisait la leçon alors qu'il n'avait aucun scrupule à accepter des pots-de-vin. Elle ne lui avait pas proposé de placer une annonce dans le journal pour vendre le cognac ; elle avait seulement essayé de trouver une façon de le débarrasser de quelques bouteilles. Par la même occasion, cela lui aurait permis de gagner de l'espace dans la chambre froide.

— Je ne suis pas plus catholique que le pape, réagit Céline, mais je le comprends. On ne peut pas vendre des cadeaux.

— Bon, d'accord ! Admettons que ce n'était pas une bonne idée. Je vais quand même revenir à la charge pour qu'il se départisse au moins de quelques bouteilles.

— J'ai vu un tas de bouteilles vides en bas. Pourquoi Patrick les garde-t-il ?

— Comment veux-tu que je le sache ? L'autre jour, je lui ai dit que je songeais à garder toutes les boîtes de conserve que j'utilise. Il a rétorqué que ça n'avait aucun rapport. As-tu remarqué qu'un nombre est inscrit dans le haut de chacune des étiquettes ?

Céline secoue la tête.

— Imagine-toi que Patrick note le cognac ! poursuit Agathe.

— J'ai une idée! s'exclame Céline. Je vais lui proposer de lui monter un cahier avec toutes les étiquettes des bouteilles qu'il a bues.

L'air étonné, Agathe fixe sa sœur.

— Je t'expliquerai, déclare Céline. Pour le moment, il faut seulement que tu acceptes de m'avoir dans tes jambes une couple de samedis. Au nombre de bouteilles vides qu'il y a, ça me prendra un peu de temps.

— Si tu réussis à convaincre Patrick, tu peux venir quand tu veux. En autant que je récupère de l'espace dans ma chambre froide, je te donne carte blanche.

Et les deux sœurs se tapent dans les mains pour sceller leur accord. C'est à ce moment qu'Isabelle fait son entrée dans la cuisine en clopinant.

— Tante Céline, est-ce que tu voudrais jouer à la bataille avec moi? demande-t-elle d'une voix plaintive.

— Demande à mon *boss* s'il me permet de m'absenter!

Avant que sa fille ait le temps de comprendre la plaisanterie, Agathe lance d'un ton joyeux:

— Aurez-vous assez d'une heure?

— Oui, mon commandant, répond Céline d'un ton moqueur. On pourrait s'installer dans la salle à manger…

— Non, l'interrompt Isabelle. Allons dans ma chambre.

Un tel désordre règne dans cette pièce que Céline et Isabelle seront obligées de s'installer sur le tapis. Mais d'abord, elles devront ramasser tout ce qui traîne sur le plancher. Agathe estime qu'il est inutile d'humilier sa fille devant Céline. De toute façon, celle-ci est capable de faire des remontrances à sa nièce si cela s'avère nécessaire. Pour une fois, ce ne sera pas Agathe qui passera pour la grosse méchante.

La première chose que Céline déclare en revenant dans la cuisine, c'est :

— Tu devrais donner des cours aux filles de Nathalie et de Geneviève. Je n'ai jamais vu une chambre aussi ordonnée que celle d'Isabelle.

Agathe regarde sa sœur d'un drôle d'air. S'il s'agit d'une blague, elle est loin de la trouver drôle.

— Pourquoi fais-tu cette tête ? interroge Céline. Je viens de te complimenter. J'ajouterais même que tu devrais donner des cours à Nathalie et à Geneviève aussi.

Agathe ne croit pas un mot de ce qu'elle vient d'entendre. Ou Céline est aveugle. Ou elle-même est sourde. Ou une bonne fée a frappé Isabelle de sa baguette magique pendant qu'elle dormait.

— Vas-y, Céline ! s'exclame-t-elle. Dis ce que tu penses vraiment. Que ça n'a pas de bon sens de vivre dans une telle porcherie ! Que si je ne m'étais pas laissé traîner pendant si longtemps, peut-être que ma fille n'en serait pas là aujourd'hui. Que…

— Wo ! Wo ! Je ne te suis pas du tout. La chambre de ta fille brille comme un sou neuf. Va voir si tu ne me crois pas !

Ce n'est qu'à ce moment que les paroles de Céline commencent à se frayer un chemin de peine et de misère dans le cerveau d'Agathe.

— Il y a des mères qui tueraient pour avoir une fille comme elle, ajoute Céline.

— Il faut que je le constate par moi-même.

Agathe ne prend même pas le temps de s'essuyer les mains sur son tablier avant de filer en direction de la chambre de sa fille. Elle frappe trois petits coups secs sur la porte et ouvre en coup de vent. Quand elle voit l'état des lieux, de grosses larmes coulent sur ses joues. Outre les rares occasions où elle a rangé la chambre de sa fille, c'est la première fois qu'elle voit la pièce dans un si bel ordre.

— Maman! s'écrie Isabelle. Pourquoi pleures-tu?

L'émotion est si forte qu'Agathe doit faire un gros effort pour se contrôler. Elle finit par dire, entre deux reniflements:

— Parce que je suis trop contente! Viens ici que je t'embrasse. C'est toute une surprise que tu m'as faite là.

Installée à son poste de travail, Isabelle ne bouge pas d'un iota. Elle se contente de toiser sa mère du regard avant de lancer:

— Mais je ne l'ai pas fait pour toi! J'ai rangé parce que papa me l'a demandé.

Il s'en faut de peu qu'Agathe ne se laisse tomber par terre et pleure toutes les larmes de son corps. Une fois de plus, elle a tout faux avec Isabelle. Elle qui croyait que c'était pour lui faire plaisir qu'elle avait rangé sa chambre. Depuis tout le temps qu'elle rebat les oreilles de sa fille avec l'importance d'avoir une chambre ordonnée; cela aurait été la moindre des choses qu'elle finisse par l'écouter. Mais non! Elle a fait le ménage de sa chambre uniquement pour Patrick. Témoin de la scène, Céline prend sa sœur par les épaules. Avant d'entraîner Agathe dans la cuisine, elle prend soin de refermer la porte de la chambre de sa nièce.

— Tu ne devrais pas te tracasser avec ça, dit Céline. À dix ans, on ne mesure pas ses paroles.

— Peut-être, mais depuis que ma fille est au monde, je me fends en dix pour l'éduquer. Je sais que je n'ai pas toujours été un modèle pour Isabelle en ce qui concerne l'ordre, mais elle n'a pas le droit de me traiter comme elle vient de le faire.

— L'important, c'est qu'elle ait enfin compris.

— Je ne me fais pas d'illusions. Demain, sa chambre sera redevenue un vrai champ de bataille. Je pourrai même t'appeler pour te le confirmer.

***

Agathe avait vu juste en disant que Céline s'entendrait bien avec les sœurs de Patrick. Josée, Lyne et elle sont devenues les meilleures amies du monde en un claquement de doigts. Josée et Lyne offrent même à Céline de venir habiter avec elles.

— Tu n'as qu'à monter avec nous pour retourner à Montréal, dit Josée. Ainsi, tu pourras voir où on habite.

— On te conduira ensuite chez ta cousine, propose Lyne.

— Sinon tu n'auras qu'à marcher jusque chez elle, renchérit Josée sur un ton blagueur.

Céline a tellement aimé l'endroit qu'elle a décidé d'emménager avec les filles au début de la semaine suivante.

***

Patrick est emballé de sa soirée. Les choses n'auraient pu mieux se dérouler. Et sa famille a grandement apprécié le souper et la baignade. Comme il faisait un temps magnifique, les gens ont passé une grande partie de la journée dans la piscine de Francis et Suzie. Au moment du départ des invités, Patrick offre une bouteille de cognac à chacun de ses frères et une à son père. Josée ne se gêne pas pour lui dire qu'elle aime le cognac. Patrick va donc chercher deux autres bouteilles pour ses sœurs.

— Vous boirez ça à ma santé !

Une fois tout le monde parti, Patrick verse son meilleur cognac dans deux verres. Il en tend ensuite un à Agathe.

— Mais tu sais bien que je déteste cet alcool ! s'exclame-t-elle.

— Je suis sûr que tu vas l'aimer. Il est très doux.

Sans grande conviction, Agathe trempe ses lèvres dans le liquide ambré. Après avoir avalé une gorgée, elle ne peut s'empêcher de fermer les yeux.

— C'est la première fois que j'aime un cognac, dit-elle d'une voix sourde.

La seconde d'après, elle passe sa langue sur ses lèvres afin de récupérer la moindre goutte égarée.

— Pourrais-tu m'en mettre un peu plus dans mon verre ? demande-t-elle.

— Commence d'abord par apprécier ce que tu as.

Puis, sur un ton taquin, il ajoute :

— Je savais bien que je finirais par te faire aimer le cognac.

— Où le cachais-tu, celui-là ?

Patrick lui sourit.

— Je tiens à te remercier pour tout ce que tu as fait. Ma famille n'est pas près d'oublier cette soirée. Et moi non plus !

— Il n'y a pas de quoi. Et puis tu as largement fait ta part.

Agathe s'assoit sur les genoux de Patrick. Elle lui passe ensuite les bras autour du cou et pose délicatement ses lèvres sur les siennes. Le couple a l'impression d'être revenu au début de ses amours.

Chapitre 10

L'auto a à peine tourné le coin de la rue dans laquelle habite le frère de Suzie que les trois enfants dorment déjà à poings fermés.

— Regarde comme ils sont beaux quand ils dorment, murmure Suzie.

— Pas seulement dans ce temps-là, commente Francis.

— Tu sais bien ce que je veux dire ! Je les aime tellement que je ne pourrais envisager ma vie sans eux. Des fois, je me lève au milieu de la nuit et je vais les regarder dormir. Je m'agenouille au pied de leurs lits et je remercie Dieu de nous avoir donné d'aussi beaux trésors.

— C'est vrai qu'ils sont beaux ! Moi, quand je travaille de nuit, je fais le tour des chambres avant de m'absenter. Mais en fin de semaine, on n'était pas les seuls à les trouver magnifiques. Tes parents étaient vraiment contents de les voir. Et ton père est tombé amoureux d'Édith en la voyant. C'était tellement touchant de les regarder tous les deux.

Comment Suzie pourrait-elle oublier la complicité qui s'est installée entre sa fille et son père ?

— Le plus drôle, c'était quand il l'assoyait sur ses genoux et qu'il la promenait dans toutes les pièces de la maison dans son fauteuil roulant.

Sur un ton chargé d'émotion, elle ajoute :

— Tu sais, il n'a jamais fait ça avec mes frères et moi.

— Ne perds pas ton temps à lui en vouloir.

— Mais je ne lui en veux pas. C'est juste que cela a réveillé de vieux souvenirs. Je comprends très bien qu'après son accident mon père n'ait pas eu envie de jouer. Il fallait qu'il accepte que sa vie ne serait plus jamais la même. Mais ça ne me fait pas moins mal pour autant quand je le vois poser un regard pétillant sur nos enfants ou sur ceux d'Alain.

— Mets-toi à sa place une seconde !

Suzie ne peut imaginer ce que serait sa vie si elle se retrouvait dans un fauteuil roulant pour le reste de son existence. Elle ne juge pas son père – ou plutôt elle ne le juge plus. Elle veut seulement que ses plaies se cicatrisent ; d'ailleurs, c'est ce qui se produit chaque fois qu'elle visite ses parents. Sa relation avec eux s'est nettement améliorée, de même que celle avec ses frères. Il arrive parfois qu'Alain et Sylvain l'appellent simplement pour prendre de ses nouvelles, ce qui la réjouit. Leur famille n'est pas parfaite, mais au moins ils ont sauvé ce qui pouvait encore l'être.

— Ne me demande pas ça ! réagit Suzie. Si je me mets à sa place ne serait-ce qu'une seule seconde, il va falloir qu'il se mette à la mienne. Je n'ai rien à gagner à ce jeu. On s'est dit ce qu'on avait à se dire et, maintenant, la vie continue. J'ai enfin tourné la page et il est hors de question que je revienne en arrière.

Ce n'est pas la première fois que Francis admire la force de caractère de sa femme. Suzie a raison. Il faut enterrer le passé si on veut vivre à fond le présent.

— Dommage que Sylvain n'ait pas pu venir, reprend Suzie.

— Quand on travaille sur des quarts, ce n'est pas toujours évident de se faire remplacer. J'en sais quelque chose.

— S'il avait été là, le tableau aurait été parfait. Et maman, encore plus heureuse d'avoir tous ses poussins avec elle.

— On y retournera bientôt. Cette fois-là, on s'assurera que Sylvain ne travaille pas.

* * *

Aussitôt la vaisselle terminée, Agathe saute dans l'auto et met le cap sur Montréal. Elle a parlé à Céline plus tôt dans la journée. Elle l'a attrapée au vol alors qu'elle s'apprêtait à se rendre chez Anna. Même si elle mourait d'envie de lui faire ses recommandations en tant que grande sœur, Agathe s'est contentée de lui demander de rappeler à Anna qu'elle irait la visiter ce soir.

Il est à peine six heures lorsque Agathe entre dans la cour d'Anna et Jack. Lorsqu'elle les voit à table par la fenêtre, la jeune femme réalise qu'elle aurait pu attendre un peu avant de venir. Elle décide d'écouter quelques chansons dans son auto avant d'entrer dans la maison, ce qui donnera le temps au couple de finir son repas. Mais Anna et Jack l'ont aperçue. Quand Anna constate que sa sœur tarde à entrer, elle sort à l'extérieur. Agathe, qui ne l'a pas vue venir, sursaute en entendant ouvrir la portière du côté passager.

— Est-ce que tu comptes passer la soirée dans ton auto ? se moque Anna.

Le ton d'Anna prouve à Agathe que les ampoules de fer ont fait leur travail. Il est clair que sa sœur a repris du poil de la bête.

— J'attendais que la chanson finisse, répond Agathe le plus innocemment du monde.

— Et tu penses que je vais te croire ? Depuis quand aimes-tu Nanette Workman ?

— Bon! réplique Agathe d'un ton faussement impatient, je voulais seulement vous laisser finir de manger en paix.

— Mais on vient à peine de commencer! Viens-t'en. Tu pourras toujours prendre ta filleule en attendant le dessert, si tu veux.

Agathe arrive souvent trop tôt chez les gens quand elle a rendez-vous après le souper. Comme disait sa mère, chez elle, le souper ne prend pas goût de tinette. Agathe et sa famille s'assoient à table à cinq heures précises. Dans la demi-heure qui suit, le repas est avalé, la vaisselle est faite et la cuisine est rangée. Agathe songe parfois à l'époque pas si lointaine où elle laissait tout traîner. Deux ans plus tard, sa maison ne brille pas comme un sou neuf, mais au moins chaque chose est à sa place – en tout cas, dans les espaces communs. Et cela lui plaît beaucoup. Depuis que le désordre est chose du passé, la jeune femme se sent plus légère lorsqu'elle rentre chez elle.

Agathe aurait aimé se tromper au sujet de la chambre d'Isabelle, mais comme elle l'avait prédit à Céline, la pièce a retrouvé son désordre coutumier très rapidement.

Aussitôt qu'il aperçoit Agathe, Jack vient l'embrasser.

— Je ne sais pas ce que tu as donné à Anna, lance-t-il, mais j'ai enfin retrouvé ma femme.

Chaque fois que Jack l'appelle ainsi, Anna sourit. Elle lui dit souvent qu'elle n'est pas sa femme puisqu'ils ne sont pas mariés, mais il persiste quand même à la nommer ainsi. Le jour de la naissance de Myriam, Jack lui a fait la grande demande. Elle le revoit à genoux sur le plancher de la chambre d'hôpital alors qu'elle venait à peine de sortir de la salle d'accouchement.

— Veux-tu m'épouser, Anna?

Elle l'avait regardé à travers ses larmes en souriant. Il n'y avait que Jack pour faire une demande en mariage à sa dulcinée alors que celle-ci avait les cheveux collés au visage, pas une once de maquillage et qu'elle portait une jaquette d'hôpital. Anna rêvait d'entendre ces mots de la bouche de son amoureux, mais pas ce jour-là. C'est pourquoi elle lui avait demandé de reporter sa demande la journée où leur fille aurait un mois. «Et je te promets de dire oui», avait-elle affirmé. Anna n'en a soufflé mot à personne, pas même à Agathe.

— Un produit en vente libre dans toutes les bonnes pharmacies! clame Agathe en rigolant.

Puis, à l'adresse de sa sœur, elle ajoute:

— Je suis vraiment contente de voir que tu prends du mieux.

— Je n'avais pas le choix, réplique Anna d'une voix plaintive. C'était ça ou je devais cesser de nourrir ma fille.

— Tant pis, il ne me restera plus qu'à rapporter les biberons que je t'avais achetés! plaisante Agathe. Ça m'apprendra à douter de toi.

Même si Agathe ne tient pas mordicus à l'allaitement, elle aurait été fort désolée si Anna avait dû cesser de nourrir sa petite. Jack observe les deux femmes en souriant. Il a beaucoup de chance de faire partie de la famille Royer. Certes, il adore ses parents, mais comme personne n'a eu de nouvelles de son unique frère depuis des lustres, son univers familial est plutôt restreint. En plus, il apprécie beaucoup Patrick. Puisque les deux sœurs se côtoient souvent, il est toujours heureux de passer un peu de temps avec son beau-frère. Jack, tout comme Francis, n'approuve pas les pots-de-vin, mais il ne lève jamais le nez sur une bonne bouteille. Et il accepte même d'accompagner Patrick aux matchs du Manic les soirs où Francis travaille.

— Est-ce qu'il y a longtemps que Céline est partie ? s'informe Agathe.

— Environ une heure, répond Anna. Elle allait souper chez les sœurs de Patrick. C'est vraiment une bonne idée que tu as eue de les lui présenter. Contrairement à moi, Céline aime être entourée. J'avais du mal à l'imaginer vivre seule, surtout à Montréal ! En fait, ça m'inquiétait un peu.

— D'après moi, elle ne risque pas de s'ennuyer avec Josée et Lyne. Tu devrais les voir ensemble ; on jurerait qu'elles se connaissent depuis toujours.

— Hier, mon patron m'a appelée pour me remercier de lui avoir référé Céline. Il est enchanté de son travail.

Anna n'était pas convaincue de faire une bonne affaire en recommandant sa sœur pour la remplacer pendant son congé de maternité. Elle lui faisait confiance, mais elle se demandait dans quelles circonstances Céline avait quitté son emploi précédent.

— Je ne suis pas du tout étonnée, indique Agathe. Les filles Royer, c'est du solide !

Jack entre alors dans la salle à manger avec un gâteau au chocolat et trois assiettes.

— Il paraît que c'est le meilleur gâteau au chocolat ! lance-t-il en le déposant au centre de la table. C'est du moins ce que prétend Céline.

— Si c'est elle qui l'a fait, il n'y a aucun doute, dit Agathe. Je te garantis que c'est le meilleur gâteau au chocolat du monde.

Agathe tend aussitôt son assiette à Jack.

— J'en veux un gros morceau.

Les sœurs Royer sont très spontanées. Elles ne se gênent jamais pour faire connaître leurs opinions. Cela plaît beaucoup à Jack.

— Gros comment? demande-t-il en promenant son couteau au-dessus du gâteau. Comme ça? Ou comme ça? À moins que tu souhaites avoir le gâteau au complet!

— Il ne faudrait quand même pas exagérer! lance Agathe en riant. Je prendrais une part d'environ trois pouces dans sa plus grande largeur. Est-ce que je pourrais apporter un morceau chez moi? Ce gâteau est aussi le préféré de Patrick.

Quand toutes les sœurs Royer habitaient encore chez leurs parents, elles avaient chacune une spécialité culinaire. Nathalie faisait rôtir la dinde à la perfection. Geneviève réussissait à merveille le rôti de bœuf. Selon son père, Agathe préparait les meilleurs biscuits aux grains de chocolat en ville. Anna était la championne des salades. Madeleine n'avait pas sa pareille pour la soupe aux légumes. Quant à Céline, la réputation de son légendaire gâteau au chocolat la précédait dans toutes les fêtes de famille.

— Je prendrai un morceau bien plus petit que celui que tu viens de donner à Agathe, dit Anna. Je ne voudrais surtout pas que notre fille soit diabétique à cause de moi.

Bien qu'elle connaisse les règles de base de l'étiquette à table, Agathe n'a pas attendu que tout le monde soit servi pour goûter au gâteau. Il lui tardait trop de le savourer.

— Il est divin, laisse-t-elle tomber avant de prendre une autre bouchée.

— Tu as raison, renchérit Anna, la bouche pleine. Il est trop bon !

À force d'entendre les deux sœurs s'extasier à propos de ce gâteau au chocolat duquel elles n'ont pris qu'une seule bouchée, Jack croit qu'elles exagèrent. Quand il y goûte à son tour, il est instantanément conquis.

— Céline ne devrait pas avoir le droit de faire d'aussi bons gâteaux au chocolat ! clame-t-il haut et fort.

Il ajoute ensuite à l'adresse d'Agathe :

— Il faudra que tu me passes sur le corps pour partir avec un morceau, même si c'est pour Patrick. Pour tout avouer, je n'échangerais pas ce gâteau contre une bouteille de son meilleur cognac.

***

Pendant ce temps-là, à Ville Saint-Laurent, Céline et ses nouvelles amies trinquent à leur récente amitié. Demain, Céline apportera son mince bagage ici et elle commencera une nouvelle vie.

— À Patrick et Agathe ! s'exclame Céline.

— Mais notre frère n'a rien à voir là-dedans ! objecte Josée.

— Tu as raison : c'est Agathe que je devrais remercier puisque c'est elle qui m'a invitée à souper, corrige Céline.

— Ça paraît que tu ne connais pas Patrick autant que nous, déclare Lyne. Avant que notre mère tombe dans le coma à la suite de son accident, il était tout sauf gentil. Tu n'es sûrement pas au courant, mais s'il a déménagé à Belœil, c'est pour s'éloigner de nous.

Et les deux sœurs racontent à Céline l'histoire de leur famille dans ses moindres détails. La jeune femme les écoute sans les interrompre une seule fois. Elle ne tient pas absolument à tout savoir sur son beau-frère, mais elle a vite réalisé que c'était important pour ses amies.

— Mais hier, notre frère a été parfait, souligne Josée. Tout ce que je souhaite maintenant, c'est que l'ancien Patrick ne refasse pas surface. À toi maintenant de nous parler de ta famille, Céline.

— Ma mère est morte dans un accident d'auto il y a deux ans. J'ai cinq sœurs, dont trois vivent encore à La Sarre. Mon père habite là-bas lui aussi.

Et Céline poursuit la présentation de sa famille. Elle parle également de son dernier patron et de son ancien *chum*.

— Maudits hommes! s'indigne Josée. Ils ne t'ont pas ménagée. Et puis il faut vraiment être sans scrupule pour coucher avec le *chum* de sa meilleure amie.

— Elle avait déjà fait le coup à une autre de ses amies, mais jamais je n'aurais pensé qu'elle oserait avec moi. Je n'ai rien vu venir. Un jour, j'ai trouvé une lettre anonyme dans ma pile de factures. Jean-Marc n'a même pas essayé de se défendre. Vous ne pouvez pas vous imaginer à quel point je l'aimais. On était ensemble depuis trois ans.

— Pauvre toi! la plaint Josée. C'est une bien mince consolation, mais au moins tu as déjà aimé. Moi, j'ai vingt-six ans et je n'ai jamais connu l'amour.

— Crois-moi, ma sœur, tu n'as pas manqué grand-chose.

— Je ne suis pas d'accord avec toi, proteste Céline. Moi, je suis contente d'avoir connu l'amour. Et si l'occasion se représente, je sauterai dessus à pieds joints.

— Pourquoi tu ne pardonnes pas à Jean-Marc? la questionne Lyne.

Céline a tourné et retourné le problème dans sa tête. Pourquoi ne pas lui pardonner? Pour la simple et unique raison que ce qu'il a fait est trop grave. Elle est la première à reconnaître que tout le monde a droit à l'erreur, mais passer l'éponge sur cette tromperie est au-dessus de ses forces. D'après elle, on ne peut pas construire une relation si la confiance en l'autre est brisée.

— Parce que je ne peux pas! Parce qu'il a dépassé les bornes. Parce que lorsqu'on s'engage avec quelqu'un, ce n'est pas pour lui jouer dans le dos.

— Il faudrait vraiment que je te présente mon ami Arnaud, commente Josée. Plus j'y pense, plus je crois que vous êtes faits l'un pour l'autre.

— Laisse-moi juste une couple de jours pour m'installer et je suis partante.

— Je sens qu'on va bien s'entendre, toutes les trois! s'exclame joyeusement Lyne.

Chapitre 11

Pendant que Steve et Pierre-Marc jouent au ballon dans la cour, Agathe et Hélène papotent en sirotant un grand verre de limonade.

— Tu as vraiment tout dit à tes parents ? lance Agathe. Comment ont-ils réagi ?

— Ils ont été très surpris quand je leur ai annoncé que j'allais laisser Réjean.

— Pourtant, ils ne le portent pas dans leur cœur… Ils t'encourageaient même à le quitter.

— Oui, mais il y a une marge entre les paroles et les gestes. Ils ont beau ne pas apprécier Réjean, de là à accepter que je me sépare, c'est une tout autre histoire. Disons que le mot « divorce » passe de travers dans leur gorge. Je crois même qu'ils ne l'ont encore jamais prononcé. Ils faisaient presque pitié à voir.

Agathe sait que la réaction de ses propres parents aurait ressemblé à celle des parents d'Hélène du temps où sa mère vivait. Dans sa famille, on se marie pour la vie. Pour le meilleur et pour le pire ! Ses parents avaient déjà suffisamment de difficulté à accepter le concubinage, il n'aurait pas fallu leur demander d'être en faveur du divorce en plus. Agathe repense à la réaction de son père quand il avait appris qu'Anna vivait avec Jack. Cette nouvelle avait suffi à le faire sortir de sa léthargie – du moins le temps d'exprimer son désaccord. Et il avait mal réagi quand il avait su qu'Anna était enceinte. Agathe est au courant parce que, dans les deux cas, elle a tenu le rôle de messager. Elle s'était bien gardée de répéter toutes les récriminations de son père à Anna. Mais au moins, Jacques a changé d'attitude depuis la naissance de la petite Myriam. «La preuve qu'il y a toujours de l'espoir!»

— Ouf! Et au sujet de Paul, comment ont-ils réagi?

— Ah! J'ai attendu qu'ils me disent que c'était correct pour eux si je divorçais. Puis j'ai laissé Pierre-Marc avec mon père et je suis allée magasiner avec ma mère. Je croyais que ce serait plus facile de parler de Paul avec elle tout d'abord. Erreur! Elle est passée à deux doigts de perdre connaissance tellement elle était sonnée par la nouvelle. On aurait dit que je venais de lui annoncer que j'allais mourir sous peu. Puis elle m'a lancé que je ne pouvais pas leur faire ça en plus, que j'avais perdu la tête, que je devais penser à mon fils, que le pauvre enfant n'avait pas à subir les lubies de sa mère... Ça n'en finissait plus. J'étais découragée. J'étais certaine qu'elle serait de mon bord, mais c'était tout le contraire. Imagine-toi qu'elle m'a même interdit de parler de Paul à mon père ou à qui que ce soit de la famille. «Tu n'auras qu'à dire à tout le monde que c'est pour ton travail que tu t'en vas vivre en Floride.»

Hélène n'en revient toujours pas de la façon dont les choses se sont passées avec ses parents. Elle était allée chez eux pour trouver un peu de réconfort, mais elle n'avait récolté que des critiques.

— Et tu as accepté? s'enquiert Agathe.

— Que voulais-tu que je fasse d'autre? C'était ça ou mes parents me reniaient. Enfin, c'est ce que j'en déduis d'après leur comportement. J'ai commencé par dire à ma mère que j'allais y réfléchir, mais j'ai fini par abonder dans son sens. Le principal, c'est que Réjean sorte définitivement de ma vie.

— Mais Paul, dans tout ça?

— Eh bien, je vais le rejoindre comme prévu aussitôt que mes affaires seront réglées ici. Je peux jouer le jeu le temps qu'il faudra pour me libérer, mais je ne laisserai personne me dire quoi faire, pas même mes parents.

Dans de tels moments, Agathe s'interroge sur la famille. Alors que celle-ci est censée veiller sur les siens, il arrive souvent qu'à la première divergence de l'un de ses membres elle l'oblige à respecter les règles familiales sans aucun égard pour ses propres choix. Agathe comprend que les parents doivent éduquer leurs enfants, les guider dans la vie, les remettre sur le droit chemin, mais la relation parents-enfant devrait s'adapter en cours de route.

— Je suis vraiment triste pour toi ! En plus, c'est moi qui t'ai dit d'aller passer quelques jours avec eux.

— Tu n'as pas à te sentir mal. Moi, je suis contente. Je connais enfin la pensée de mes parents. Je n'irai certainement pas habiter chez eux le jour où je quitterai Réjean.

— Je t'offrirais bien de venir t'installer ici, mais je pense que c'est un peu trop près de chez toi.

Hélène n'a pas le temps de répondre, car la porte s'ouvre brusquement sur Pierre-Marc et Steve.

— Venez vite ! s'écrie Steve. Il y a un chat qui est mal pris. Il n'arrête pas de miauler.

— On a cherché partout, mais on ne l'a pas trouvé, déclare Pierre-Marc.

Agathe devine sur-le-champ que ce que les garçons ont entendu n'a rien à voir avec les miaulements d'un chat.

— Cette fois, ils ont dépassé les bornes! s'exclame Agathe, le regard meurtrier. Vous deux, ajoute-t-elle en pointant les garçons, vous restez avec Hélène.

Agathe sort de la maison en coup de vent et file chez ses voisins de derrière d'un pas décidé. Elle ne prend même pas la peine de faire le tour par la rue. Elle se faufile entre la haie de cèdres des voisins en question et la clôture d'un autre. Une fois traversée, elle court vers l'avant de la maison. Elle appuie sur la sonnette jusqu'à ce qu'elle attrape une crampe au doigt. Comme personne ne vient lui répondre, elle sonde la poignée de la porte. Quand elle réalise que celle-ci n'est pas verrouillée, elle entre dans la maison. Même si elle n'a jamais mis les pieds dans cet endroit, trouver la chambre des maîtres sera un jeu d'enfant. Elle n'aura qu'à se laisser guider par les lamentations qui sont de plus en plus stridentes. Une fois devant la porte de la chambre, elle n'hésite que quelques secondes. Elle ouvre brusquement la porte et se rend à la fenêtre. Elle la ferme avec tant d'ardeur que deux paires d'yeux se tournent instantanément vers elle.

— Ce n'est quand même pas si compliqué de la fermer pendant vos ébats. Je ne peux même plus envoyer mes enfants dehors, car je ne veux pas qu'ils vous entendent. Bonne journée!

Agathe sort en prenant soin de refermer la porte de la chambre derrière elle. Une fois dehors, elle emprunte le même chemin qu'à l'aller pour regagner sa maison. Ce n'est qu'une fois dans sa cuisine que la jeune femme réalise ce qu'elle vient de faire. Elle se met à rire comme une folle. Elle rit tellement que des larmes coulent sur ses joues. Les garçons et Hélène s'interrogent au sujet de son attitude. Agathe rit jusqu'à ce qu'elle ait mal aux côtes et à la mâchoire.

Lorsqu'elle parvient enfin à reprendre son souffle, elle dit aux garçons :

— Vous pouvez retourner dehors maintenant.

— Mais est-ce que tu as trouvé le chat ? s'informe Steve.

Et Agathe repart de plus belle. Il y a longtemps qu'elle n'a pas ri autant. Pendant qu'Hélène encourage les enfants à sortir, Agathe fait de gros efforts pour se calmer.

— Alors, c'est quoi, cette histoire de chat ? demande Hélène.

— C'était les voi…

La voici de nouveau lancée dans une cascade de rires. Une syllabe à la fois, Hélène finit par savoir toute l'histoire.

— Je ne peux pas croire que tu as fait ça ! s'étonne-t-elle. J'aurais payé cher pour être là !

— Bon, un peu de sérieux, maintenant, formule Agathe. De quoi on parlait, déjà ?

— En résumé, je dois me trouver une place où habiter une fois que j'aurai quitté Réjean parce qu'il n'est pas question que j'aille chez mes parents ou que je vienne ici. Mais tu as vraiment fait ça ? Je n'y crois pas !

Agathe plisse le front. Elle a beau passer en revue tous les gens qu'elle connaît, pour le moment elle ne voit pas chez qui Hélène pourrait s'installer avec son fils. Son amie lui dit :

— Ne t'en fais pas avec ça. Je finirai bien par trouver.

* * *

La tête dans ses fleurs, Agathe sursaute en apercevant sa voisine de derrière debout devant elle.

— Je suis désolée ! s'exclame celle-ci. Je ne voulais pas vous faire peur. Je m'appelle Manon. Je suis votre…

Agathe ne lui laisse pas le temps de finir sa phrase. Elle se lève, s'essuie les mains sur ses jeans et croise les bras.

— Je sais très bien qui vous êtes, lance-t-elle d'un ton légèrement hautain. Que me vaut l'honneur ?

Les deux femmes se toisent du regard pendant quelques secondes avant que Manon reprenne la parole.

— Je veux m'excuser d'avoir pollué votre air avec mes gémissements, dit-elle d'un ton sérieux en croisant les bras à son tour.

Puis, sur un ton plus léger, elle ajoute :

— Comme vous avez pu le constater, je suis plutôt expressive. Mais je vous promets de fermer la fenêtre à l'avenir.

— Et moi, de ne plus jamais entrer dans votre chambre à coucher.

Alors que Manon se prépare à tirer sa révérence, Agathe est soudainement prise d'un fou rire incontrôlable. Elle est vite imitée par sa visiteuse. Les deux femmes rient à gorge déployée sans pouvoir s'arrêter. Quand l'une d'elles parvient à se calmer, l'autre repart de plus belle.

C'est ainsi que Patrick les trouve en rentrant de travailler. Comme il ne reconnaît pas la femme qui est avec Agathe, il s'approche pour faire connaissance. Quand il tend la main à Manon, celle-ci fait l'impossible pour reprendre son sérieux.

— Je m'appelle Manon, dit-elle. Je suis votre nouvelle voisine de derrière.

— Moi, c'est Patrick. Je suis le mari d'Agathe.

Soudain, un déclic se fait dans sa tête.

— Vous avez bien dit que vous étiez la voisine de derrière ?

— Oui.

— Je suis enchanté de vous connaître. Je vais enfin pouvoir mettre un visage sur... enfin…

Heureusement, Patrick s'arrête là. Manon en profite pour prendre congé après avoir prétexté qu'elle avait un chaudron sur le feu.

Une fois seuls, Agathe et Patrick se ruent dans la maison avant d'éclater de rire. Après qu'Agathe a raconté ce qu'elle a fait, Patrick l'embrasse à pleine bouche.

— Il n'y a que toi pour faire une chose pareille. On devrait inviter nos voisins à prendre un verre.

L'offre de Patrick reste sans réponse.

Lorsque les enfants font irruption dans la maison, leurs parents sont tellement de bonne humeur qu'ils se demandent ce qui se passe.

— Je racontais à votre père comment j'avais réussi à faire taire le chat qui n'arrêtait pas de se lamenter ce matin, explique Agathe.

— Mais ce n'était pas un chat ! s'exclame Dominique. La mère de mon ami a dit que c'était une femme en chaleur ou quelque chose de ce genre.

— C'est quoi au juste une femme en chaleur ? questionne Steve.

Pris tous les deux par surprise, Agathe et Patrick se retiennent de s'esclaffer.

— Je pense qu'on ne l'entendra pas de sitôt, se contente de répondre Agathe. Allez vous laver les mains pendant que votre père et moi dressons la table.

Le souper des Gauthier est particulièrement joyeux. Curieusement, tous ont le sourire facile. Même Isabelle qui est d'humeur morose depuis sa chute à vélo se met de la partie. Après la vaisselle, la famille sort dehors. Installés sur la galerie de devant tandis que les enfants jouent à la marelle sous l'abri d'auto, Agathe et Patrick discutent allègrement.

— J'ai décidé d'accepter l'offre de Céline pour mes bouteilles de cognac, annonce Patrick. Je l'ai même appelée à son bureau cet après-midi pour l'aviser. Elle m'a dit qu'elle viendrait samedi.

Décidément, Patrick n'a pas fini d'impressionner Agathe. Il a non seulement accepté de sortir ses bouteilles vides du sous-sol, mais il a téléphoné lui-même à Céline. Un peu plus, la jeune femme se pincerait pour s'assurer qu'elle ne rêve pas.

— Parlant de Céline, poursuit Patrick, j'ai vu son patron ce matin. Il ne tarit pas d'éloges à son égard. Tu dois me promettre de ne pas lui en parler, mais il m'a dit qu'il n'était pas question qu'il la laisse partir au retour d'Anna. Il ne jure que par elle.

— Tant mieux ! Mais je ne suis pas étonnée qu'il l'apprécie. Après tout, c'est de famille.

— Ce n'est pas la modestie qui t'étouffe… Mais je devrais peut-être aller remercier Manon de t'avoir fait rire autant.

— Ne me parle pas d'elle, sinon je vais me remettre à rigoler.

— En tout cas, ça fait du bien de te voir d'aussi belle humeur.

Patrick regarde autour de lui. Il ne voit plus les enfants. Plutôt que de s'inquiéter, il jette un coup d'œil à sa femme.

— À quelle heure les enfants doivent-ils rentrer, déjà?

— À huit heures.

— J'ai peut-être une idée pour tuer le temps...

L'instant d'après, il tend la main à Agathe. Elle saisit aussitôt de quoi il retourne. Comme si elle avait peur que son mari change d'idée, elle se dépêche de mettre sa main dans la sienne et lui dit d'un ton coquin:

— À une seule condition: on ferme la fenêtre!

* * *

Comme si cette journée n'avait pas déjà eu son lot de surprises, Agathe et Patrick doivent vite interrompre leurs ébats quand ils entendent hurler Dominique et la porte d'entrée claquer.

— Maman! Papa! Venez vite, M. Larocque est tombé de son toit.

Il n'en faut pas plus pour que Patrick saute dans ses shorts, attrape son t-shirt au passage, fourre ses pieds dans ses sandales et sorte dehors à toute vitesse. Aussitôt qu'elle l'aperçoit, Mme Larocque lui dit d'appeler l'ambulance.

— Le numéro est près du téléphone. Fais vite!

Lorsqu'il revient, Patrick avise sa voisine que les ambulanciers seront là d'une minute à l'autre.

— Qu'est-ce qui est arrivé au juste ? s'informe-t-il ensuite.

— Il a grimpé pour nettoyer les gouttières. Il en a profité pour faire le tour du toit afin de s'assurer que les bardeaux étaient encore bons partout. Des idées de vieux fou ! J'étais en train de laver la vaisselle quand je l'ai entendu crier.

Mme Larocque réalise alors que quelque chose cloche chez Patrick.

— Pourquoi as-tu mis ton chandail à l'envers ?

Sans s'attarder à ce détail, elle poursuit :

— Mon mari a perdu connaissance après m'avoir raconté ce qui s'était passé.

Patrick tire discrètement sur son t-shirt. Effectivement, il l'a mis du mauvais bord. C'est à peine si le dessin du loup transparaît. Sans réfléchir, il enlève le vêtement, le retourne et le remet aussitôt. Agathe se pointe avec Dominique sur les talons.

— Maudit vieux fou ! ne cesse de répéter Mme Larocque en passant la main dans les cheveux de son époux.

Agathe aide sa voisine à se relever.

— Venez vous asseoir avec moi sur la galerie. Patrick va rester avec votre mari. Voulez-vous que j'appelle vos enfants ?

Il y a des questions que l'on pose même si on connaît déjà la réponse. Les enfants Larocque ne sont pas de mauvaises personnes, mais ils n'ont pas l'esprit de famille très développé. En fait, les Larocque sont plus proches de leurs voisins que de leurs propres enfants. Mais le plus curieux, c'est qu'ils ont l'air de très bien s'en accommoder.

— Je vais attendre qu'il ait vu un médecin.

— Aimeriez-vous que j'aille avec vous à l'hôpital ?

— Si ça ne te dérange pas, j'aimerais bien.

— Avec plaisir !

Mme Larocque n'a pas voulu monter dans l'ambulance avec son mari. Elle et Agathe se sont rendues à l'hôpital en auto. Au moment de voir le médecin, M. Larocque avait repris conscience. Il clamait sur tous les tons qu'il se portait bien et qu'il voulait rentrer chez lui.

Chapitre 12

— Salut, Patrick ! s'écrie Suzie d'un ton enjoué. Est-ce que tu arrives de marcher ou tu pars ?

— Je pars. Veux-tu venir avec moi ?

Même si elle s'en allait faire son jogging, Suzie ne peut résister à l'envie de piquer une jasette avec Patrick.

— Oui !

Les promeneurs n'ont fait que quelques pas lorsque Patrick tire sur la laisse de Shelby pour la ralentir.

— Au lieu de retenir ton chien, tu pourrais accélérer un peu, le taquine Suzie. Qu'en penses-tu ?

— Il ne faut pas trop m'en demander. Avec la chaleur qu'il fait, c'est déjà un exploit que j'aille marcher. Je n'ai pas ton endurance.

— Arrête de te plaindre. Moi, je trouve que tu t'es très bien défendu au volleyball.

— Mais il ne faisait pas quatre-vingts degrés dans le gymnase.

Contrairement à Suzie qui peut rester étendue au soleil des heures durant, Patrick préfère l'ombre. C'est d'ailleurs une des raisons pour lesquelles il aime tant aller camper. Peu importe le terrain où la roulotte est installée, il y a toujours des arbres à proximité. La situation est bien différente chez lui. Il y a deux grands érables sur le côté de la maison, mais ils sont si près de la rue que jamais personne ne va s'asseoir en dessous. D'ailleurs, Patrick s'est toujours demandé pourquoi l'entrepreneur les avait épargnés.

D'après la circonférence de leurs troncs, ces arbres ont plus de cinquante ans. Et dans la cour arrière, les arbres ont été plantés lors de la construction de la maison, c'est-à-dire il y a une dizaine d'années à peine. Patrick s'est empressé d'installer un auvent au-dessus de la galerie dès le premier été que sa famille et lui ont passé ici. Mais le meilleur auvent de la terre ne vaudra jamais un arbre pour se protéger du soleil. Quand on s'installe sous un arbre, on sent instantanément une fraîcheur qu'on ne retrouve nulle part ailleurs. Aussi, Patrick aime la tranquillité qui en émane. Les enfants ont beau faire tout un boucan juste à côté, c'est comme s'ils étaient très loin.

— Non, mais c'est bien plus exigeant que de marcher, argumente Suzie.

— OK, lance Patrick, je vais augmenter la cadence. Et si j'ai trop soif, eh bien, je boirai ton eau.

— Il me semblait aussi que j'y perdrais au change. Allez, avance ! Si ce n'est pas pour moi, fais-le au moins pour Shelby.

— Sors-tu toujours à cette heure-là pour aller courir ? lui demande Patrick, l'air faussement offusqué. Parce que si c'est le cas...

Avant même qu'il finisse sa phrase, Suzie lui donne de petits coups de poing sur l'épaule. Quelques secondes plus tard, Shelby se met à aboyer. La chienne se tait seulement lorsque Suzie cesse de frapper Patrick.

— Madame défend son maître, à ce que je vois ! raille Suzie.

— Hum ! Hum !

— Je te trouve de bien bonne humeur ces temps-ci. Est-ce que j'ai manqué quelque chose ? À moins que tu aies gagné le gros lot du 6/49…

— J'ai bien des défauts, mais je ne prends jamais de billets de loterie. Je trouve que c'est mettre son argent dans le feu.

— Moi, j'achète un billet chaque semaine.

— Et si tu gagnais un million, qu'est-ce que ça changerait dans ta vie ?

— Voyons, Patrick ! Si demain matin j'avais un million de dollars dans mon compte de banque, ma vie ne serait plus la même.

Suzie a souvent réfléchi à la question depuis qu'elle achète des billets de loterie. Une chose est certaine : elle n'arrêterait pas de travailler. Et elle engagerait quelqu'un pour s'occuper de la maison et des enfants. Le simple fait de ne plus être obligée de jongler avec son horaire et celui de Francis et de courir constamment après les gardiennes lui faciliterait beaucoup la tâche. Et elle voyagerait. Francis, les enfants et elle iraient en Europe. Ils séjourneraient un mois là-bas. En premier lieu, ils se rendraient en France. Suzie rêve depuis toujours de ce pays. Ils loueraient une auto et visite-raient les châteaux, les vignobles, les musées. Ils escaladeraient la tour Eiffel aussi et feraient un tour de bateau-mouche sur la Seine. Ce ne serait que le premier voyage d'une longue liste. Et Suzie gâterait sa famille chaque fois qu'elle en aurait envie.

— Le simple fait de ne plus être obligée de compter mes cennes m'enlèverait un poids énorme sur les épaules. Mais revenons à toi. Dis-moi ce qui te rend si jovial.

— Tout et rien ! répond Patrick en haussant les épaules. Avec ce qui est arrivé dans ma vie ces deux dernières années, j'ai fini par comprendre quelques affaires. Ça se résume en une phrase : il faut prendre soin des gens qu'on aime parce qu'ils ne sont pas éternels. J'ai eu très peur de perdre ma mère. Alors, depuis qu'elle va mieux, je me fais un devoir de passer du temps avec elle.

— Je croyais que tu allais dîner avec elle une fois par semaine même avant son accident.

— Oui, mais c'est différent maintenant. Quand je vais la voir, ce n'est plus pour me donner bonne conscience. J'apprécie grandement sa compagnie. Je ne sais pas trop comment l'expliquer, mais on dirait que de lui avoir fait la lecture à l'hôpital a changé complètement notre relation. Maintenant, quand je suis avec elle, j'ai l'impression d'être avec une amie.

Gêné, Patrick se passe nerveusement la main dans les cheveux et accélère le pas pour se donner une contenance.

Suzie reste silencieuse. Les paroles de Patrick la font songer à sa propre mère. Bien qu'elles se soient rapprochées au cours des derniers mois, elles ne partagent pas cette complicité qui existe parfois entre une mère et sa fille. Elles en sont encore à réapprendre à se faire confiance. Mais Suzie conserve l'espoir qu'un jour elle sera aussi proche de sa mère que Patrick l'est de la sienne.

— Ce n'est pas tout, poursuit Patrick. Ma mère m'a fait réaliser que j'avais intérêt à mieux m'occuper de ma femme si je tenais à elle. Et Anna est venue frapper sur le clou à sa manière. Je ne me suis pas transformé en prince charmant pour autant, mais j'ai fait mon examen de conscience avec le plus grand sérieux. Je n'ai pas de quoi être fier de tout ce que j'ai fait endurer à Agathe ces dernières années. Si j'avais été à sa place, il y a longtemps que j'aurais fiché le camp.

Lorsqu'ils passent devant un banc de parc qui fait face au Richelieu, Suzie suggère qu'ils s'assoient. Patrick accepte.

— J'ai décidé de m'améliorer, déclare Patrick. Je n'y arrive pas toujours, mais au moins j'essaie.

— Et je peux dire que ça te réussit! l'encourage Suzie en lui serrant le bras.

Pendant quelques minutes, ils observent la rivière Richelieu en silence. Certains la comparent au Rhin, l'un des principaux fleuves d'Europe qui prend naissance en Suisse. On l'appelle même parfois le Rhin québécois.

— Tu vois, dit Suzie, si je gagnais un million, je m'achèterais un bateau pour me promener sur la rivière. Un beau bateau blanc avec des sièges en cuir rouge pétant.

— Selon les probabilités que tu as que ton billet soit gagnant, je ne me ferais pas d'illusions à ta place. Si tu y tiens tant à ta promenade, tu n'as qu'à louer un bateau pour une journée. Je suis certain que tu pourrais même retenir les services du capitaine. Cela coûterait cher, mais ce serait moins dispendieux que d'avoir un bateau à toi. Et la beauté de la chose, c'est qu'une fois la journée finie tu n'auras rien d'autre à faire que de rentrer chez vous et de te préparer un bon souper. Moi, même si je deviens riche un jour, jamais je n'achèterai de bateau. C'est un puits sans fond.

Patrick n'est pas le premier à tenir ce genre de discours à Suzie quand elle mentionne qu'elle aimerait posséder un bateau. La veille, alors qu'elle dînait avec son patron, ce dernier lui a raconté l'histoire d'horreur de son beau-frère et de son bateau. Tout le monde veut faire du bateau avec lui, mais personne n'offre jamais de payer quelque chose, pas même l'essence. Selon le patron, son beau-frère travaille seulement pour faire flotter son embarcation alors que tous ses amis s'envolent pour le Sud au moins une fois par année, après s'être fait promener sur le fleuve pendant tout l'été – par lui, bien entendu.

— J'aime bien ton idée de louer un bateau, indique Suzie. Je vais en parler à Francis.

— Et si l'envie d'en posséder un te prend, fais-moi signe. Je te présenterai mon collègue Yves. Je te parie qu'il te la fera passer en moins de temps qu'il n'en faut pour crier ciseau.

— Je te remercie, mais ce ne sera pas nécessaire. Je vais quand même continuer à m'acheter des billets de loterie. On ne sait jamais…

— Si tu trouves que tu ne paies pas assez d'impôts, libre à toi. Pour ma part, je donne suffisamment d'argent comme ça !

Quand Agathe a pris les finances en main il y a deux ans, Patrick s'est senti dépossédé pendant plusieurs jours. Lui, le principal pourvoyeur de la famille, avait soudainement l'impression d'être réduit au rang de celui qui prend ce qu'on veut bien lui donner – ou plutôt ce qui reste – et qui doit s'en accommoder. Même s'il avait créé le monstre de toutes pièces, il avait du mal à s'y faire. Aujourd'hui, il a compris qu'on ne devrait jamais dépenser plus que ce qu'on gagne.

Assise aux pieds de son maître, Shelby surveille tout ce qui passe autour sans broncher. Suzie observe l'animal en souriant.

— C'est une bonne chienne, ta Shelby. Est-ce que tu crois qu'elle viendrait courir avec moi de temps en temps ?

— Tu n'as qu'à le lui demander ! plaisante Patrick.

— Ce que tu peux être idiot quand tu veux ! Je te rappelle qu'il est question d'un chien.

— Mais je suis sérieux, renchérit Patrick en tendant la laisse à Suzie. Va courir avec elle. Tu le sauras immédiatement si ça lui plaît. Moi, je ne bouge pas d'ici.

Certaines personnes prétendent que les chiens sont stupides. Pourtant, il y a des chiens qui saisissent très bien ce qu'on attend d'eux. Il y en a aussi qui sont moins bêtes que leur maître !

— *Go*, Shelby ! crie Suzie.

Aussitôt, la chienne se met à courir allègrement à côté d'elle comme si elle était habituée.

Patrick regarde la rivière. Même si le soleil est sur le point de se coucher, il y a encore plusieurs bateaux sur l'eau ; c'est sans doute en raison de la chaleur qui règne. Bien que Patrick ne soit pas un spécialiste en la matière, il peut estimer d'un seul coup d'œil la valeur de chacune des embarcations. En quelques minutes seulement, des centaines de milliers de dollars défilent sous ses yeux. Une fois de plus, il réalise que la richesse est détenue par une poignée de gens ; il n'est pas en faveur du régime communiste pour autant. Cependant, il y a une grande injustice entre l'opulence dans laquelle certains vivent alors que d'autres peinent à garder la tête hors de l'eau. Il remercie le ciel de faire partie de la classe moyenne. Il ne roule pas sur l'or mais, au moins, il vit bien.

Chaque fois qu'il se rend au bord de la rivière en faisant sa promenade avec Shelby, Patrick songe qu'il devrait venir plus souvent. Il se fait le même genre de réflexion quand il traverse le fleuve matin et soir. Pourtant, il ne s'arrête jamais pour admirer le cours d'eau. Même si une rivière coule à quelques rues de chez lui, Patrick prend rarement le temps de s'accorder un petit moment de repos comme lorsqu'il va à la pêche. Il peut passer des heures à jeter sa ligne à l'eau même si ça ne mord pas. Pourquoi? Parce qu'il aime se trouver sur l'eau ou au bord de l'eau.

Peu de villes de la banlieue offrent un décor aussi enchanteur que Belœil. C'est d'ici qu'on peut le mieux admirer le mont Saint-Hilaire; cette toile de fond agrémente le quotidien de tous les résidants. En 1978, l'endroit a été reconnu par l'UNESCO comme première réserve de la biosphère au Canada. Au moins une fois chaque automne, Patrick y va avec les enfants. On choisit une journée fraîche et hop! on grimpe jusqu'au sommet pour pique-niquer. L'année passée, la famille de Suzie et celle d'Hélène ont accompagné les Gauthier – Réjean brillait par son absence, évidemment.

À mesure que le temps s'écoule, Patrick prend ses aises. Les jambes allongées devant lui et les bras croisés, il ferme les yeux et se laisse porter par le bruit des embarcations, le chant des oiseaux et les éclats de rire qui fusent de partout. À part le vrombissement des moteurs, c'est ce qu'il entend sur un terrain de camping. Cela lui manque.

— Patrick? Patrick Gauthier? s'écrie soudain une voix féminine.

Tiré brusquement de sa rêverie, Patrick se redresse en se frottant les yeux. Il reconnaît aussitôt la femme postée devant lui.

— France Duguay! s'exclame-t-il. Tu es bien la dernière personne que je m'attendais à voir ici.

Patrick se lève et embrasse chaleureusement la nouvelle venue sur les joues.

— Ça doit faire au moins cinq ans qu'on ne s'est pas vus, poursuit-il d'une voix enjouée. J'ai presque envie de te pincer pour m'assurer que je ne rêve pas.

— Ne te gêne surtout pas! blague-t-elle en lui tendant le bras et en lui adressant son plus beau sourire. Qu'est-ce que tu fais à Belœil?

— J'habite ici depuis plusieurs années. Et toi?

— Je viens de déménager près de l'église avec ma fille.

Patrick sait que le mariage de son amie battait de l'aile la dernière fois qu'il l'a vue. Comme France n'est pas du genre à laisser traîner les choses, ça ne l'étonne pas qu'elle soit maintenant séparée.

— J'ai acheté la maison qui était à vendre depuis un petit moment près de l'église. J'attendais seulement que le propriétaire baisse le prix avant de lui faire une offre. Il faut que tu viennes voir ça.

Plus il regarde France, plus Patrick sent le chasseur se réveiller en lui. En ce moment, il a oublié jusqu'à l'existence d'Agathe. France est une belle femme. Patrick la place sur un pied d'égalité avec Suzie.

— Avec plaisir, accepte-t-il. Travailles-tu toujours dans l'alimentation?

— Oui, je suis dans l'alimentation animale. Mon territoire a doublé en cinq ans. Je me tire très bien d'affaires. Et toi?

— Je suis toujours acheteur chez Metro.

— Et la famille?

— Tout le monde va bien. Les enfants grandissent et moi je vieillis.

— Veux-tu bien arrêter avec tes niaiseries ! Tu es toujours aussi attirant ! Et je ne te dis pas ça pour te faire plaisir.

Ces paroles flattent Patrick ; il se redresse de toute sa taille. Au moment où il va ouvrir la bouche pour complimenter France à son tour, Shelby et Suzie s'immobilisent devant lui. Surprise, France toise l'arrivante d'un œil sévère. Mais elle revient à de meilleurs sentiments dès qu'elle la reconnaît.

— Bonjour, Suzie ! s'écrie-t-elle d'une voix enjouée en lui tendant la main.

— Madame Duguay ! Je ne savais pas que vous aviez déménagé. Ça me fait vraiment plaisir de vous voir.

— Vous vous connaissez ? s'exclame Patrick.

— C'est Suzie qui m'a vendu la maison, explique France. J'en suis à ma troisième propriété et Suzie est de loin le meilleur agent immobilier que j'ai rencontré. Elle refuse de me croire mais, bientôt, toutes les agences voudront l'avoir à leur service. Et vous deux, comment vous êtes-vous connus ?

— Nous sommes voisins, répond promptement Suzie.

— Et amis, précise Patrick.

— Il faut que je vous laisse, lance France. Ma fille est seule à la maison. À bientôt !

Patrick suit France des yeux pendant plusieurs secondes. Évidemment, cela n'échappe pas à Suzie.

— Il me semblait que tu n'étais plus le même homme…, le taquine-t-elle.

— Rappelle-toi ce que je t'ai dit : je veux m'améliorer, pas devenir un saint.

Suzie mettrait sa main au feu qu'il s'est déjà passé quelque chose entre Patrick et sa cliente. Elle ne poussera pas l'audace jusqu'à poser directement la question, mais elle veut en savoir davantage.

— Tu la connais depuis longtemps ? demande-t-elle, l'air faussement innocent.

— Dix ans, peut-être un peu plus. Elle a travaillé chez Metro avec moi pendant deux ans avant de passer du côté des fournisseurs. Trois ans plus tard, elle a fait le saut en alimentation animale. Après, on s'est perdus de vue. C'est une excellente négociatrice. Elle est plus féroce que deux hommes ensemble.

— Crois-moi, j'en sais quelque chose. C'est une femme charmante, mais elle sait ce qu'elle veut et elle ne lâche pas facilement le morceau. Elle voulait cette maison à tout prix et elle s'est arrangée pour l'avoir... mais à ses conditions !

France Duguay a plus d'une fois obligé Suzie à revoir ses façons de négocier entre le moment où elle a choisi la maison et le jour de la signature du contrat chez le notaire. Chaque fois que le vendeur refusait son offre, France demandait à Suzie de retourner négocier avec lui. De toutes les maisons que la jeune femme a vendues à ce jour, c'est le contrat qui lui a demandé le plus de travail. Mais c'est aussi celui qui lui a fait gagner la plus grosse commission malgré les nombreuses demandes de diminution de prix adressées au vendeur. Le jour où la vente a enfin été conclue, Suzie est rentrée chez elle complètement vidée.

— Je n'en pouvais plus! s'était-elle écriée. Merci, mon Dieu, c'est enfin fini!

Suzie était contente de revoir sa cliente, mais France n'est pas le genre de femme avec qui elle voudrait être amie. Elle aurait trop peur que celle-ci passe son temps à la défier. Suzie aime se dépasser, mais avec ses amies, elle veut pouvoir dévoiler son côté vulnérable quand elle en a besoin.

— Shelby est une compagne de course exceptionnelle, dit-elle. Elle n'a même pas tiré une seule fois sur sa laisse.

— Maintenant qu'elle t'a adoptée, tu pourras venir la chercher quand tu veux pour aller courir.

— C'est vrai?

— Si je te le dis. Mais là, il faudrait qu'on rentre. Elle doit être morte de soif.

***

Dès que les enfants sont couchés, Patrick s'approche d'Agathe. Depuis qu'il est revenu de sa promenade, il ne l'a pas quittée des yeux. Il commence par l'embrasser dans le cou, puis sur les oreilles, les yeux, le nez, la bouche. Avant qu'elle réalise ce qui est en train de se passer, Agathe se retrouve avec la barboteuse à la taille et les seins à l'air. Pendant une fraction de seconde, elle a envie de protester en disant qu'il fait trop chaud pour faire des galipettes. Mais dès que les lèvres de Patrick se posent sur son sein gauche, elle oublie la chaleur et n'offre plus aucune résistance.

Ce soir-là, Patrick fait l'amour comme un dieu. Est-ce sa brève rencontre avec France qui l'a enflammé à ce point? Ou sa volonté d'être un meilleur mari qui lui a fait trouver sa femme si belle? À moins que ce ne soit un peu des deux... Contrairement à leurs habitudes depuis que la chaleur s'est installée, ils ne vont pas s'asseoir sur la galerie pour profiter un peu de la fraîcheur de la soirée. Ils restent collés comme deux jeunes tourtereaux qui viennent de faire l'amour pour la première fois. Et malgré la chaleur intense régnant dans leur chambre, c'est ainsi qu'ils finissent par s'endormir.

Chapitre 13

Depuis le jour où Isabelle a chuté en vélo, Agathe cherche un projet qu'elle pourrait faire avec sa fille pendant les vacances d'été, histoire de se rapprocher un peu d'elle. Agathe a envisagé plusieurs possibilités : peindre la galerie de la cour arrière ; faire de nouvelles plates-bandes ; entreprendre un casse-tête de cinq cents morceaux choisi par Isabelle ; refaire la décoration de la chambre de sa fille ; lui montrer à cuisiner, à coudre, à tricoter ; fabriquer une poupée en tissu drapé ; concevoir des bijoux en vitrail… Elle a pris soin de noter toutes ses idées. Ce matin, elle demandera à Isabelle de choisir ce qui l'intéresse le plus. Mais Agathe ne se fait aucune illusion. Elle aimerait réaliser une activité spéciale avec sa fille, mais elle ignore si ce souhait sera réciproque.

Quand la fillette se lève de table après le petit-déjeuner, Agathe lui dit :

— Attends un peu.

— Mais j'ai promis à Caroline d'être chez elle à huit heures.

— Tu n'as qu'à l'appeler pour la prévenir que tu seras un peu en retard. Je n'ai besoin que de quelques minutes de ton temps.

Isabelle ne se gêne pas pour montrer à sa mère que ça ne fait pas son affaire. Un soupir n'attend pas l'autre pendant qu'elle compose le numéro de téléphone de son amie. Quand sa fille adopte un tel comportement, Agathe pense à toute la patience dont elle devra s'armer quand Isabelle entrera dans l'adolescence. À en juger par son expérience, elle sait qu'elle n'est pas sortie du bois.

Aussitôt après avoir raccroché, Isabelle vient se rasseoir à table.

— Je t'écoute, lance-t-elle sur un ton impatient.

Agathe avait espéré que les choses se passeraient différemment, mais elle ne changera pas sa fille en claquant des doigts. Aussi bien se jeter à l'eau.

— J'ai pensé que, cet été, on pourrait réaliser un projet ensemble.

Isabelle affiche une moue dédaigneuse. Si Agathe avait agi ainsi avec ses parents à l'âge de sa fille, elle se serait vite fait remettre à sa place. Mais Agathe n'a pas envie de partir en guerre.

— J'ai dressé une liste d'activités qu'on pourrait faire ensemble. La voici. Il ne te reste qu'à choisir.

— Au cas où tu l'aurais oublié, j'ai un bras et une jambe dans le plâtre, râle Isabelle.

— Rassure-toi, répond doucement Agathe, j'y ai pensé. C'est justement pour ça que je te propose qu'on fasse le projet à deux. S'il n'y a rien qui t'intéresse, eh bien, tu pourras me suggérer autre chose.

— Est-ce que je peux partir maintenant ?

Isabelle n'a pas sa pareille pour se montrer désagréable ; Agathe se demande souvent de qui elle tient. Même Patrick, dans ses pires moments, ne lui arrive pas à la cheville.

— Mais oui ! J'aimerais connaître ton choix ce midi.

Isabelle fourre la liste dans la poche de son short et sort de la maison en claquant la porte moustiquaire. Agathe secoue la tête et hausse les épaules avant d'aller remplir la laveuse. Son projet est loin d'avoir reçu l'accueil espéré. Perdue dans ses pensées, elle n'entend pas qu'on ouvre la porte de la maison.

— Maman ! Maman ! crie Isabelle. Viens voir !

— J'arrive ! lance Agathe.

— Quelqu'un est en train de planter une pancarte *VENDU* devant la maison d'Hélène.

— Hein ? réagit Agathe en suivant sa fille dehors. C'est sûrement une erreur, car cette maison n'est pas à vendre.

Agathe se rapproche afin de pouvoir lire le nom inscrit sur la pancarte. « Bizarre ! songe-t-elle. Cet agent immobilier travaille au même endroit que Suzie. Hélène m'en aurait parlé si Réjean et elle avaient décidé de vendre. Il faut que j'en aie le cœur net. »

Elle traverse chez sa voisine. Après avoir sonné, elle entre sans attendre qu'on vienne lui répondre.

— Suzie ! crie-t-elle. Il faut que je te parle.

— Viens me rejoindre. Je suis dans la cuisine.

En voyant l'air d'Agathe, Suzie se doute que quelque chose ne va pas à son goût.

— Veux-tu un café ?

— Je pense que je vais en avoir besoin.

Elle raconte à Suzie qu'il y a une pancarte au beau milieu de la pelouse d'Hélène et Réjean.

— Étais-tu au courant ?

Il y a des moments dans la vie où on voudrait être ailleurs. C'est ce que Suzie ressent actuellement. Elle prend une grande respiration avant d'expliquer :

— Oui, mais je ne pouvais pas parler avant que tout soit officiel. Il y a environ un mois, Réjean est venu me voir à l'agence. La première chose qu'il m'a dite, c'est qu'Hélène ne devait rien savoir de notre conversation. Aussitôt que j'ai su qu'il voulait vendre la maison à son insu, je lui ai signifié qu'il était préférable qu'il traite avec un de mes collègues.

— Mais il n'avait pas le droit de faire ça !

— Oh oui ! Il avait tous les droits et, crois-moi, il s'en est prévalu. Il a même profité du séjour d'Hélène chez ses parents pour faire visiter la maison. Coup de chance pour lui, la première visite s'est conclue par une vente. La maison a été acquise par une jeune femme qui vit avec son fils de sept ans. Il paraît qu'elle est très gentille. Et ce n'est pas tout. Figure-toi que Réjean vient d'acheter une grosse maison flambant neuve à Longueuil pour lui et…

Agathe est suspendue aux lèvres de son amie. Plus elle en entend, plus elle voit rouge. Elle ne comprend pas comment Réjean a pu faire une telle chose à Hélène.

— … sa nouvelle conjointe.

— Quoi? s'exclame Agathe, les yeux ronds.

— Vois-tu, les prétendues longues heures de travail de Réjean, eh bien, c'était de la frime pour avoir le champ libre. Il passait tout ce temps-là avec sa flamme. Il paraît que ça dure depuis quelques années.

— Pauvre Hélène ! Elle tombera de haut en apprenant tout ça…

— C'est certain. Mais en même temps, cela lui facilitera les choses.

— Ça prend quand même un front de bœuf pour agir ainsi. Moi, j'aime autant ne pas imaginer la réaction d'Hélène quand elle verra la pancarte sur son terrain.

Agathe est furieuse contre Réjean. Si elle l'avait devant elle, elle le rouerait de coups de poing. Cet hypocrite a agi dans le dos d'Hélène. Quelle injustice alors que la pauvre se morfond depuis des mois à la seule idée de vivre sous le même toit que son mari.

Suzie observe son amie. Elle savait qu'Agathe réagirait fortement lorsqu'elle saurait toute l'histoire. Elle a eu exactement la même réaction quand Réjean est venu la voir à son bureau. Elle avait du mal à le regarder en face tellement elle le trouvait lâche.

— Tu n'as pas à t'inquiéter pour Hélène, lui avait-il dit. Je ne la laisserai pas dans la misère. Et je lui verserai une pension pour Pierre-Marc. Je ne suis pas un salaud.

Suzie s'était retenue de lui jeter au visage toute la colère qui montait en elle. Ce n'est qu'après le départ de Réjean qu'elle avait réalisé qu'à quelques exceptions près – comme la vente de la maison en catimini – Hélène avait eu un comportement semblable à celui de son mari. Elle avait aussi quelqu'un d'autre dans sa vie et tout ce qu'elle attendait pour partir, c'était de finir son stage. Réjean avait seulement été plus rapide qu'elle.

— Je comprends ta réaction, Agathe, dit Suzie. Mais si tu y penses, l'attitude d'Hélène n'est pas tellement différente.

Le premier réflexe d'Agathe est de défendre son amie. Toutefois, elle réalise rapidement que Suzie a raison. Réjean a menti à sa femme, mais Hélène également.

— C'est vrai que ça peut paraître insultant pour Hélène qu'il ait vendu la maison sans la consulter, déclare Suzie, mais c'est un mal pour un bien. Ainsi, elle pourra aller retrouver Paul plus tôt que prévu.

— Ouais! J'espère seulement qu'elle ne t'en voudra pas.

— On verra bien! Moi, je n'ai fait que mon travail. Je ne voudrais pas te mettre dehors, mais il faut vraiment que j'y aille. Ah oui! Fais-moi penser de te parler de quelque chose la prochaine fois qu'on se verra.

À peine Suzie a-t-elle dit sa phrase qu'elle regrette de l'avoir lancée. C'est plus fort qu'elle, elle n'arrête pas de penser à cette cliente qu'elle a croisée avec Patrick l'autre jour. Elle doit prévenir Agathe contre cette femme. Suzie ne parlerait pas si Patrick lui avait fait des confidences – elle sait garder des secrets –, mais les choses sont différentes. Maintenant que la relation des Gauthier a l'air de mieux se porter, il ne faut pas donner la moindre chance à France Duguay, qui ne pouvait pas se retenir de faire les yeux doux à Patrick même si Suzie était là. La jeune femme ignore encore comment elle abordera le sujet avec Agathe; elle trouvera bien, le moment venu. «Entre femmes, il faut s'entraider!»

* * *

Patrick parcourt pour la énième fois son carnet d'adresses professionnel. Il était pourtant certain d'avoir conservé les coordonnées de France. Il pense sans cesse à elle depuis qu'il l'a rencontrée au parc. Il sait qu'il ne devrait pas chercher à la revoir, mais c'est plus fort que lui. Les parties de jambes en l'air qu'il a eues avec elle chaque fois qu'ils assistaient au même congrès et les autres occasions qu'ils ont provoquées en prétextant une réunion lui sont revenues en mémoire d'un coup. Il s'est aussi souvenu de la raison pour laquelle ils avaient mis fin à leur manège d'un commun accord. Même s'ils s'étaient fait la promesse de ne jamais tomber amoureux l'un de l'autre, le risque que cela arrive devenait trop grand. Ils avaient dû cesser de se voir au plus vite avant qu'il ne soit trop tard.

Même si Patrick sait où France habite, il n'ira pas frapper chez elle sans y avoir été invité au préalable. Après tout, elle demeure à quelques rues seulement de chez lui. Et à moins que la fille de France aille dans une école privée, elle risque fort d'être dans la même classe que Dominique ou Isabelle. Il vaut donc mieux ne pas alimenter la machine à rumeurs.

L'arrivée de sa secrétaire dans le cadre de la porte tire brusquement Patrick de sa réflexion. La jeune femme avait frappé, mais il ne l'avait pas entendue.

— Monsieur Gauthier, dit-elle, un livreur vient d'apporter ceci pour vous.

En voyant l'immense bouquet de fleurs que sa secrétaire lui tend, Patrick fait la moue. Certes, il aime les fleurs, mais pas au point d'en garder autant dans son bureau. Il se demande qui est l'expéditeur.

— Elles sont vraiment très belles ! s'exclame la jeune femme. Vous avez de la chance !

— Je vais seulement prendre la carte qui les accompagne.

— Mais il n'y en a pas !

Patrick est surpris. Il lance :

— Il n'est pas question que je les mette dans mon bureau. De toute façon, je n'ai même pas de vase. Je te les offre.

La bienséance voudrait que la jeune femme manifeste un minimum d'hésitation avant d'accepter ce cadeau. Mais comme c'est la première fois qu'on lui donne un aussi beau bouquet, elle se contente de remercier son patron. Elle sort vitement du bureau, craignant que Patrick ne change d'avis.

Patrick essaie de deviner qui lui a envoyé ces fleurs. Il songe à tous les gens de qui il a l'habitude de recevoir des pots-de-vin, mais il ne trouve pas. «Il vaut mieux que j'arrête d'y penser.» Il saisit ensuite la liste des personnes qu'il doit rappeler et compose un numéro.

***

Comme Agathe le craignait, Isabelle a refusé toutes les suggestions concernant son projet mère-fille. Mais Agathe n'a tout de même pas renoncé.

— Si rien ne t'allume, à toi de me proposer autre chose, a-t-elle dit.

Sa fille lui a jeté un regard étonné. Comment se faisait-il que sa mère ne montait pas aux barricades? Isabelle a vite réalisé qu'elle s'était piégée à son propre jeu.

Agathe n'a pas cessé de penser aux manigances de Réjean. Elle savait qu'il avait une personnalité singulière, mais elle n'aurait jamais cru qu'il irait jusque-là. Hélène tombera de haut en apercevant la fameuse pancarte.

Agathe s'est promis d'être là quand son amie reviendra chez elle. Elle s'assoit sur la galerie pour ne pas la manquer. Elle rentre dans la maison plusieurs fois pour vérifier l'heure. «Hélène devrait arriver d'une minute à l'autre», se dit-elle. Quand elle voit l'auto tourner le coin de la rue, Agathe expire fortement. Hélène a déjà dû remarquer qu'il y a un objet sur sa pelouse. Agathe descend les marches de la galerie et attend qu'Hélène entre dans sa cour avant d'aller à sa rencontre.

— Agathe? s'exclame Hélène en sortant rapidement de sa voiture. Quelque chose ne va pas? Tu es toute pâle.

— Tu n'as rien remarqué? s'étonne Agathe.

— De quoi parles-tu?

Hélène voit alors le panneau *VENDU*. Elle s'apprêtait à fermer sa portière, mais elle fige sur place et devient blanche comme un drap.

— De ça! répond Agathe en désignant l'affiche.

Hélène a l'impression de se trouver en plein cauchemar. Même si elle ferme les yeux, elle voit toujours la même horreur. Une vague de colère déferle en elle.

— Il a osé le faire! siffle-t-elle. Cette fois, il a dépassé les bornes et il va savoir de quel bois je me chauffe. Le salaud! Est-ce que tu pourrais garder Pierre-Marc une couple d'heures? Il faut que je fasse un aller-retour à Montréal.

— Si j'étais à ta place, je m'assurerais que Réjean est à son bureau avant de partir, suggère Agathe.

— Mais où veux-tu qu'il soit? Il travaille tout le temps!

Agathe se demande si elle doit parler. Elle ne voudrait surtout pas mettre Suzie dans l'embarras. Mais plus vite Hélène saura tout, mieux cela vaudra.

— Appelle-le, conseille Agathe. On ne sait jamais, il pourrait être en réunion à l'extérieur. Même si, pour monter, tu circuleras en sens contraire du trafic, ce n'est pas plaisant de faire un voyage blanc, surtout à Montréal.

Hélène observe Agathe. Elle voit bien que son amie lui cache quelque chose. À un autre moment, elle aurait mis des gants blancs pour savoir de quoi il s'agit, mais pas aujourd'hui.

— Si tu as quelque chose à me dire, lance-t-elle d'une voix autoritaire, fais-le, et vite. Je n'ai pas de temps à perdre !

— Comme tu veux. Eh bien, ton cher mari ne s'est pas contenté de vendre votre maison. Il en a acheté une autre.

— Pourquoi aurait-il acheté une autre maison puisqu'il ne vient chez nous que pour changer de vêtements ?

— En fait, Réjean ne passe pas autant de temps à son bureau qu'il veut te le faire croire. Je m'excuse à l'avance de ce que je vais te révéler, mais sache que non seulement ton mari t'a déjà remplacée, mais qu'il emménagera avec sa maîtresse dans sa nouvelle maison. Tu sais tout maintenant !

Les yeux dans l'eau, Hélène accuse le coup. Réjean l'a vraiment eue sur toute la ligne. Alors qu'elle prenait toujours sa défense sous prétexte qu'il travaillait trop, en réalité il se foutait carrément d'elle. Hélène sait qu'elle n'est pas non plus sans reproche. Seulement, jamais elle n'aurait osé s'attaquer à quelque chose qu'ils ont bâti à deux sans d'abord en parler à son époux. Certes, elle n'a jamais travaillé à l'extérieur, mais il y avait une entente entre eux. C'est pour Pierre-Marc que cela lui fait le plus mal.

— Est-ce qu'elle a des enfants ? demande-t-elle.

— Je ne sais pas.

Maintenant qu'Hélène a remarqué que la pancarte affiche les couleurs de l'agence immobilière pour laquelle travaille Suzie, elle espère de toutes ses forces que sa voisine n'a rien à voir dans cette affaire. Elle doit s'en assurer avant de partir pour Montréal.

— Et Suzie?

— Elle a refusé de traiter avec Réjean quand il l'a mise au courant de ses intentions.

— Tant mieux! Est-ce que tu peux garder Pierre-Marc?

— Bien sûr! Je suis tellement désolée, Hélène...

— Tu n'as pas à l'être. J'ai mes torts. Je suis furieuse, mais je survivrai.

* * *

Au moment où Patrick s'apprête à éteindre la lumière de son bureau, sa secrétaire l'avertit qu'une femme ayant refusé de s'identifier veut absolument lui parler. Patrick répond sans grand entrain.

— Alors, est-ce que tu as aimé mes fleurs? s'enquiert une voix sensuelle à l'autre bout du fil.

— France? s'exclame joyeusement Patrick. Je me doutais bien que le bouquet venait de toi!

— Qui est cette France? lance la femme d'un ton offusqué. Tu ne vas pas me faire croire que tu ne me reconnais pas, après tout ce qu'on a fait ensemble?

Patrick s'efforce d'associer la voix à un nom, mais il ignore toujours qui est au bout du fil.

— Je vais te donner un indice, poursuit l'inconnue. J'ai un minuscule grain de beauté sur le sein gauche. J'espère que cela t'aidera à retrouver la mémoire. Bonne soirée !

Sur ce, elle raccroche. Patrick en fait autant et sort de son bureau. Son père l'attend pour aller jouer au billard. « Mais qui était cette femme ? »

Chapitre 14

Francis et Jack animent rarement ensemble une soirée de mariage. Ils ont décidé de le faire ce soir parce qu'ils veulent essayer plusieurs nouvelles pièces et mesurer l'impact de chacune d'elles. Pour avoir déjà procédé de cette manière à quelques reprises, ils savent que ce type d'exercice est beaucoup plus facile à deux. Pendant que l'un s'occupe de la musique, l'autre note les réactions de la salle.

Étant donné que Francis et Jack ne savent pas combien de temps il leur faudra pour se rendre sur place, ils partent tôt. Une fois installés, ils décident d'assister au mariage, d'autant plus que l'église est située à côté de la salle de réception. Mais ce soir, c'est une première pour eux : le marié ne daigne pas se présenter à l'église. Pourtant, les futurs époux vivent ensemble depuis trois ans.

L'église est pleine à craquer. Au début, les gens discutent tranquillement entre eux en attendant le début de la cérémonie. Quand l'heure du mariage arrive, il n'y a toujours aucune trace du fiancé. Pendant que la future mariée fait les cent pas dans la sacristie, les invités deviennent de plus en plus bruyants. Le père de la jeune femme décide d'envoyer quelqu'un aux nouvelles.

Quand le messager revient, on croirait qu'il a vu un fantôme. Il s'adresse à la future mariée :

— Il a pris tous ses biens dans l'appartement. Il a laissé une enveloppe pour toi. Tiens !

Après avoir lu le court message rédigé à la main, la fiancée s'écrie :

— Il n'y aura pas de mariage !

— Je vais avertir les invités, dit le curé.

— Attendez, intervient le père de la mariée. Maintenant que tout est prêt, il est trop tard pour annuler. Je suggère qu'on fasse la fête comme prévu.

Puis il se tourne vers sa fille :

— Je préviens tout le monde et je reviens avec ta mère.

L'homme explique la situation aux invités, ajoutant qu'il compte sur chacun d'entre eux pour que sa fille ait au moins un bon souvenir de son mariage manqué. Les gens sont sous le choc. Mais dans la salle de réception, après que l'alcool a commencé à couler, les langues se délient. Au bout d'une heure, on aurait juré qu'il s'agissait de la fête d'un mariage très réussi. La mariée a gardé sa robe blanche toute la soirée, elle a levé le coude à de nombreuses reprises, mais au moins elle a survécu à la soirée mieux que quiconque l'aurait imaginé.

Quand le père de la jeune femme paie Francis et Jack, il ne tarit pas d'éloges à leur égard.

— Vous pouvez être certains que je vous ferai une bonne publicité. Merci, les gars !

— Merci à vous, dit Francis. On est vraiment désolés pour votre fille.

— Ce sont des choses qui arrivent. Elle savait qu'il ne voulait pas se marier, mais elle y tenait tellement qu'il avait fini par céder. Ne vous inquiétez pas, elle s'en remettra. Ça va nous faire une histoire à raconter quand on sera vieux, ma femme et moi ! Faites attention à vous autres sur la route.

Il fait encore si chaud à l'extérieur que Francis et Jack baissent les vitres aussitôt qu'ils embarquent dans leur véhicule.

— Ma mère m'a déjà raconté que dans son village natal une fille avait répondu non au prêtre quand il lui avait posé la question des épousailles, raconte Francis. Ensuite, elle était sortie en courant de l'église. Je n'aurais jamais cru que je verrais une telle histoire de mes propres yeux.

— Moi non plus ! s'exclame Jack. Je m'imagine la scène. Hier, le futur marié a sorti tout son stock de l'appartement comme un voleur. Je me demande comment il fera pour regarder son ex en face quand il la croisera.

— L'histoire ne dit pas s'il est resté dans les parages ou s'il a quitté la région. En tout cas, si j'étais à sa place, je serais parti loin.

— Tu n'y songes pas ! Il faudrait qu'il lâche sa job, ses amis, sa famille. Il aurait dû y penser avant. Ça prend des mois pour organiser un mariage. Moi, je trouve que c'est de la lâcheté.

— Comme dirait ma mère : « Mieux vaut tard que jamais. » On ne peut pas se marier pour faire plaisir à quelqu'un, même si on l'aime.

— Je maintiens qu'il aurait dû réfléchir avant de tout foutre en l'air. Je plains la fiancée de tout mon cœur. Si j'étais à sa place, je ne suis pas sûr que je m'en remettrais. Non seulement elle ne s'est pas mariée, mais elle n'a même plus de *chum*. J'ignore comment elle a réussi à rester à la soirée. Moi, je serais allé me cacher.

Jack est sidéré par le comportement du futur marié. Pour lui, le mariage est une des décisions les plus sérieuses et importantes qu'on prend au cours de notre vie. Il se demande ce qui a bien pu passer par la tête de cet homme pour faire un tel affront à sa compagne de vie. Tous les crimes ne sont pas punis. On poursuit parfois en justice pour trois fois rien, alors que quelqu'un qui fait perdre la face à la personne qu'il prétendait aimer ne subit aucune sanction.

— Finalement, je pense qu'on a notre réponse pour nos nouvelles pièces, déclare Francis. Chaque fois qu'on en a passé une, personne n'a quitté la piste de danse.

— Compte tenu des circonstances, c'est excellent! lance Jack en souriant. J'étais certain que la fête finirait de bonne heure. Je n'en reviens pas que certains invités aient dansé jusqu'à deux heures du matin. Je ne suis pas près d'oublier cette soirée.

— Moi non plus! indique Francis. Autrement, comment vont tes femmes?

Le visage de Jack s'illumine instantanément. Jusqu'à ce qu'il rencontre Anna, il n'avait jamais été aussi heureux.

— Elles vont très bien, et moi je nage dans le bonheur. D'ailleurs, j'ai une grande nouvelle à t'apprendre. Seulement, il va falloir que tu gardes le secret jusqu'au baptême de Myriam.

Francis est suspendu aux lèvres de son ami.

— Eh bien, je vais demander à Anna de m'épouser.

— Vraiment? L'homme le plus résistant au mariage va se passer la corde au cou! Je pensais vraiment que ce jour n'arriverait jamais. Mais es-tu certain que la belle Anna acceptera de se marier? Je ne voudrais surtout pas qu'il t'arrive la même chose qu'à la jeune femme d'aujourd'hui.

— Ne t'inquiète pas, elle a déjà dit oui. Elle sait que je lui referai ma demande le jour où Myriam aura un mois. Mais elle ignore que je vais plonger pendant le baptême.

Jack raconte alors à son compagnon la première demande en mariage qu'il a faite à Anna.

— Je ne savais pas que tu étais aussi romantique ! s'exclame Francis. Je te promets d'avoir l'air surpris.

— N'en mets pas trop quand même ! Mais tu ne sais pas la meilleure encore… Hier soir, mon beau-père a annoncé sa visite ; il viendra pour le baptême. Anna était si contente qu'elle en pleurait de joie.

— Si M. Royer se décide enfin à sortir de son Abitibi, c'est qu'il a dû reprendre du poil de la bête.

— En tout cas, il semblait enjoué au téléphone. Quand je pense à l'accident qui est arrivé à sa femme, je me dis que, lorsque ton heure est arrivée, tu ne peux rien faire pour t'en sauver. Tu suis tranquillement ta route et tu te fais rentrer dedans par un poids lourd sans avoir rien vu venir.

— On appelle ça la fatalité.

De par son travail, Francis a déjà vu beaucoup d'accidents de la route ; et il en verra assurément encore un bon nombre d'ici à ce qu'il prenne sa retraite. Chacun de ces événements a son histoire et ses circonstances, mais Francis a remarqué une chose. Lorsque les accidents se produisent dans des conditions extrêmes, les survivants prennent généralement moins de temps à surmonter l'épreuve. Par contre, si l'asphalte était sec et qu'il faisait clair, les choses se compliquent. Pourquoi ? Parce qu'une perte de contrôle par beau temps n'a aucune raison de survenir. Personne ne conteste le fait que, dès qu'on prend place dans un véhicule, on s'expose au danger. Un arrêt manqué ou mal fait, un feu rouge brûlé, un dépassement hasardeux, un coup de roue pour éviter un enfant ou un animal qui fait soudain irruption devant le conducteur, une seconde d'inattention… Tout peut arriver au moment où on s'y attend le moins.

— As-tu eu des nouvelles de Robert depuis qu'il est en congé de maladie ? s'enquiert Francis.

— Je voulais justement t'en parler. Il est passé au poste il y a deux jours, et je peux te dire qu'il n'en menait pas large ; il était cerné jusqu'au menton. Il paraît qu'il a tout perdu. Son partenaire de patrouille m'a dit que Robert a même été obligé d'aller s'installer chez ses parents. Te verrais-tu retourner vivre dans la maison familiale à ton âge ? Pas moi !

— J'ai beau aimer ma mère, rester dans la même maison qu'elle est la dernière chose que je me souhaite. C'est fou ! Il n'y a pas de casino dans la région, mais certains trouvent toutefois le moyen de perdre leur chemise au jeu. Moi, ça me dépasse.

— On ne choisit pas d'être dépendant au jeu, à l'alcool ou même aux femmes… C'est une maladie. En tout cas, j'ai l'impression que Robert n'est pas près de revenir au travail.

Il y a longtemps que Francis et Jack ont compris que ce n'est pas parce qu'on est policier qu'on est blanc comme neige. Au nombre qu'ils sont, il y a de tout. Un qui bat sa conjointe. Un qui déteste les femmes. Un qui les aime trop. Un qui joue même ce qu'il n'a pas. Un qui boit jusqu'à perdre la carte. Un qui a les doigts croches. Un qui profite de son pouvoir… Un corps policier est en quelque sorte une microsociété à lui seul.

— Et tous ces débordements nous coûtent cher, lance Francis.

— Tu as raison ! Mais on n'est quand même pas pour laisser nos confrères dans leur misère sans rien faire. On passe nos journées à aider les gens. Je nous verrais mal laisser les nôtres se dépatouiller seuls.

— Je suis plutôt mal placé pour parler. Quand j'ai eu besoin de prendre un congé, j'ai pu le faire. Seulement, je trouve parfois que notre monde est loin d'être beau.

— Si tu commences à trop regarder autour de toi, tu vas te mettre à déprimer, le prévient Jack. Moi, je me console en me disant qu'il y a beaucoup plus de bonnes personnes qu'il y en a de mauvaises. La misère est partout, c'est un fait. Mais même si on voulait l'effacer complètement, on ne le pourrait pas.

Francis approuve. Toutefois, comme il est de nature idéaliste, il lui arrive encore de se faire piéger par tout ce qui ne tourne pas rond sur terre. Et dans ces moments-là, il a de la difficulté à voir la vie en rose. Ce soir, avant de s'endormir, il remerciera Dieu pour la belle vie qu'il mène – comme il le fait chaque soir. Francis n'a pas la prétention d'être parfait, il ne le sera jamais, mais il est fier de ce qu'il est devenu. Il est né sous une bonne étoile. Sa famille est plutôt bien. Il a marié la femme de sa vie. Ses enfants représentent sa plus grande fierté. Il a de bons amis. Il n'échangerait pas son grand-père Roger pour tout l'or du monde. Il aime son travail et il a énormément de plaisir à faire danser les gens sur la musique de sa disco-mobile. La trentaine lui réussit à merveille.

Pour Jack aussi, la vie est bonne. Il en apprécie chaque seconde, surtout depuis qu'Anna a conquis son cœur. Il ignorait qu'on pouvait aimer autant. Il y a une seule ombre au tableau. La semaine passée, il a reçu un appel de son frère au poste. Ce dernier lui a dit qu'il l'appelait seulement pour lui dire qu'il était toujours vivant et qu'il l'inviterait à prendre une bière chez lui très bientôt. Jack a bien essayé d'en savoir plus, mais son frère s'est vite trouvé une excuse pour mettre fin à l'appel. Il n'en a encore parlé à personne, pas même à Anna. Ce n'est pas parce qu'il est mal à l'aise. Mais Jack ne parvient pas à trouver à quel moment son unique frère a mal tourné. Et ça lui fait terriblement mal chaque fois qu'il prononce son nom.

Chapitre 15

En apparence, Hélène semble au-dessus de ses affaires. Mais la réalité est tout autre. Elle est tellement en colère contre Réjean qu'elle a l'impression qu'il y a un volcan en constante ébullition à l'intérieur d'elle. Elle accepte le fait qu'il a une autre femme dans sa vie, mais jamais elle ne lui pardonnera d'avoir vendu la maison dans son dos, et encore moins son attitude pourrie envers leur fils. Aucun enfant ne mérite d'être traité de cette façon par son père. Dès qu'elle se retrouve seule dans la maison, Hélène se retient de tout casser. Elle a sommé Réjean de sortir ses affaires au plus vite, ce qu'il a fait. Elle a gardé l'essentiel pour tenir le coup jusqu'à ce qu'elle termine son stage. Après, Réjean pourra venir récupérer le reste des biens puisqu'elle ne veut rien garder de son ancienne vie.

Mais le plus dur à accepter pour elle est la réaction de Réjean quand elle lui a annoncé qu'elle irait vivre en Floride. Il s'était contenté de hausser les épaules avant de dire que c'était parfait pour lui.

— Tu n'auras qu'à me donner ton adresse pour que je puisse faire suivre la pension pour Pierre-Marc.

— Mais il faudra qu'on prenne des dispositions pour que tu puisses le voir.

— Commence par t'installer et on s'arrangera après.

Hélène aurait pu argumenter, mais elle n'en avait rien fait. Cela l'avait rendue si triste de constater une fois de plus quel père abject elle avait donné à son fils. Son petit doigt lui avait soufflé qu'elle devait se retenir de couvrir d'injures Réjean. Elle en avait tant sur le cœur qu'elle n'aurait pas pu s'arrêter. Le pire dans tout ça, c'est qu'elle a aimé cet homme suffisamment pour le marier et avoir un enfant avec lui. C'est là que le bât blesse.

Hélène n'a encore rien dit à ses parents. Elle n'a aucune envie d'entendre leur sermon. Ou pire encore, de les voir prendre la défense de Réjean. Elle les avisera du départ de son mari le moment venu. De toute façon, ils ne risquent pas de se pointer chez elle à l'improviste puisqu'ils ne l'ont jamais fait. Et s'ils débarquent sans crier gare, eh bien, ils verront par eux-mêmes qu'elle n'a pas tous les torts dans cette histoire.

Elle peut habiter la maison jusqu'à la fin de son stage, ce qui l'arrange. Après, elle s'envolera pour la Floride. Une chance que Paul est dans sa vie parce qu'Hélène ne sait pas comment elle vivrait cette situation. Ils se parlent tous les jours depuis que la pancarte *VENDU* a été installée devant chez elle. Parfois, elle se demande si Paul est aussi gentil qu'il en a l'air. «Je me suis déjà trompée une fois!» Mais elle chasse vite cette pensée.

Hélène se sert un grand café avant d'aller s'asseoir sur la terrasse. Elle en profite pendant que Pierre-Marc dort encore. Aujourd'hui, elle a promis à son fils qu'ils iraient au Zoo de Granby. Mais Pierre-Marc ignore que Steve et Agathe les accompagneront. Son amie s'est portée volontaire pour préparer le pique-nique. Hélène a encore un peu de temps libre avant de s'habiller et de réveiller son fils. La jeune femme est toujours étonnée de voir à quel point il a besoin de sommeil. L'autre jour, sa mère lui a dit qu'elle était exactement comme lui au même âge.

Les colibris font déjà la ronde autour du grand tube d'eau sucrée. Hélène adore observer ces minuscules oiseaux. Elle ne se lasse pas de les regarder battre des ailes à la vitesse de l'éclair pour se maintenir en place. Elle a lancé au bout de la terrasse une grosse poignée d'arachides en écaille pour les geais bleus avant de s'asseoir. Ce n'est qu'une question de temps pour que des représentants de cette espèce viennent les chercher. Alors que plusieurs trouvent le geai bleu trop bruyant, Hélène le compte parmi ses oiseaux préférés. Il est si beau avec sa huppe, son plumage bleu, son collier noir, son ventre gris pâle, ses ailes et sa queue parsemées de points blancs. Le geai bleu a du panache ; c'est la raison pour laquelle il lui plaît tant.

Dans la maison d'à côté, Agathe s'affaire à écraser des œufs durs pour confectionner des sandwiches. Ceux au jambon cuit sont déjà prêts. Elle a lavé un gros bol de fraises ; elle a cueilli les fruits la veille avec les enfants. Agathe a mis plusieurs biscuits aux grains de chocolat dans une petite boîte de métal. Des cannettes de boisson gazeuse et quelques crudités compléteront le repas. Pour leur part, Dominique et Isabelle passeront la journée chez les Larocque. Agathe craignait qu'ils soient déçus de ne pas venir au zoo avec elle, mais c'est tout le contraire. M. Larocque s'est bien rétabli de sa chute du toit. Le médecin qui l'a examiné à l'hôpital lui a dit qu'il avait eu beaucoup de chance dans sa malchance. Pour un homme de son âge, M. Larocque n'a pas son pareil. Lorsqu'il a su que Dominique et Isabelle passeraient la journée chez lui, il leur a promis de les emmener pêcher. Il n'aurait pu faire davantage plaisir aux deux enfants.

Même si Agathe ne raffole pas du zoo, elle aime y aller de temps en temps. La réaction des gamins devant les animaux vaut à elle seule le déplacement. À la vitesse que sa marmaille grandit, Agathe ne se fait pas d'illusions. Bientôt, Steve ne manifestera plus un grand intérêt pour le zoo. Depuis qu'il a commencé l'école, il a beaucoup changé ; on dirait qu'il a vieilli d'un coup. Quand Agathe regarde les photos de ses enfants lorsqu'ils étaient bébés, elle songe que c'est bien dommage qu'ils aient grandi si vite. Bien sûr, cela fait partie du cycle de la vie. Toutefois, il lui arrive de regretter le temps où elle pouvait encore les tenir dans ses bras et les embrasser à satiété. Mais cette époque est bien révolue. Il ne reste plus à Agathe qu'à se tourner vers sa nièce Myriam pour la faire profiter de son trop-plein d'amour parce que les siens sont déjà trop grands pour l'apprécier.

Suzie lui a parlé de France Duguay la dernière fois qu'elle est venue prendre un café. Agathe ne comprend toujours pas pourquoi sa voisine jugeait si important de l'entretenir de cette inconnue.

— Je ne peux quand même pas me mettre à me méfier de toutes les femmes que Patrick connaît, avait-elle dit à Suzie. Et puis les choses vont tellement bien entre nous ces temps-ci que je n'ai pas envie de me casser la tête avec ce qui pourrait arriver. J'ai confiance en mon homme.

— Désolée ! s'était exclamée Suzie. Je pensais bien faire, mais tu as raison. Ça ne donne rien de s'inquiéter pour quelque chose qui n'arrivera sans doute jamais.

Et elles avaient vite changé de sujet. Cependant, depuis qu'elle est au courant de l'existence de cette femme, Agathe est incapable d'oublier son nom. Elle sait à quel point Patrick et Suzie s'entendent bien ; jamais son amie ne le trahirait. Suzie est fidèle en amitié. Si elle a abordé la question, c'est parce qu'elle avait remarqué quelque chose qui ne lui avait pas plu. Ce détail fait toute la différence ! Agathe n'a pas l'intention de se pourrir la vie avec ce qui pourrait arriver, mais l'expérience lui a appris qu'il n'y a jamais de fumée sans feu.

La jeune femme remplit la glacière et la dépose ensuite près de la porte. Elle a tout juste le temps de se changer avant le départ.

* * *

Patrick est songeur. Il repense à toute l'histoire autour du bouquet de fleurs. Quand il a su qui le lui avait envoyé, il a eu froid dans le dos. Nicole Lavoie... Il l'avait croisée dans un congrès il y a plusieurs années. C'était la femme d'un des fournisseurs avec qui il faisait affaire. La pauvre, elle avait pris ses rêves pour la réalité. Elle lui avait fait les yeux doux chaque fois qu'ils s'étaient croisés à ce congrès, tellement qu'à un moment donné son mari était venu demander à Patrick depuis quand il la connaissait.

— Je ne l'avais jamais vue avant que vous me la présentiez.

Le manège de Nicole Lavoie avait continué, au vu et au su de tout le monde, ce qui était très gênant pour son époux. Et pour Patrick aussi, évidemment. Cette femme ne l'attirait pas, et puis il avait quand même un minimum de décence. Jamais il ne tentait le coup avec les conjointes de ses fournisseurs.

Lors du deuxième appel de la femme, il avait eu beau fouiller dans sa mémoire, il n'était pas arrivé à la replacer. Même sa voix ne lui disait rien. C'est seulement lorsqu'elle s'était nommée que la mémoire lui était revenue d'un coup. Mais Patrick ne comprenait pas son insistance.

— Comment va votre mari ? lui avait-il demandé poliment.

— Je ne sais pas, avait répondu la femme. Et franchement, je m'en porte très bien. Je l'ai enfin laissé. La bonne nouvelle, c'est que je suis libre maintenant.

Patrick avait eu l'impression d'être une petite souris venant d'être déposée dans un labyrinthe et qui n'avait aucune issue pour se sortir du pétrin. Alors que d'autres hommes auraient été flattés qu'une femme leur offre des fleurs et, qui plus est, revienne à la charge des années plus tard, lui, Patrick Gauthier, aurait préféré que Nicole Lavoie oublie jusqu'à son nom parce qu'il ne lui avait jamais porté le moindre intérêt. De plus, nul besoin d'être devin pour savoir que quelqu'un qui agissait comme elle n'était pas équilibré.

Comme il était resté muet au bout du fil, la femme était revenue à la charge.

— Alors, maintenant que je suis libre, tu ne dis rien! s'était-elle exclamée sur un ton irrité. Ça fait des années que je me languis de toi. Aussi bien t'avertir, tu ne te débarrasseras pas de moi aussi facilement. Je t'invite à souper.

— C'est impossible…, avait protesté Patrick d'une voix bourrue.

— À dîner, alors? Jeudi! Rendez-vous à midi, au restaurant L'Escarmouche. Tu connais sûrement l'endroit; c'est tout près de ton bureau. Je porterai un foulard rouge.

Patrick n'avait aucune intention de se pointer à ce rendez-vous. Il fallait qu'il trouve le plus vite possible une façon de se sortir de cette situation.

À peine avait-il raccroché qu'il s'était rué sur son carnet d'adresses professionnel. Il ne faisait plus affaire avec le mari de Nicole Lavoie depuis un bon moment, mais il devait absolument lui parler. Le type avait décroché à la première sonnerie. Patrick s'était présenté.

— Je me souviens très bien de vous, avait répondu l'homme. Que me vaut l'honneur?

Après que Patrick lui avait raconté l'histoire, le type s'était mis à rire.

— Je vous plains de tout mon cœur.

— Je ne vous ai pas appelé pour me faire plaindre mais pour que vous me disiez comment me débarrasser d'elle. Je n'ai rien fait pour qu'elle me coure après.

— Aussi bien vous le dire, Nicole n'est pas bien dans sa tête, et ça ne date pas d'hier. Pour ce qui est de vous en débarrasser, je ne sais pas quoi faire à part vous souhaiter bonne chance.

— Vous ne comprenez pas. Je ne veux rien savoir d'elle.

— Oh si, je comprends parfaitement ce qui vous arrive et comment vous vous sentez. Si vous avez un ami policier, amenez-le avec vous au dîner. Je ne peux rien vous garantir, mais à ce jour c'est la seule chose qui fait peur à Nicole.

Patrick avait eu l'impression de se trouver en plein film d'horreur. Il tenait le rôle de la victime. Il voyait justement Francis ce soir-là. Ils s'étaient donné rendez-vous au stade pour assister à un match du Manic.

* * *

Quand Patrick avait terminé son récit, Francis s'était esclaffé.

— Je n'arrive pas à y croire! Ce genre de choses n'arrive qu'à toi! J'y serais allé avec plaisir, mais tu tombes mal, car je travaille demain.

— Alors je n'irai pas.

Francis avait observé son ami pendant quelques secondes. C'était la première fois qu'il le voyait dans cet état. Il ne pouvait pas l'abandonner au moment où Patrick avait besoin de lui.

— Je vais me faire remplacer, avait-il déclaré. J'irai avec toi au dîner. J'imagine que ce serait préférable que je porte mon uniforme…

— Ouais! Merci! Je te revaudrai ça.

— Je n'en reviens pas. Personne d'autre que toi ne se serait mis dans un tel merdier.

— Mais je n'ai absolument rien fait ! Et pour une fois, c'est vrai.

Finalement, l'ex-mari de Nicole Lavoie avait eu raison. Dès que la femme avait vu Francis, elle s'était levée de table et avait murmuré à Patrick :

— Tu n'entendras plus parler de moi.

Patrick s'était senti soulagé. Il avait soupiré de satisfaction et avait tendu la main à Francis.

— Merci beaucoup ! Est-ce que je peux au moins t'offrir une bière ?

— Avec plaisir !

Puis, sur un ton taquin, Francis avait ajouté :

— Elle n'était quand même pas si mal.

Et Patrick avait répondu qu'il ne l'aurait pas touchée, même avec une perche.

Cette histoire a tellement occupé son esprit qu'il en a oublié de penser à France. Et de toute façon, même si cette dernière n'a rien à voir avec Nicole Lavoie, il estime qu'il est inutile de courir après les problèmes. En tout cas, pour le moment... Les choses se passent bien avec Agathe, et c'est parfait comme ça.

* * *

Agathe, Hélène, Pierre-Marc et Steve viennent d'arriver au Zoo de Granby. Les garçons sont survoltés à l'idée de voir des animaux sauvages. Pour leur défense, il faut dire qu'ils étaient bien jeunes la dernière fois qu'ils ont visité le jardin zoologique. Hélène s'avance au guichet pour acheter les billets. Lorsque Agathe l'entend demander quatre billets, elle intervient :

— La dame prendra seulement un billet pour adulte et un pour enfant, dit-elle à la préposée. Je paierai les deux autres.

Mais Hélène ne s'en laisse pas imposer. Elle répète gentiment à la guichetière qu'elle veut avoir deux billets pour adultes et deux billets pour enfants. Agathe s'éloigne un peu avec Pierre-Marc et Steve. Aussitôt qu'Hélène les rejoint, Agathe proteste :

— Je ne veux pas que tu paies pour Steve et moi.

— J'ai bien le droit de vous faire un cadeau. Range ton argent, aujourd'hui, c'est moi qui invite. Et je ne veux rien entendre, pas même un merci !

Agathe passe son bras autour des épaules de son amie et l'embrasse sur la joue.

— Est-ce qu'on y va ? demande Steve sur un ton impatient.

— Oui ! lance Agathe en prenant la main de son fils. Mais n'oubliez pas : Pierre-Marc et toi, vous devez toujours rester près d'Hélène et moi.

Les enfants sont si excités qu'aucun ne daigne répondre.

Le quatuor se promène d'une cage à un enclos jusqu'à l'heure du dîner. Les enfants sont heureux comme des rois. Pendant qu'Hélène va chercher la glacière dans l'auto, Agathe emmène les deux garçons à l'aire de pique-nique. Aussitôt qu'ils voient une table libre, ils courent s'y installer. La tête appuyée sur leurs mains, Pierre-Marc et Steve attendent patiemment le retour d'Hélène. Agathe les regarde en souriant. Ils s'entendent si bien, ces deux-là, qu'elle appréhende un peu le déménagement de Pierre-Marc en Floride.

— Je meurs de faim, moi! s'écrie Steve. Est-ce qu'Hélène va arriver bientôt?

— Elle s'en vient, je la vois! s'exclame Agathe. Et toi, Pierre-Marc, est-ce que tu es aussi affamé que Steve?

— J'ai tellement faim que je mangerais un bœuf.

À peine Hélène a-t-elle déposé la glacière sur la table que deux petites paires de mains se dépêchent de l'ouvrir. En deux temps, trois mouvements, Pierre-Marc et Steve s'emparent chacun d'une moitié de sandwich.

— Avoir su que vous seriez aussi affamés, dit Agathe, j'aurais fait plus de sandwiches!

Mais sa petite taquinerie ne reçoit aucun écho. Les enfants sont bien trop occupés à manger : une fraise, une bouchée de sandwich, un morceau de carotte, une gorgée de boisson gazeuse... À les voir, on croirait qu'ils n'ont rien avalé depuis longtemps. Aussitôt que Pierre-Marc et Steve sont rassasiés, ils se lèvent de table.

— Est-ce qu'on peut aller jouer dans le parc?

— Bien sûr! répond Hélène en leur nettoyant la bouche et les mains. Mais il faut que vous restiez visibles pour Agathe et moi, par contre.

Les deux jeunes femmes changent de place pour se trouver face au parc, puis elles poursuivent leur dîner.

— Pierre-Marc et Steve vont s'ennuyer l'un de l'autre après le déménagement, dit Hélène.

— Je me suis justement fait la même réflexion quand tu es allée chercher la glacière. Jure-moi que tu m'écriras.

— C'est certain! Et je t'appellerai aussi. Si tu le veux bien, je pourrai même venir te visiter quand Paul partira en voyage. Ça me fait tout drôle de penser que dans quelques semaines je ne serai plus ta voisine.

— Et à moi donc!

Même si Hélène aura une vie meilleure en Floride, c'est quand même tout un choc pour elle de quitter le Québec. Elle laissera beaucoup de gens importants derrière elle. Après son installation en Floride, elle pourra les appeler, certes; toutefois, aucune épaule ne se trouvera à proximité pour y appuyer sa tête les jours où elle verra le monde en gris. Mais peut-être qu'aux côtés de Paul la morosité n'existera plus que dans ses souvenirs.

Les larmes montent aux yeux d'Agathe. Elle pose sa main sur celle de son amie et la presse doucement.

— Ça va aller…, souffle-t-elle d'une voix à peine audible.

— Certains jours, je me demande pourquoi la vie est parfois si difficile, déclare Hélène entre deux reniflements. Je pense que je ne vivrai jamais assez vieille pour lui pardonner.

Hélène n'a pas besoin de préciser de qui il est question. Agathe l'a fort bien deviné.

— Promets-moi de ne pas le laisser gâcher ta vie.

— C'est promis. J'ai une question à te poser. Crois-tu que je fais une bonne affaire en déménageant en Floride?

— Tu ne le sauras pas avant d'avoir essayé. Tu aimes Paul, et ce sentiment est réciproque. C'est déjà nettement mieux que ce que tu aurais si tu restais ici à te morfondre. Pars en paix!

Chapitre 16

M. Royer est arrivé la veille du baptême de la petite Myriam. Il passera quelques jours chez Anna afin de profiter de sa fille, mais aussi de sa petite-fille. Anna était si contente qu'elle s'était mise à pleurer quand il lui avait fait part de ses intentions.

— Tu m'as tellement manqué! s'est-elle écriée en lui sautant au cou. Ne te retire plus jamais dans tes terres aussi longtemps!

— Je suis là, maintenant, s'est contenté de dire son père.

Jacques Royer n'avait aucune envie de chercher des excuses à son comportement des deux dernières années. Le jour où il avait perdu sa femme, c'est comme s'il avait perdu un morceau de lui. Il avait aidé ses filles à faire leur deuil, mais quand était venu son tour, il n'avait plus eu la force de se relever. Sa tête savait qu'il devait passer à autre chose parce que la vie suivait son cours, mais son cœur était en miettes. Il avait fallu tout ce temps pour recoller les morceaux. Jacques suivait la vie de ses filles, mais de loin; cela lui suffisait amplement. Chaque fois qu'il avait l'une d'elles devant lui, il revoyait sa Monique. Alors sa plaie redevenait aussi vive qu'au premier jour. Il se réfugiait dans sa grange, dont il ne ressortait que pour aller travailler. Et il répétait inlassablement ce scénario parce que c'était la seule chose qui parvenait à le soulager un peu. En quelque sorte, le bois était devenu son meilleur ami. Il pensait sans arrêt à sa femme. Chaque nuit, il rêvait d'elle. Il voyait Monique partout. Et il entendait son rire, aussi.

Le jour où Anna l'avait appelé pour lui annoncer qu'il avait une nouvelle petite-fille, la vie de Jacques avait basculé d'un coup. À peine avait-il raccroché qu'il s'était mis à sangloter et à trembler de tout son corps. Il avait évacué toutes les larmes qu'il retenait depuis trop longtemps. Le phénomène avait duré des heures. Au matin, au lieu d'aller travailler, il avait sauté dans son auto et avait pris la direction du parc de La Vérendrye. Il avait roulé d'une traite jusqu'à l'endroit où avait eu lieu l'accident deux ans auparavant. Il s'était agenouillé devant la petite croix blanche qu'Agathe et Anna avaient plantée en retournant à Montréal après l'enterrement de leur mère. Il avait fait ses adieux à sa femme. Il était si heureux qu'il avait appelé Anna deux fois en moins d'une heure à son retour à la maison.

Depuis son arrivée, Jacques a toujours hâte que Myriam ouvre un œil. Il n'attend que cela pour la bercer tendrement. Anna est si heureuse de constater que son père va mieux qu'elle lui enlève la petite seulement quand c'est le temps de la nourrir ou de la changer de couche. Elle prend une tonne de photos de Jacques et Myriam. Jack a dû aller lui acheter d'autres rouleaux de pellicule.

— Il faudrait en garder au moins un pour le baptême, avait-il fait remarquer.

— Ne t'inquiète pas pour ça ! avait répondu Anna en lui faisant son plus beau sourire.

Même s'il tarde à Agathe de revoir son père, elle a résisté à l'envie de débarquer chez Anna avant le baptême. Quand Jacques l'a appelée pour lui annoncer qu'il était arrivé à Montréal, il lui a promis de venir passer quelques jours chez elle aussi.

Depuis qu'Agathe est réveillée, elle ne tient pas en place. Aujourd'hui, c'est le baptême de sa filleule. Elle a fait des folies pour sa petite princesse. Patrick également ; il lui a même acheté une robe tout seul. Une première pour lui ! Quand il l'a montrée à Agathe, son épouse n'a pu s'empêcher de s'extasier devant le petit bout de tissu. Décidément, son homme ne cesse de la surprendre.

En plus d'assister au baptême, Agathe est impatiente de voir son père. Elle est comme un chien fou qui court après sa queue : elle ne finit aucune tâche, elle n'arrive pas à se concentrer plus de deux secondes, elle surveille l'horloge comme si elle était soudain devenue la gardienne du temps... C'est seulement après avoir monté dans l'auto qu'elle respire mieux. Dans quelques minutes, elle pourra enfin se jeter dans les bras de son père.

Tout comme Anna, Agathe fond en larmes en le voyant.

— Si tu continues à pleurer comme ça, dit affectueusement Jacques en lui passant la main dans les cheveux, je serai obligé de changer de chemise.

— Je suis trop contente ! réplique Agathe entre deux reniflements. Tu m'as tellement manqué !

Cette fois, c'en est trop ! Jacques vient près de pleurer à son tour. Depuis son arrivée chez Anna, il réalise à quel point son attitude a fait mal à ses filles. Mais il ne peut pas s'excuser : même s'il avait voulu faire autrement, il en aurait été incapable. Heureusement pour lui, Steve fait diversion.

— Grand-papa ! s'écrie-t-il en lui prenant la main. Aimerais-tu que je te montre ma nouvelle Matchbox ?

Jacques se tourne vers son petit-fils.

— C'est sûr ! Et après, je te donnerai une surprise.

Évidemment, seul le dernier mot retient l'attention du garçon.

— S'il te plaît, donne-moi ma surprise tout de suite !

— Laisse-moi juste le temps de saluer ton père, ton frère et ta sœur. Ensuite, je serai tout à toi.

La vue de son père avec ses enfants a toujours ému Agathe. Jacques a cette façon bien à lui de les faire se sentir importants ; même Isabelle ne lui résiste pas. Agathe n'est pas jalouse de l'effet qu'a son père sur sa fille – et elle ne le sera jamais non plus. Mais la jeune femme ne comprend pas pourquoi Isabelle idolâtre tant son grand-père, qu'elle voit si peu souvent, alors qu'elle, sa propre mère, qui habite pourtant dans la même maison qu'elle, a toutes les misères du monde à susciter le moindre intérêt de sa part.

Agathe a dû beaucoup insister pour que sa fille lui soumette des suggestions de projets. Comme aucun d'eux n'était réalisable, Isabelle s'était rabattue sur la confection de bijoux en vitrail. Agathe avait compris sur-le-champ que c'était seulement pour l'embêter que sa fille avait laissé traîner les choses. On a beau vouloir de toutes ses forces se rapprocher de son enfant, si celui-ci est fermé comme une huître, c'est peine perdue. Agathe n'a pas l'intention de baisser les bras, mais elle ne se fait pas d'illusion avec Isabelle concernant l'avenir.

Les parents de Jack font ensuite leur entrée. Ils sont immédiatement suivis par la famille de Francis et Suzie. Il ne manque plus que Céline.

Anna habille sa fille à la dernière minute. Elle veut éviter que la petite régurgite sur la belle robe de baptême offerte par la mère de Jack. Alors qu'Anna s'apprête à attacher le dernier bouton du vêtement, la sonnette de la porte retentit. Jack va ouvrir. Lorsqu'il voit qui accompagne sa belle-sœur, il s'écrie :

— Arnaud ? Quelle surprise ! Mais entrez, tous les deux, on n'attendait plus que vous pour partir à l'église. Vous avez juste le temps de saluer tout le monde avant le départ.

— J'ignorais que vous vous connaissiez, commente Céline avant d'embrasser son beau-frère sur les joues.

Céline et Arnaud ne se fréquentent que depuis quelques jours, alors ils sont loin de tout savoir l'un sur l'autre. Céline a dit à Arnaud qu'elle l'invitait au baptême de sa nièce, que sa sœur s'appelait Anna et son *chum* Jack, mais elle n'a pas donné plus de détails. Jusqu'à maintenant, ils ont davantage abusé du langage du corps que de celui des mots...

— Tu es en terrain connu aujourd'hui, Arnaud, déclare Jack. Francis est ici. Suis-moi.

Ce dernier est tout aussi surpris que son ami. Sans dire que Jack et Francis ne s'entendent pas avec Arnaud, on ne peut pas prétendre que c'est l'amour fou entre eux trois. L'intégrité d'Arnaud en tant que policier est douteuse. Aujourd'hui, Jack et Francis se comporteront comme des gentlemen. Pour le reste, ils verront plus tard.

Myriam ne pleure même pas quand le prêtre lui verse de l'eau sur la tête. Les yeux grands ouverts, la fillette regarde partout autour d'elle.

De retour à la maison, Anna ouvre tous les cadeaux qu'elle a reçus. Elle a un réel coup de cœur pour la petite robe offerte par Patrick.

— C'est la plus belle, murmure-t-elle à l'oreille de son beau-frère lorsqu'elle le remercie.

— Figure-toi donc que je l'ai choisie tout seul. Tu n'as qu'à demander à Agathe si tu ne me crois pas.

— Je ne vois pas pourquoi je ne te croirais pas, réagit Anna. Aux dernières nouvelles, tu m'as toujours dit la vérité. Merci, Patrick !

— Il faudra que tu prennes une photo pour moi quand Myriam la portera.

— Sans faute !

Agathe et Céline dressent la table. Elles vont de surprise en surprise.

— Anna et Jack ne font pas les choses à moitié ! s'exclame Céline.

— Tu peux le dire, lance Agathe. Je n'ai jamais vu un repas de baptême aussi généreux. On est loin des sandwiches pas de croûte.

— Ouais ! Ce n'est certainement pas moi qui m'en plaindrai. Tu sais à quel point je déteste les sandwiches !

Depuis que Céline lui a présenté Arnaud, Agathe meurt d'envie d'en savoir plus sur les nouvelles amours de sa sœur.

— Il est beau, ton *chum,* laisse tomber Agathe d'un ton faussement détaché.

— Et il est tellement gentil ! C'est un ami de Josée. Elle voulait me le présenter depuis le jour où je l'ai rencontrée chez vous. J'avais beau lui répéter de me laisser un peu de temps, elle s'est arrangée pour qu'il passe à l'appartement un soir. Arnaud m'a rappelée le lendemain pour m'inviter à souper et, aujourd'hui, je l'ai emmené au baptême.

— Alors, c'est sérieux ?

— Pour le moment, je suis bien avec lui, répond Céline en haussant les épaules.

Certaines personnes sont capables de passer à autre chose très rapidement, même après avoir subi la pire vacherie. D'autres, comme Céline, ont la mémoire longue et mettent du temps à guérir. Mais Josée et Lyne lui ont dit que ça ne lui apporterait rien de bon de se morfondre jusqu'à la fin de ses jours.

— Ce qui est fait est fait, a déclaré Josée. Rien ne t'oblige à tomber amoureuse d'Arnaud. Mais rien ne t'empêche non plus de passer du bon temps avec lui.

— Amuse-toi! a renchéri Lyne. Tu es bien trop jeune pour t'apitoyer sur ton sort. Et le jour où ça ne marchera plus, tu n'auras qu'à t'essayer avec un autre homme.

Avant que Patrick retrouve sa vigueur au lit, Agathe aurait envié sa sœur. Ce Arnaud lui plaît beaucoup. Mais maintenant qu'elle est pleinement satisfaite de son mari, elle est contente pour sa sœur et rien de plus.

— Je suis heureuse pour toi.

Céline sourit à Agathe. Sa venue à Montréal a changé leur relation pour le mieux, ce qui la comble de joie.

Pour sa part, Céline n'a pas pleuré en voyant son père. Elle n'est pas moins sensible qu'Agathe et Anna, mais elle s'était condition-née à ne rien montrer de ses émotions. L'absence de son père lui a fait si mal que, si elle avait laissé libre cours à sa peine, Céline aurait été incapable de s'arrêter de pleurer. Avant qu'elle vienne habiter à Montréal, elle lui rendait visite au moins deux fois par semaine. Chaque fois, elle se butait à un mur. Son père n'était pas méchant avec elle. C'est seulement qu'elle était incapable de l'atteindre de quelque façon que ce soit. Lorsqu'elle repartait de la maison familiale, la jeune femme était complètement défaite. Et elle pleurait pendant tout le trajet de retour. Jean-Marc avait beau lui conseiller de cesser d'aller voir son père, elle ne pouvait s'y résoudre. Elle aimait beaucoup trop Jacques pour l'abandonner.

— Je n'en reviens pas de voir comme papa a l'air bien, déclare Agathe.

— À vrai dire, moi non plus. Tu sais, certains jours je me demandais s'il finirait par nous revenir. Il m'a invitée à souper demain.

Anna entre dans la cuisine. Elle donne à chacune de ses sœurs un baiser sur la joue.

— Merci, les filles!

Puis elle jette un coup d'œil à la table et demande :

— Croyez-vous qu'il va y avoir assez de nourriture ?

— C'est sûr! répond promptement Agathe. Il y en a pour une armée!

— Tant mieux, alors! lance Anna. Est-ce que je peux maintenant inviter les gens à venir se servir ?

— Il vaut mieux que tu te dépêches avant qu'Agathe et moi ne tombions dans le buffet! plaisante Céline.

Anna a fait faire un gros gâteau blanc décoré de rosettes rose pâle. Depuis que Jack l'a rapporté de la pâtisserie la veille, Anna a ouvert la boîte plusieurs fois pour l'admirer. Jack lui a dit qu'elle pouvait en prendre un morceau s'il la tentait tant.

— Tu ne comprends pas, avait-elle répondu, la voix remplie d'émotion. Ce n'est pas un gâteau ordinaire ; c'est celui du baptême de notre petite princesse. Je ne me lasse pas de le regarder.

Puis, sur un ton de confidence, elle avait ajouté :

— Avant de te connaître, j'ignorais qu'on pouvait être aussi heureux.

Pendant le repas, tout le monde se régale. Et c'est à qui parlera le plus fort.

Alors qu'Anna s'apprête à couper le magnifique gâteau, Jack demande l'attention de tous. La jeune femme songe que son compagnon veut remercier les invités. Après avoir déposé le couteau sur la table, elle se tourne vers lui, pensant qu'il viendra la rejoindre. À sa grande surprise, il se campe devant Jacques. Anna devine immédiatement les intentions de Jack.

Étonné par le sérieux de l'amoureux de sa fille, Jacques se sent rougir. Pressé d'en finir, Jack va droit au but. D'une voix forte, il lance :

— Monsieur Royer, m'accordez-vous la main de votre fille Anna ?

Jacques repasse la question de Jack en boucle dans sa tête. Il le trouve très courageux de faire la grande demande devant toute l'assemblée. Il cherche une façon originale de répondre. Son silence commence à inquiéter sérieusement Jack... et aussi Anna.

— Si j'étais à ta place, finit-il par répondre d'un ton railleur, je ne me contenterais pas de demander que sa main.

Tous éclatent de rire.

— Je suis d'accord, mais à une seule condition, reprend Jacques. Il faut qu'Anna désire se marier.

Jack ne perd pas de temps ; il va se poster devant sa douce. Il pose un genou à terre et prend la main d'Anna dans la sienne. Puis il demande d'une voix où on peut percevoir tout l'amour qu'il éprouve pour la jeune femme :

— Anna, est-ce que tu voudrais m'épouser ?

— C'est sûr ! s'écrie Anna avant de se jeter au cou de son amoureux. Pour la deuxième fois, je te le dis : oui, je le veux !

Puisque personne n'est au courant de la première demande, sauf Francis, Jack et Anna se font un plaisir de raconter l'histoire.

Il n'en faut pas plus pour que les femmes essuient quelques larmes. Si les hommes n'étaient pas si orgueilleux, ils en feraient autant.

Anna coupe le gâteau après que tous les invités sont venus féliciter les futurs mariés.

— Si, depuis hier, ce gâteau avait perdu un peu de son glaçage chaque fois qu'Anna a ouvert la boîte pour l'admirer, lance Jack d'un ton moqueur, il ne resterait plus que la pâte.

— Je t'interdis de rire de moi! clame Anna. Ce n'est pas ma faute, je le trouve trop beau.

Lorsque tout le monde a été servi, Anna lève son verre :

— Je vous remercie tous d'être là. À votre santé!

Évidemment, chacun y va de son petit commentaire après sa première bouchée de gâteau. Son goût n'est pas exceptionnel, mais c'est la raison pour laquelle il a été acheté qui en fait un gâteau extraordinaire.

— À Anna et à son gâteau! lance Agathe entre deux bouchées.

Chapitre 17

Jacques pose sa valise dans l'entrée. Il a fait ses adieux à Patrick avant que ce dernier parte travailler. Son gendre lui a offert une bouteille de cognac. La veille, ils en ont sifflé une de la même marque ensemble en jasant sur la galerie, alors Jacques sait qu'il s'agit d'un excellent alcool. Pour Patrick, c'est un rituel : chaque fois que quelqu'un franchit le seuil de sa porte, il repart immanquablement avec une bouteille. Tout ça parce qu'il est trop gêné pour aviser ses fournisseurs qu'il ne boit plus autant qu'avant. Mais au moins, depuis que Céline lui a monté un livre regroupant les étiquettes, les bouteilles vides ne traînent plus dans le sous-sol.

Le temps a passé si vite en compagnie de son père qu'Agathe essaie de le convaincre de rester quelques jours de plus, mais sans succès.

— Je ne peux pas, dit-il, je travaille lundi. Ça va me laisser tout juste le temps d'aller voir tes sœurs.

— Rien qu'une journée de plus, papa, l'implore Agathe. Je t'en prie !

Mais même si Agathe exerçait toute la pression du monde pour le faire changer d'idée, elle n'y parviendrait pas. Jacques a des choses à faire. Il sait que son absence des deux dernières années a fait mal à Anna et à Agathe, mais cela n'a rien à voir avec ce qu'il a fait endurer à ses filles qui vivent à La Sarre. Pendant tout le temps qu'a duré son retrait de la vie, elles sont venues le visiter quotidiennement à tour de rôle, et ce, malgré l'accueil glacial qui les attendait chaque fois. Il ne croit toutefois pas que c'est à cause de lui que Céline a décidé de déménager à Montréal, mais cela a sûrement pesé dans la balance. Il a essayé d'en savoir plus quand il est allé manger avec elle, mais elle n'a rien voulu dire. Même si ses filles tiennent toutes un peu de lui, Céline est celle qui lui ressemble le plus. La jeune femme ne montre pas facilement ses sentiments.

Jacques regarde Agathe et lui sourit en levant les yeux au ciel. Cette réaction suffit ; Agathe cesse d'insister sur-le-champ.

— Je comprends, déclare-t-elle. Excuse-moi, papa. Parfois, je réagis comme une enfant gâtée.

— Ce n'est pas grave.

— Jure-moi au moins que tu m'appelleras dès que tu arriveras à La Sarre, dit-elle en le suppliant du regard.

— Non ! répond promptement Jacques. Je refuse de jouer à ce jeu-là.

Surprise par la réaction de son père, Agathe fige. Elle ne comprend pas pourquoi il a repoussé sa requête avec tant d'autorité. Elle ne lui demandait pas la mer à boire, juste un coup de fil pour la rassurer.

— Ce n'est pas parce que ta mère a perdu la vie sur la route qu'il m'arrivera la même chose.

Agathe comprend le point de vue de son père. Seulement, elle ne pourra pas s'empêcher de s'inquiéter pour lui pendant tout le temps que durera son voyage. En fait, elle trouvera le repos que lorsqu'elle saura que Jacques est rentré chez lui.

Jacques connaît bien sa fille, alors il ajoute :

— Je ne peux pas t'empêcher de te ronger les sangs pour moi. Mais je dois faire quelques arrêts à Montréal avant de retourner en Abitibi. Je vais aller saluer tes enfants et je reviens.

Restée seule dans l'entrée, Agathe attend patiemment le retour de son père. Elle se demande si la peur de le perdre la quittera un jour. Le regard lointain, elle sursaute légèrement quand Jacques pose la main sur son épaule.

— Je te remercie pour tout, ma fille. Tu as une très belle famille.

— J'espère que tu reviendras nous voir bientôt.

— C'est certain! Mais d'ici là, j'espère bien vous recevoir pendant les vacances de Patrick.

— On n'y manquera pas! Merci d'être venu, papa. Bon voyage!

Même si son père est parti depuis quelques minutes déjà, Agathe n'a pas bougé. Souriante, elle repense à tous les petits moments de bonheur qu'elle a partagés avec lui ces derniers jours. Si ce n'avait été de l'arrivée subite d'Isabelle, Agathe serait restée là à rêver encore un bon bout de temps.

— Maman, il faut qu'on y aille! dit sa fille. Mon rendez-vous est à dix heures.

Aussitôt, Agathe revient sur terre. C'est aujourd'hui qu'Isabelle fait enlever ses plâtres. Ensuite, mère et fille iront acheter tout ce qu'il leur faut pour concevoir des bijoux en vitrail. Isabelle a tellement tardé avant de signifier son choix de projet qu'elles ne l'ont pas encore commencé. Mais c'est un mal pour un bien. Maintenant, Isabelle pourra se servir de ses deux mains. Ces derniers temps, Agathe a visité des boutiques de mode afin de voir les bijoux en vitrail qui sont offerts. Elle s'est aussi informée sur la manière de faire du vitrail. La dame qu'elle a rencontré au magasin Tout pour l'art a été si généreuse qu'Agathe a l'impression de tout connaître du vitrail. Il ne lui reste plus qu'à mettre ses connaissances en pratique, ce qui ne tardera pas.

Suzie avait raison. Les bijoux en vente dans les boutiques sont très beaux – et très fins aussi, malgré le matériau utilisé. Agathe a réalisé plusieurs croquis, mais elle s'est bien gardée de les montrer à Isabelle. Elle n'a pas l'intention de lui faciliter les choses. C'est un projet mère-fille et Agathe tient à ce qu'Isabelle s'implique autant qu'elle. Comme elle a l'intention de se mettre sérieusement à la fabrication de bijoux en septembre, elle utilisera ses dessins le moment venu.

— Une chance que tu surveillais l'heure, ma grande ! lance Agathe d'un ton joyeux. Va avertir tes frères de traverser chez Mme Larocque. Pendant ce temps-là, je vais aller me changer. Es-tu contente de te débarrasser enfin de tes plâtres ?

En guise de réponse, Isabelle se contente de hausser les épaules et de lever les yeux au ciel. Agathe se mord la langue pour ne pas la gronder.

* * *

Depuis son arrivée au travail, Patrick parle au téléphone. À peine a-t-il terminé un appel qu'il en prend un autre. Il a été si occupé que sa secrétaire n'a pas pu encore venir le voir. Mais cette fois, elle ne lui laissera pas le temps de composer un autre numéro. Aussitôt qu'elle entend son patron raccrocher, elle se précipite dans le bureau.

— Monsieur Gauthier ! l'interpelle-t-elle. Vous avez reçu une livraison. Laissez-moi le temps d'aller la chercher et je reviens.

— Fais vite ! J'ai beaucoup de pain sur la planche.

Quelques minutes plus tard, lorsque Patrick aperçoit l'immense bouquet de fleurs, il sent une vague d'impatience monter en lui. Il mettrait sa main au feu que ce bouquet est plus volumineux que le précédent. «Je pensais que Nicole Lavoie avait compris.»

— Je te le donne, s'exclame-t-il, mais à la condition que tu l'apportes chez toi. Je ne veux pas le voir ici!

— Mais attendez, il y a une carte, cette fois.

La jeune femme lui tend une petite enveloppe blanche. Patrick la dépose sur son bureau sans y prêter davantage attention. Il n'a vraiment pas le temps de s'occuper de ce problème aujourd'hui.

— Enlève ces fleurs de ma vue au plus vite, s'il te plaît!

Puis il compose le numéro suivant sur sa liste de fournisseurs à contacter.

* * *

À mesure que ses membres sont dégagés des plâtres, Isabelle sourit de plus en plus. Elle est si belle à voir qu'Agathe regrette de ne pas avoir emprunté la caméra de Suzie pour la filmer. Évidemment, Isabelle remarque que son bras et sa jambe qui ont été fracturés sont plus petits que ses autres membres.

L'infirmière la rassure.

— Ne t'inquiète pas avec ça. Dès que tu t'en serviras, ils redeviendront rapidement de la même dimension que ton autre bras et ton autre jambe. Allez, il ne te reste plus qu'à profiter de tes vacances maintenant!

Le rendez-vous à l'hôpital a duré moins d'une demi-heure. Ensuite, Agathe et Isabelle vont acheter tout le matériel qu'il leur faut pour fabriquer des bijoux en vitrail. Agathe avait fixé un montant, mais elle n'est pas surprise en constatant qu'elle le dépasse largement. C'est toujours la même chose quand la jeune femme entre dans un commerce où on trouve de tout pour bricoler. Elle achète plusieurs petites choses qui coûtent trois fois rien, mais au bout du compte elle se retrouve avec une facture plus salée que prévu.

— Si tu veux, Isabelle, on pourrait commencer cet après-midi, propose Agathe en sortant du magasin.

— Non, pas cet après-midi ! J'ai promis à Caroline d'aller me baigner chez elle.

Certes, Agathe pourrait obliger sa fille à se plier à son horaire. Mais il y a trop longtemps qu'Isabelle regarde tout le monde se baigner sans pouvoir profiter de ce plaisir.

— Demain, alors ?

— Parfait ! s'écrie Isabelle. Merci, maman ! Est-ce que je pourrai faire une broche pour Mme Larocque ? Je voudrais lui offrir un cadeau.

— Bien sûr !

Il ne faut pas grand-chose pour faire plaisir à Agathe. Un simple merci de la part d'Isabelle suffit pour qu'elle oublie tout ce qui l'attristait par rapport à elle. Jusqu'à présent, sa relation avec ses deux fils est nettement meilleure que celle qu'elle entretient avec sa fille. Mais Agathe ne désespère pas ; elle souhaite qu'un jour les choses s'améliorent entre elles. Et puis, après tout, Isabelle vient justement de lui prouver qu'elle est aussi capable du meilleur.

* * *

Agathe fait la vaisselle avant de se rendre en quatrième vitesse chez Anna. Sa sœur lui a promis de l'attendre pour donner le bain à Myriam. Agathe a toujours eu un faible pour les bébés. Elle aime leur odeur, la douceur de leur peau et leur façon de se coller contre les gens.

Chaque fois qu'Agathe va voir sa filleule, elle n'arrive jamais les mains vides. Elle lui offre rarement des objets de grande valeur, mais elle tient à ce que chacune de ses visites soit soulignée. Aujourd'hui, elle lui a apporté un doudou de princesse qu'elle a cousu en catastrophe cet après-midi. Elle sait d'avance qu'Anna lui dira que la petite en a déjà plusieurs, mais ce n'est pas grave. « Elle n'aura qu'à en mettre de côté ! »

Agathe se stationne, puis elle court jusqu'à la porte d'entrée. Elle sonne et piétine sur place en attendant qu'on vienne lui ouvrir. En voyant Jack, Agathe fait la moue. Est-elle arrivée trop tard pour le bain de Myriam ?

— Entre ! l'invite Jack. Anna t'attend pour laver la demoiselle. Et moi, je vais en profiter pour filer. Tu connais le chemin !

Une fois devant la porte de la chambre de sa nièce, Agathe observe Anna et sa fille. Pour elle, il n'y a pas plus beau tableau que celui d'une mère avec son bébé. Elle pourrait rester là des heures à les admirer. Cette scène lui rappelle tant de beaux souvenirs. Quand ses enfants étaient jeunes, l'heure du bain était son moment préféré – d'autant plus que, maintenant qu'ils sont grands, c'est une des rares choses pour lesquelles elle n'est pas obligée de se battre avec eux pour qu'ils obéissent. La bataille commence après ce moment de répit.

— Allez, marraine ! lance Anna d'une voix enfantine sans se retourner. Viens vite me donner mon bain !

Agathe s'approche aussitôt.

— Bonjour, ma belle puce! dit-elle une fois parvenue près de la table à langer. Regarde ce que je t'ai apporté. Un beau doudou de princesse.

— Rien ne presse pour les princesses! s'esclaffe Anna.

Anna n'a rien contre les princesses, mais elle ne les apprécie pas particulièrement. Enfant, cela lui avait pris du temps avant de réaliser que les princesses et leurs beaux princes n'existaient que dans les livres d'histoires. Le jour où elle en avait pris conscience, elle n'avait plus rien voulu savoir sur le sujet. Elle avait déchiré tous ses livres. Cela lui avait valu une punition. Chez les Royer, les livres étaient sacrés et il fallait les traiter avec précaution et respect.

— Je le sais bien. Mais tu me connais : je n'ai pu résister quand j'ai vu la pièce de *flanellette*. Touche! C'est si doux, on dirait de la peau de bébé. Moi, je ne me fatigue pas de passer mes doigts dessus.

Anna sourit. Il n'y a qu'Agathe pour s'extasier devant un bout de *flanellette*! Anna n'est pas insensible à la douceur d'un tissu, mais le jour où elle réagira comme le fait sa sœur à ce propos n'est pas encore venu.

— Est-ce que papa est parti ce matin comme prévu? demande Anna.

— Oui. Mais il m'a précisé qu'il avait quelques arrêts à faire à Montréal avant de s'en retourner à La Sarre.

Agathe décide de cacher le fait que son père a refusé de l'appeler une fois rendu chez lui. Elle n'a pas envie qu'Anna rit d'elle.

— Je suis vraiment contente qu'il soit venu nous voir, déclare Anna. J'ai tellement aimé l'avoir pour moi toute seule. On a parlé de plein de sujets. C'était magique. Les ampoules de fer et la visite de papa, pour moi, c'est le mélange parfait pour me remonter ! De ton côté, comment ça s'est passé avec lui ?

Occupée à dévêtir la petite Myriam, Agathe attend quelques secondes avant de répondre.

— C'était très plaisant ! Réalises-tu que c'était la première fois qu'on avait notre père juste pour nous ? C'est sûr que moi j'ai dû le partager avec les enfants et Patrick, mais on a quand même passé plusieurs heures en tête à tête. Parfois, on était silencieux, mais j'étais tellement bien en sa compagnie que j'aurais voulu qu'il reste plus longtemps.

Puis, sans même s'en rendre compte, elle parle du refus qu'elle a essuyé auprès de Jacques.

— J'ai supplié papa de rester une journée de plus, mais il n'a pas voulu.

— Mets-toi un peu à sa place. C'était tout un exploit pour lui de passer tant de temps loin de chez lui après deux ans de réclusion.

Agathe vérifie la température de l'eau avant de plonger sa nièce dans le petit bain. Tout en savonnant une débarbouillette, elle observe Myriam. Sa nièce semble si bien dans l'eau.

— Ta fille est belle, commente Agathe. Est-ce que je t'ai déjà dit à quel point j'étais contente d'être sa marraine ?

— Au moins cent fois ! plaisante Anna.

Pendant qu'Agathe poursuit la toilette de sa filleule, Anna réfléchit. Le lendemain du baptême, Jack lui a parlé d'Arnaud. Il ne lui a pas tout dévoilé à son sujet, mais Anna en sait suffisamment pour s'inquiéter pour Céline. Elle n'en a pas encore touché un mot à Agathe.

— Il faut que je te parle de Céline.

— Est-ce qu'il lui est arrivé quelque chose ? questionne Agathe, l'air soucieux.

— Pas encore !

Ces deux petits mots ont pour effet de redoubler le trouble d'Agathe.

— Je ne sais pas trop comment te raconter tout ça. Et je sais encore moins comment on s'y prendra pour faire entendre raison à notre sœur.

Agathe est suspendue aux lèvres d'Anna.

— Tu sais que le gars qui l'accompagnait au baptême travaille avec Jack et Francis. Ce que tu ignores, et Céline aussi, c'est que ce Arnaud n'est pas quelqu'un de très recommandable.

Anna se tait. Elle déteste déblatérer contre quelqu'un, encore plus contre une personne qu'elle ne connaît pas. Si Céline n'était pas en jeu, jamais elle n'interviendrait.

— Continue ! lui ordonne Agathe. Je te connais assez pour savoir que tu ne m'en aurais pas parlé si tu n'étais pas sûre de ton coup.

— Eh bien, je ne t'apprendrai rien en te disant que tous les policiers ne sont pas blancs comme neige. Et il a fallu que Céline tombe sur un…

Anna soupire un coup et se gratte l'oreille avant de poursuivre.

— Sur un «croche», crache-t-elle, l'air dégoûté comme si ces mots risquaient de lui brûler la bouche au passage. Pas mal croche, selon les gars.

Agathe n'a pas l'intention de se satisfaire de cette révélation. Elle refuse de condamner Arnaud sans en savoir davantage à son sujet. D'un signe de tête, elle signifie à Anna de poursuivre.

— Si tu veux en savoir plus, il faudra que tu parles à Jack ou à Francis. Avant que tu arrives, Jack m'a encore dit que si Céline était sa sœur, jamais il ne la laisserait fréquenter un gars comme Arnaud.

— C'est bien beau tout ça, mais qu'est-ce qu'on peut faire ? Tu connais Céline autant que moi. Si on n'a pas de preuves à l'appui, elle nous enverra paître. Il faudrait que Jack lui parle.

— Tu es malade ! Jamais il n'acceptera. Imagine-toi rien qu'un peu que ça vienne aux oreilles d'Arnaud, Jack pourrait s'attirer des ennuis. Le seul fait de m'avoir tout raconté pourrait lui causer des problèmes. Crois-moi, les policiers ne sont pas tous des anges.

— On pourrait envoyer une lettre anonyme à Céline, suggère Agathe sur un ton grave.

Anna lève les yeux au ciel. Elle se voit très mal en train de découper des caractères d'imprimerie dans un journal et de les coller afin de former un message. Il y a tout de même des limites à ce qu'on peut faire pour sauver sa sœur.

— J'espère que tu n'es pas sérieuse !

— As-tu une meilleure idée ? demande Agathe en déposant sa nièce sur une serviette.

Pendant qu'Anna réfléchit, Agathe essuie Myriam. Ensuite, elle l'embrasse sur le nez à plusieurs reprises, ce qui fait réagir le bébé.

— Tu lis trop de romans policiers, jette Anna. On ne va quand même pas se mettre à jouer au détective ! On pourrait attendre un peu avant de s'en mêler. De toute façon, il n'y a rien qui nous dit que Céline ne le laissera pas bientôt.

— Peut-être, mais elle pourrait aussi tomber amoureuse de lui. Il faut absolument qu'on lui parle, et le plus vite sera le mieux.

— Comment va-t-on procéder ? On ne peut pas mentionner le nom de Jack ni celui de Francis.

— On pourra toujours prétendre qu'une de nous deux a écouté aux portes.

— J'imagine que je serai l'heureuse élue. Mais je t'avertis, ce n'est pas moi qui lui fais entendre raison.

Agathe se doutait bien que cela retomberait sur elle. Elle n'a aucune envie de monter aux barricades, mais elle ne peut pas laisser Céline s'attacher à un homme comme Arnaud.

— C'est d'accord, je parlerai à Céline. Mais je vais te demander un service en échange. Pourrais-tu appeler chez papa pour savoir s'il est arrivé chez lui ?

— Depuis quand es-tu sa gardienne ? la taquine Anna.

Le commentaire d'Anna ne plaît pas du tout à Agathe. Mais étant donné qu'elle a un urgent besoin de calmer son inquiétude, elle fait semblant de n'avoir rien entendu. Elle dit :

— Je vais préparer Myriam pour la nuit pendant ce temps-là.

Anna sort de la chambre en silence. Depuis la mort de leur mère, elle sait qu'Agathe s'inquiète chaque fois que quelqu'un qu'elle aime prend la route. Téléphone en main, elle vient retrouver sa sœur.

— Ne lui dis surtout pas que je suis là, chuchote Agathe.

Anna laisse sonner une dizaine de coups avant de raccrocher.

— Pas de réponse, annonce-t-elle.

— Tu pourrais appeler Geneviève ou Nathalie…

Anna compose le numéro de Geneviève. Celle-ci répond à la première sonnerie. Anna commence par prendre de ses nouvelles, puis elle demande à sa sœur si elle a eu des nouvelles de leur père.

— Tu tombes bien, il vient justement de m'appeler, répond Geneviève. Il m'a appris qu'il rentrerait seulement demain.

— Sais-tu où il est?

— Je n'ai même pas pensé à le lui demander. Et puis, à son âge, il est libre de ses actes. Mais pendant que je t'ai au bout du fil, j'aimerais te parler de quelque chose. Imagine-toi donc que Madeleine est en train de s'amouracher de Jean-Marc.

— Hein? s'exclame Anna. J'espère que ce n'est pas le Jean-Marc de Céline!

— Malheureusement, il s'agit du même gars. Figure-toi qu'il est allé se réfugier chez elle à son retour de Montréal pour se faire consoler. Il faudrait peut-être que tu avertisses Céline de ce qui se trame ici avant qu'elle l'apprenne par quelqu'un d'autre.

— Ouais! Mais je vais d'abord en parler avec Agathe.

Anna poursuit sa discussion avec sa sœur quelques minutes encore pendant qu'Agathe chante pour endormir Myriam en la berçant. Rapidement, la petite dort à poings fermés. Agathe ne la quitte pas des yeux. Elle examine le moindre petit détail de son visage en souriant. Chaque fois qu'elle pose les yeux sur un bébé, elle n'en revient pas de voir à quel point tout est parfait. Comment un tel miracle peut-il être possible ? Et les bébés sont si différents les uns des autres ! La nature fait merveilleusement bien les choses.

C'est seulement lorsque Anna raccroche qu'Agathe se décide à coucher sa filleule dans son lit.

— Tiens-toi bien, déclare Anna, papa a appelé Geneviève pour lui annoncer qu'il ne reviendra à La Sarre que demain.

— Mais où est-il ?

— Geneviève ne lui a pas posé la question. Mais attends de connaître la suite.

Et Anna raconte ce qu'elle vient d'apprendre au sujet de Jean-Marc et Madeleine.

— Il ne manquait plus que ça ! s'indigne Agathe. Imagine un peu le tableau.

Agathe prend une voix officielle et poursuit :

— Désolée, ma petite Céline, mais ton nouveau *chum* est un « croche » et ton ex est un écœurant. Crois-le ou non, mais Jean-Marc sort avec notre sœur Madeleine.

Anna se retient d'éclater de rire. Elle trouve parfois que la réalité dépasse la fiction.

— De quoi vais-je avoir l'air, moi ? se plaint Agathe. Certainement pas d'une porteuse de bonnes nouvelles. Au point où on en est, je serais peut-être mieux d'aller me louer une armure avant d'aller voir Céline. Si j'étais à sa place, je songerais sérieusement à tuer le messager. Pauvre elle ! Tu es certaine d'avoir bien compris ?

— Ouais ! Aucun doute possible, malheureusement...

Agathe secoue la tête à quelques reprises. Puis elle change de sujet.

— Parle-moi maintenant de ton mariage, Anna.

— Il n'y a pas grand-chose à raconter pour le moment à part le fait qu'on a choisi la date hier. On se mariera le samedi 14 janvier.

— En hiver ? Tu es sérieuse ?

— Oui ! Je ne t'apprendrai rien en te disant que j'adore l'hiver.

Anna préfère de loin les mariages d'hiver à ceux d'été. Elle aime la chaleur, mais elle ne se voit pas tolérer une robe longue lorsque la température atteint les quatre-vingt-dix degrés. Au début, Jack n'était pas très tenté par l'idée de se marier pendant la saison froide, mais Anna a réussi à le convaincre : l'été, il est trop pris avec la disco-mobile. Aussitôt le Premier de l'an passé, il aura plus de temps pour s'occuper des derniers préparatifs de leur mariage. Au moins, ils n'auront pas à se préoccuper de la musique. Francis leur a annoncé que ce serait son cadeau de mariage.

— Et ce sera où ?

— Pour l'instant, tout ce que je sais, c'est la date et le nom du gars qui fera l'animation de la soirée. Quant au reste, j'ai à peine commencé à y penser.

— On ne peut pas dire que ça t'énerve beaucoup ! lance Agathe sur un ton ironique. On n'est vraiment pas faites pareilles, nous deux. Moi, je serais déjà en train de courir partout.

— J'ai suffisamment de temps devant moi pour tout organiser. Ce n'est quand même pas comme si je me mariais en plein cœur de juillet.

Chapitre 18

En arrivant au bureau ce matin-là, Patrick décide d'ouvrir la petite enveloppe qui accompagnait les fleurs qu'il a reçues… et données à sa secrétaire.

Cher Patrick,

Puisque tu n'as rien tenté pour me revoir, j'ai décidé de marcher sur mon orgueil et de te relancer. Es-tu libre pour aller prendre un verre jeudi ?

France

Patrick sourit. Il aurait mis sa main au feu que les fleurs avaient été envoyées par Nicole Lavoie. C'est la raison pour laquelle il n'était pas pressé d'ouvrir l'enveloppe. « Avoir su, je n'aurais pas donné le bouquet à ma secrétaire. »

Il retourne la carte d'affaires et compose illico le numéro de téléphone qui y est inscrit. Après le cadeau que France lui a offert, Patrick se voit mal refuser son invitation, surtout qu'il meurt d'envie de la revoir.

— France ! s'écrie-t-il en entendant la voix de la femme. C'est Patrick. Excuse-moi si je ne t'ai pas appelée avant, mais je viens tout juste d'ouvrir l'enveloppe qui accompagnait les fleurs.

— Est-ce qu'elles t'ont plu au moins ?

— Oui, oui, beaucoup ! ment Patrick puisqu'il ne se rappelle absolument pas du bouquet. Es-tu toujours libre jeudi, ou plutôt ce soir, puisqu'on est déjà jeudi ?

— Malheureusement, non. Comme je n'avais pas de nouvelles de toi, j'ai décommandé la gardienne ce matin. On peut se reprendre jeudi prochain, par contre. Est-ce que ce serait correct pour toi?

— C'est parfait! Je te rappellerai jeudi matin.

Patrick est très content de la tournure des événements. Il aurait rencontré France ce soir avec plaisir, mais il aurait été obligé de faire faux bond à Dominique. Il a promis à son fils d'aller voir avec lui une partie de baseball à Longueuil. Le cœur léger, Patrick se remet au travail.

***

Agathe sirote son troisième café en repensant à sa soirée de la veille. Elle se sentait si mal à l'idée de révéler à Céline ce qu'elle savait qu'elle avait appelé sa sœur au moment de partir de chez Anna et était passée la voir directement à son appartement. Jusqu'au moment de se retrouver en tête à tête avec Céline, elle ignorait totalement la manière dont elle s'y prendrait. Elle aurait volontiers tourné autour du pot un moment, mais vu l'heure tardive elle avait choisi d'aller droit au but. En fait, elle avait répété ce qu'elle avait dit à Anna. La première réaction de Céline avait été de protester haut et fort. Mais en voyant l'air sérieux d'Agathe, elle avait déclaré:

— En ce qui concerne Jean-Marc, tu viens de me confirmer que j'ai bien fait de le sacrer là. Je savais que Madeleine le trouvait de son goût, mais jamais à ce point-là. Tant mieux pour elle… ou tant pis. Seul l'avenir dira si cette relation durera. Moi, je ne veux plus rien savoir de lui. Par contre, depuis que je connais Arnaud, je n'ai absolument rien à lui reprocher. Mais je vais ouvrir les yeux.

— Promets-moi de ne pas en parler à Josée, par contre, lui avait demandé Agathe.

— Ne t'inquiète pas avec ça. Je n'ai pas l'intention de te mettre dans l'embarras. Ni Anna et Jack, ni même Francis. Je te remercie de m'avoir prévenue.

Agathe aurait voulu dorer la pilule pour Céline, mais dans de tels cas la ligne droite est le meilleur chemin à emprunter. Au moment de quitter sa sœur, elle avait presque l'impression d'être un pyromane. Après avoir mis le feu, elle se sauvait en courant. Au moment de fermer la porte, elle avait assuré Céline de son soutien. Bien mince consolation quand le château de cartes de quelqu'un vient de s'effondrer d'un seul coup alors que nul souffle de vent n'avait annoncé la catastrophe.

Agathe ignore qu'après son départ Céline s'était jetée sur son lit et avait ouvert la radio pour ne pas penser. La jeune femme avait eu l'air brave devant Agathe, alors qu'en réalité elle était effondrée. Mais cela, personne ne devait le savoir, surtout pas Arnaud.

Dans une heure, Isabelle reviendra de chez son amie. Agathe et elle entreprendront alors leur deuxième séance de bricolage ensemble. Les choses ne s'étaient pas trop mal passées la première fois, mais c'est seulement pendant la deuxième heure de travail que l'atmosphère s'était un peu détendue. Tout d'abord très confiante en ses moyens, Isabelle avait vite réalisé que fabriquer des bijoux en vitrail n'était pas si facile. Agathe lui avait expliqué patiemment toutes les étapes à accomplir avant d'arriver au produit fini. La fillette était démontée.

— Mais on n'y arrivera jamais! s'était-elle exclamée, l'air découragé.

— C'est bien moins long que de tricoter un chandail! avait riposté Agathe. Il faut prendre le temps de bien effectuer chaque étape si on veut réaliser de beaux bijoux. Je te promets que la broche que tu veux offrir à Mme Larocque sera terminée avant ton retour en classe.

Isabelle avait fait la moue et s'était remise au travail. Il n'avait fallu que quelques minutes à Agathe pour réaliser que sa fille avait des doigts de fée. Malgré son jeune âge, Isabelle s'appliquait. Et elle travaillait avec une telle précision qu'Agathe en avait été renversée. Cela lui donnerait le courage de continuer à s'investir avec elle, de passer par-dessus l'indifférence qu'Isabelle manifestait à son endroit jour après jour et qui la blessait tant. Agathe ferait tout ce qu'il fallait pour apprivoiser sa fille. Elle s'était promis que ce projet de bijoux serait le premier d'une longue liste. Mais c'était avant qu'Isabelle l'abandonne en lui laissant tout le désordre sur les bras pour retourner jouer avec son amie aussitôt les deux heures écoulées.

Agathe pense souvent à son père. Elle voudrait bien savoir où il a dormi au lieu de rentrer directement à La Sarre. Mais étant donné la remontrance qu'il lui a servie avant son départ de Belœil, elle se voit très mal l'appeler afin d'en apprendre davantage à ce sujet. Elle essaiera peut-être de le cuisiner la prochaine fois qu'elle lui téléphonera. Mais elle ne devra pas se laisser emporter par sa curiosité, sinon elle se fera remettre à sa place encore une fois.

Depuis quelques jours, Agathe songe également beaucoup à Cécile Lespérance, la sœur de sa mère. C'est la tante chez qui elle a habité pendant ses études collégiales. Bien entendu, Cécile avait assisté aux obsèques de Monique. Agathe s'était contentée de la saluer froidement. La pauvre femme avait les yeux pleins d'eau, mais cela n'avait pas été suffisant pour qu'Agathe enterre enfin la hache de guerre. Personne de la famille ne sait exactement ce qui s'est passé entre elles pour qu'Agathe lui tourne le dos du jour au lendemain, et surtout de manière aussi brusque. Et l'histoire dure depuis plus de dix ans. Au début, ses sœurs et ses parents avaient insisté auprès d'elle pour qu'elle mette de l'eau dans son vin. Mais elle n'avait pas plié. Ce que sa tante lui a fait est impardonnable et jamais elle ne passera l'éponge. Et pourtant, Agathe a terriblement souffert d'avoir dû rayer Cécile de son existence alors que jusque-là elle la considérait comme sa deuxième mère. Beaucoup d'eau a coulé sous les ponts depuis, mais Agathe est restée sur ses positions. La seule différence, c'est qu'elle s'est habituée à ce que Cécile ne fasse plus partie de sa vie. Elle ne saurait l'expliquer, mais son petit doigt lui dit que sa tante a peut-être quelque chose à voir avec l'attitude inhabituelle de son père. « Cécile a intérêt à ne pas essayer de mettre le grappin sur lui. Sinon elle aura… »

Agathe est brusquement tirée de ses pensées par la sonnette de la porte. Quand elle reconnaît sa voisine de derrière à travers la fenêtre, elle ne peut s'empêcher de sourire.

— Manon ?

— En chair et en os ! Je ne vous dérangerai pas longtemps. J'ai un petit cadeau pour vous.

Manon lui tend une enveloppe. Comme celle-ci n'est pas cachetée, Agathe voit immédiatement ce qu'elle contient : plusieurs laissez-passer pour une pièce de théâtre d'été au Théâtre la Marjolaine. La jeune femme est très surprise.

— Il y a dix billets en tout, déclare Manon. Je vous les offre pour me faire pardonner.

— Mais je ne peux pas accepter ! proteste Agathe. Il y en a pour une petite fortune.

— Ne vous inquiétez pas avec ça. Mon mari et moi sommes commanditaires. On peut aller à ce théâtre autant de fois qu'on le veut. Les billets sont pour le spectacle de samedi, la semaine prochaine. La pièce est très bonne. Alors ?

— Une offre comme celle-là ne se refuse pas. Je vous remercie beaucoup. On voulait justement faire une sortie de filles ; maintenant, je sais où on ira. Je suis désolée, il semblerait que j'ai perdu mes bonnes manières. Je ne vous ai pas invitée à entrer. Aimeriez-vous prendre un café ?

— J'accepte votre invitation, mais je préférerais boire un grand verre d'eau glacée. Le temps humide et moi ne faisons pas bon ménage.

Manon suit Agathe à la cuisine. Avant que la femme trempe les lèvres dans son verre d'eau, les voisines se tutoient déjà.

— On arrive des Cantons-de-l'Est, déclare Manon. On n'a pas d'enfant, pas de chat, pas de chien non plus. On travaille tout le temps. Mon mari est propriétaire d'un bar à Sherbrooke et, comme si ce n'était pas suffisant, il vient d'en acheter un autre à Montréal. C'est pour ça qu'on a déménagé ici. Et toi ?

À son tour, Agathe lui raconte sa petite histoire. Puis elle lui demande :

— J'imagine que tu ne connais pas beaucoup de gens dans le quartier ?

— Ton mari et toi êtes les seules personnes que je connais. Je suis habituée. J'habitais au même endroit depuis dix ans et je ne parlais qu'à mes voisins immédiats.

— Nous organisons régulièrement des fêtes de quartier. La prochaine aura lieu à la fête du Travail. D'habitude, à ce temps de l'année, on fait une épluchette de blé d'Inde. Je pourrais te présenter tous ceux qui seront là, si tu veux.

— Ouais! Si je le sais suffisamment d'avance, je m'organiserai pour me faire remplacer au bar. Bon, il faut que je te laisse. Je suis certaine que mon mari fait déjà le pied de grue en m'attendant.

Une fois seule, Agathe compte les billets. Elle va ensuite chercher une feuille de papier et écrit le nom de celles à qui elle compte parler de cette sortie. Même si ce n'est pas poli, elle commence par écrire son nom en haut de la liste. Elle offrira un billet à Suzie, Hélène, Anna, Mme Larocque, Céline, Josée, Lyne, Rachelle – la voisine de Mme Larocque – et Mado. Elle leur proposera de partir plus tôt afin de souper dans un restaurant des alentours. Après le théâtre, elles pourraient aller prendre un verre, ou même aller danser. Enfin, on verra bien. En raison de leur nombre, elles devront prendre deux autos. Elle les appellera toutes ce soir. Agathe jette un coup d'œil à l'horloge. Si elle se dépêche, elle aura le temps de faire un saut chez Mme Larocque avant de préparer le souper. Au moment de sortir, la jeune femme réalise qu'elle est en sueur. Il fait si humide dehors depuis quelques jours que la chaleur a envahi les maisons. La veille, Agathe a dit à Patrick que si la température restait aussi élevée, il faudrait qu'ils achètent un air climatisé pour leur chambre. Ça ne rafraîchirait pas toute la maison, mais au moins ils pourraient dormir. La nuit dernière, Agathe a passé une mauvaise nuit. En fait, voilà près d'une semaine qu'elle dort couci-couça. Elle a tout essayé: s'installer par-dessus les couvertures avec le ventilateur à deux pouces du visage, prendre une douche glacée au beau milieu de la nuit, boire du thé chaud… Mais rien ne la soulage. Depuis qu'elle est toute petite, elle est incommodée par l'humidité.

Agathe est si concentrée qu'au moment où elle passe devant la maison de Suzie et Francis elle ne remarque pas qu'il y a des gens sur la galerie.

— Agathe! crie la mère de Francis. Depuis quand tu ne viens pas m'embrasser?

Étonnée de voir Mme Galarneau, Agathe s'empresse auprès d'elle.

— Je suis désolée, dit-elle, je ne vous avais pas vue. Vous avez l'air en forme.

— Ça va plutôt bien! Pour tout avouer, je me sens encore mieux quand je suis ici. Assois-toi un peu. Il y a tellement longtemps que je ne t'ai pas rencontrée.

— Merci, mais il faut absolument que j'aille chez Mme Larocque avant de faire le souper. Toutefois, je promets de revenir vous voir. Séjournerez-vous ici longtemps?

— Au moins jusqu'à dimanche, répond Francis.

— Parfait! À bientôt, dans ce cas!

Agathe aurait bien voulu avoir le temps de discuter avec Mme Galarneau, mais avec elle quelques minutes n'auraient pas suffi. Elle aime beaucoup cette femme.

Après le départ d'Agathe, Francis entre dans la maison pour aller préparer le souper. Il a tout juste le temps de cuisiner avant que Suzie revienne avec les enfants. Sa mère lui emboîte le pas.

— Attends-moi! s'écrie-t-elle. Il n'est pas question que je te laisse tout faire seul. Tu n'as qu'à me dire comment je peux t'aider. Et si vous voulez, Suzie et toi, pendant que je suis là, je pourrais m'occuper des repas.

Francis se tourne vers sa mère et lui sourit. C'est chaque fois pareil: quand Annette vient en visite, il faut qu'elle travaille. Il y a longtemps que Francis a compris qu'il ne pourra pas la changer.

Sa mère a besoin de se rendre utile ; ce n'est qu'ainsi qu'elle se sent bien. D'un autre côté, il songe qu'il serait fou de ne pas profiter de son offre, d'autant plus qu'il adore sa cuisine.

À peine Francis a-t-il terminé de lui expliquer quoi faire qu'Annette se met à la tâche. Avec elle, les choses ne traînent pas.

— Est-ce que tu prendrais du vin avec moi ? lui demande Francis.

— Tu sais bien que je ne peux pas résister, surtout si c'est du rouge.

— Ça fait tellement longtemps que je n'ai pas acheté du vin blanc que je ne me rappelle pas à quelle occasion c'était. Suzie et moi buvons du rouge avec tout.

Une fois les coupes remplies, Francis porte un toast.

— Je suis content que tu sois là, maman.

— Moi aussi. À nous deux !

Annette est arrivée il y a à peine une heure. Elle n'a donc pas encore eu le temps de donner à son fils les dernières nouvelles.

— Ton père te l'a peut-être déjà dit, mais Philippe sortira bientôt de prison.

— Je n'étais pas au courant. Mais il me semblait qu'il en avait pris pour plus longtemps.

— Il paraît que c'est grâce à sa bonne conduite qu'il sera libéré plus rapidement.

— Où vivra-t-il une fois dehors ?

— Pour être franche, je crains qu'il ne vienne s'échouer chez nous, indique Annette d'une voix plaintive.

Francis a beau avoir l'esprit ouvert, il est loin de souhaiter que ses parents hébergent Philippe. D'abord, il trouve qu'ils ont passé l'âge de se faire envahir par un fils qui a oublié de vieillir. Et puis ce ne serait pas bon pour l'image de son père. Selon Francis, un policier ne doit rien avoir à faire avec un ex-détenu, même si celui-ci fait partie de sa famille – surtout dans une petite ville comme Saint-Georges, où les nouvelles circulent à la vitesse de l'éclair.

— Ça n'a pas de bon sens, maman ! Vous devriez plutôt prêter un peu d'argent à Philippe pour qu'il s'installe ailleurs qu'à Saint-Georges. Ce serait mieux pour tout le monde.

— C'est ce que je me tue à répéter à ton père. Mais tu le connais ; il ne veut rien entendre. Cependant, je n'ai pas dit mon dernier mot. L'autre jour, j'en ai parlé avec Laura. Elle m'a dit qu'Olivier et elle pourraient offrir l'hospitalité à Philippe pendant quelques semaines ; ils lui proposeraient même de travailler à leur librairie. Je ferai tout mon possible pour convaincre Philippe que ce serait mieux pour lui d'aller vivre à Québec. Il y aurait beaucoup de prises de bec entre ton père et lui s'il s'installait chez nous et, franchement, je ne le supporterais pas.

Si Francis était à la place de son frère, il n'aurait pas besoin de réfléchir longtemps. Entre un retour au nid familial au cœur d'une petite ville où tout le monde connaît tout le monde et l'anonymat d'une grande ville avec un emploi en prime, le choix est facile à faire.

— Si Olivier et Laura envisagent de lui offrir un travail dans leur librairie, commente-t-il, j'imagine que c'est parce que leurs affaires vont bien.

— En tout cas, chaque fois que j'y vais, c'est plein. Et Olivier m'étonne grandement. Jamais je n'aurais cru qu'il deviendrait commerçant un jour.

— Moi non plus! Mais est-ce qu'il s'est mis à la lecture, au moins?

— Penses-tu! Il ne lit pas plus qu'avant, mais il a su s'entourer de bons employés, et ça marche. Tu devrais aller faire un tour. Olivier et Laura songent encore à agrandir.

Jamais la famille Galarneau ne remerciera assez Laura pour ce qu'elle a fait pour Olivier. En réalité, le jour où elle est entrée dans son existence, Olivier a commencé à vivre. Mais le plus beau de l'histoire, c'est qu'ils sont bien ensemble. Chaque fois que Francis voit son frère, il ne le reconnaît plus. La dernière fois, Olivier lui a raconté qu'il venait d'embaucher un jeune qui était mal parti dans la vie.

— Je ne sais pas ce que ça va donner, avait dit Olivier, mais je vais au moins essayer de l'aider. Si j'avais rencontré Laura à l'âge de ce jeune-là, je me serais évité bien des problèmes. Je n'en pouvais plus de vivre dans une famille où l'autorité tenait une si grande place, et je ne voulais pas devenir policier. Ça, jamais! J'ai pris un mauvais chemin, mais c'était le seul que je pouvais emprunter à ce moment-là.

Francis n'approuve pas l'ancien comportement de son frère, mais il peut comprendre que la rigidité de son père n'était pas faite pour tout le monde. De plus, dans une famille où les hommes sont policiers de père en fils, ça ne laisse pas une grande marge de manœuvre.

— Tu sais, déclare Francis en regardant sa mère dans les yeux, il m'arrive de me demander ce que je serais devenu si je n'étais pas entré à l'École de police. Je n'irais pas jusqu'à dire qu'on n'avait pas le choix, mes frères et moi, mais le chemin était pas mal tracé d'avance. Je pense que ce qui m'a sauvé, c'est que je n'avais pas assez de force de caractère pour tenir tête à papa.

Annette observe son fils. Elle adoucissait la situation autant qu'elle le pouvait. Mais aussitôt que Paul mettait un pied dans la maison, tout le monde devait obéir au doigt et à l'œil. Annette avait beau conseiller à son mari de mettre la pédale douce avec leurs fils, qu'il était leur père avant d'être un policier, c'était plus fort que lui. Selon lui, il n'y avait qu'une bonne manière d'élever des enfants, et c'était la sienne.

— Si ça n'avait pas été de grand-papa Roger, poursuit Francis, je ne serais jamais devenu policier. Avec lui, j'ai appris qu'il y avait toutes sortes de policiers.

Ce n'est un secret pour personne que Francis a toujours été proche de son grand-père. Mais Annette ignorait jusqu'à aujourd'hui que Roger avait eu autant d'influence sur son fils.

— J'ajouterais même que s'il n'avait pas été là, j'aurais fini par trouver la force de résister à papa. J'aurais probablement suivi les traces de Philippe et Olivier.

La mère et le fils vaquent à leurs occupations en silence pendant un moment. Francis est le seul de ses fils avec qui Annette tient ce genre de conversation. Elle est contente de la confiance qu'il lui accorde, mais c'est parfois difficile pour elle d'entendre toutes ses confidences. Elle n'a pas la prétention d'avoir été une mère exceptionnelle, mais elle a fait son possible. Malgré tout, elle constate que ce n'était pas suffisant. Elle s'en veut ; parfois, ça l'empêche même de dormir.

Lorsqu'elle s'est mariée, Annette avait des rêves. Elle désirait un mariage en blanc, un mari aimant et doux, et une famille parfaite. Mais au fil du temps, plusieurs de ses rêves se sont métamorphosés en chimères, malgré tous ses efforts. Partager la vie d'un policier comme Paul n'a pas toujours été la joie, et cela n'a pas changé. À la naissance de leur premier fils, Annette avait très vite compris que la famille reposerait en grande partie sur elle. C'était bien loin de ses souhaits. Et chaque nouvelle naissance l'implantait plus solidement dans ce rôle dont elle ne voulait pas. Elle ne manquait de rien, sauf du soutien du père de ses enfants. Quand Paul était à la maison, il voulait tout contrôler. Quand elle était seule avec ses fils, elle en avait plein les bras. N'eût été de sa mère qui venait souvent lui prêter main-forte, jamais Annette n'aurait réussi.

— Et les autres membres de la famille, comment se portent-ils? demande Francis.

— Jean-Marc et Charles vont bien, et tout leur petit monde aussi. Jean-Marc va marier sa fille l'été prochain. Le temps passe tellement vite... Il me semble qu'hier encore je la berçais pour l'endormir. Ton père travaille toujours autant, et il est en forme. Mais ton grand-père m'inquiète.

Francis attend la suite avec impatience.

— Ton père n'a pas voulu t'en parler au téléphone pour ne pas t'inquiéter, mais Roger a eu un malaise la dernière fois qu'il est allé à son chalet.

— Qu'est-ce qui lui est arrivé au juste? s'enquiert Francis, l'air inquiet.

— Tout ce qu'on sait, c'est qu'il a eu toutes les misères du monde à revenir chez lui. Il m'a raconté qu'il avait du mal à tenir sur ses jambes. C'était quand même assez grave, car il a décidé d'aller voir le médecin. Il a passé une batterie de tests, mais cela n'a rien révélé. Évidemment, ton père a sauté sur l'occasion pour lui débiter un sermon sur le fait qu'à son âge il ne devrait plus aller au chalet seul, qu'il devrait casser maison… Tu imagines la suite aussi bien que moi.

— Oh! Grand-papa n'a pas dû aimer ce discours.

— Non, pas du tout! Heureusement, Roger n'est pas du genre à s'en laisser imposer par Paul. Aussitôt qu'il a su qu'il n'avait rien, il s'est fait un plaisir d'appeler ton père pour lui annoncer qu'il partait au chalet seul. Ton père était tellement furieux qu'il s'en est fallu de peu pour qu'il saute dans son camion et l'empêche d'y aller.

D'aussi loin qu'il se souvienne, Francis a toujours éprouvé de la difficulté avec cette manie qu'a son père de vouloir tout contrôler. Le jeune homme n'oubliera jamais la dernière fois que Paul a essayé de gérer sa vie. Francis venait de lui apprendre qu'il songeait à accepter le poste que la Sûreté du Québec, dans la grande région de Montréal, lui avait offert. Paul avait évoqué toutes sortes de prétextes pour le faire changer d'idée. Francis avait fini par perdre patience ; il avait donné un coup de poing sur la table et crié qu'il était assez vieux pour prendre ses propres décisions. Tous les gens présents avaient sursauté. Pour une fois, Paul en avait pris pour son rhume. La contestation de l'autorité paternelle par Francis avait créé un froid entre lui et son père, mais le jeune homme n'en pouvait plus. Il était majeur et vacciné, et il refusait de se faire traiter comme un enfant d'école. Depuis ce temps, Paul ne s'est plus jamais risqué à se mêler de ses affaires.

— Je vais appeler grand-papa. Et toi, maman, comment vas-tu ?

— Bien, répond spontanément Annette en haussant les épaules et en levant les yeux au ciel. À part le fait que Philippe est en prison, je serais bien mal placée pour me plaindre. J'ai une belle maison, un mari qui me gâte, des enfants que j'adore, des petits-enfants en or. Et je suis libre d'aller et venir comme je veux. Qu'est-ce que je pourrais demander de plus ?

Francis dépose la carotte qu'il est en train de peler et prend les mains de sa mère dans les siennes pour l'obliger à le regarder. Annette lève sur lui un regard de biche apeurée, puis elle baisse la tête. Elle évite de se poser cette question parce que chaque fois qu'elle s'aventure sur ce terrain elle en ressort encore plus malheureuse. Elle s'en veut surtout d'être aussi peu reconnaissante envers tout ce que la vie lui a donné – et lui donne toujours, d'ailleurs. À Saint-Georges, elle fait l'envie de bien des femmes. Plusieurs d'entre elles paieraient cher pour avoir ce qu'elle possède. Et pour son mari aussi ! Ce n'est pas d'hier que l'uniforme plaît aux femmes.

— Maman, tu peux parler, on est seuls tous les deux.

— Je ne sais pas trop quoi te répondre, avoue Annette d'une voix à peine audible.

Elle essaie de trouver la force de dire la vérité. Elle respire à fond à plusieurs reprises avant de plonger :

— Je m'ennuie, jette-t-elle, les larmes aux yeux. Je m'ennuie tellement ! J'ai l'impression de ne plus servir à rien ni à personne. Ma vie est vide comme ce sac de plastique qui n'a plus sa raison d'être sans les carottes qu'il contenait. Je suis perdue dans ma grande maison. Parfois, j'ai l'impression d'être en prison... et je ne sais pas comment faire pour en sortir. Vois-tu, j'ai passé ma vie à servir les autres. Mais aujourd'hui, plus personne n'a besoin de moi et ça me tue.

Francis regrette d'avoir interrogé sa mère. Il se doutait bien qu'Annette ne vivait pas la période la plus heureuse de sa vie, mais jamais il n'aurait cru que la situation était si grave.

— En as-tu parlé avec papa ?

— Pour me faire rappeler toute la chance que j'ai d'avoir une aussi belle vie ? Non, merci ! Ton père ne peut pas comprendre ce que j'éprouve.

— Mais tu ne peux pas rester comme ça, maman. Tu es beaucoup trop jeune pour t'enterrer vivante. Toi, qu'est-ce que tu voudrais ?

À ce moment, la porte d'entrée s'ouvre sur les enfants et Suzie. Annette a juste le temps de s'essuyer les yeux avant d'être prise d'assaut par ses petits-enfants.

— Je suis tellement contente de vous voir ! s'écrie-t-elle en les embrassant à tour de rôle.

Quand Suzie salue sa belle-mère, elle voit bien que celle-ci n'est pas dans son assiette.

— Vous n'auriez pas dû attendre si longtemps avant de venir nous voir ! lui souffle-t-elle à l'oreille en la serrant dans ses bras.

Chapitre 19

Contrairement à ce qu'elle aurait pensé, Anna ne trouve pas le temps long à la maison. Et pourtant, elle n'est pas du genre à bricoler comme Agathe. La jeune femme se demande comment elle s'en sortira après son retour au travail. Certes, elle ne nourrira plus sa fille, mais elle aura tout le reste à assumer. Elle peut compter sur l'aide de Jack; toutefois, elle sait déjà qu'ils ne seront pas trop de deux pour tout faire. Jack lui a offert de rester à la maison jusqu'à ce que leur fille commence l'école, mais Anna n'en a pas très envie. Elle se voit mal dans le rôle définitif de la femme au foyer. Et puis, si elle quitte le marché du travail trop longtemps, en bout de ligne cela lui coûtera cher. Elle aime son travail et sera très contente de le retrouver. Son retour risque toutefois de chambouler la vie de Céline, mais elle n'est quand même pas pour se sacrifier pour sa sœur. Si celle-ci est aussi compétente que son patron le dit, elle n'aura aucune difficulté à se trouver un autre emploi.

Anna reconnaît que rester à la maison est beaucoup moins stressant que d'aller travailler chaque matin. Ici, elle décide de son emploi du temps. Outre qu'elle doit satisfaire les exigences de sa fille, elle peut disposer à son aise de ses journées. Comme elle déteste se tourner les pouces, elle se fait un point d'honneur de tout faire avant que Jack rentre de travailler. De cette manière, ils peuvent tous les deux profiter du temps qu'ils passent ensemble et s'occuper de l'organisation de leur mariage. Même si Anna a joué à la fille au-dessus de ses affaires devant Agathe, il y a beaucoup de décisions à prendre – et bien des choses à faire, évidemment. Sa robe de mariée n'est pas encore achetée. En fait, Anna n'a pas encore fait le tour des boutiques. Elle attend de retrouver la taille qu'elle avait avant de devenir enceinte. La poitrine qu'elle possède actuellement n'a pas de commune mesure avec son ancien buste. Mais chaque chose en son temps. Elle veut nourrir sa fille pendant trois mois ; cela lui laissera largement le temps de trouver la robe de ses rêves.

Anna espère de tout cœur que le mariage ne changera rien à sa relation avec Jack. Lorsque son compagnon lui avait raconté l'histoire du marié ne s'étant pas présenté à ses noces, elle s'était dépêchée de lui demander s'il était bien sûr de vouloir se marier. Elle l'avait assuré qu'elle ne lui en voudrait pas s'il préférait le concubinage. Jack l'avait prise dans ses bras et lui avait murmuré que c'était lui qui devrait s'inquiéter et non l'inverse.

— Dois-je te rappeler que je t'ai demandée deux fois en mariage en moins d'un mois ? Cesse de te tracasser. Je te l'ai déjà dit : je veux passer ma vie avec toi.

Et ils s'étaient embrassés longuement. N'eût été de Myriam qui avait réclamé leur attention, ils seraient allés plus loin. Mais maintenant, leur vrai patron, c'est leur fille. Aussitôt qu'elle se manifeste, ils accourent auprès d'elle, comme de vrais petits soldats.

Ce qu'Anna apprécie le plus pendant son congé, c'est qu'elle peut écouter de la musique à satiété. Contrairement à la grande majorité des gens, ses préférences dans ce domaine sont quasi illimitées. Et elle a à sa disposition un système de son hors pair. Sa seule contrainte est qu'elle ne peut pas trop monter le son. Quand Myriam dort, il ne faut pas troubler son sommeil ; quand elle est debout, il ne faut pas lui défoncer les tympans. Depuis une semaine, Anna carbure aux succès de l'heure. Elle les écoute en boucle sans se lasser :

L'Italiano, de Toto Cutugno

Beat It, de Michael Jackson

Sweet Dreams, d'Eurythmics

Do you really want to hurt me? de Culture Club

What a Feeling, d'Irene Cara

Le Rital, de Claude Barzotti

Amoureux fous, de Julie Pietri et Herbert Léonard

She Works Hard for the Money, de Donna Summer

D'amour et d'amitié, de Céline Dion

Vamos a la playa, de Righeira…

Mais le tube de l'été, c'est sans contredit *Billie Jean,* de Michael Jackson. Même si cette chanson est sortie au début de l'année, on l'entend partout. Et Anna ne fait pas exception au reste de la planète : elle l'adore. Sans musique, Anna ne pourrait pas vivre. Elle se promet bien qu'un jour elle apprendra à jouer d'un instrument pour le plaisir. Elle hésite encore entre le piano et la guitare. D'ailleurs, elle a bien averti Jack que leur fille suivrait des cours de musique. Étant donné l'intérêt qu'il porte lui-même à cet art, il ne s'est pas objecté.

C'est au son de Céline Dion qu'Anna finit de dresser la table pour le souper. Elle fait attention de ne pas régler le volume très fort, mais elle compense largement en chantant à tue-tête. Alors qu'elle vient de déposer le dernier ustensile, la sonnette de la porte résonne entre deux mesures. Elle baisse le son et se dépêche d'aller répondre. Elle se demande qui peut bien se pointer à cette heure. Lorsqu'elle aperçoit l'homme à travers la moustiquaire, elle cligne des yeux quelques fois pour s'assurer qu'elle n'a pas la berlue. Il ressemble à Jack à s'y méprendre. De l'autre côté de la porte, le visiteur la regarde d'un air amusé. Lorsque Anna lui ouvre, il déclare :

— Ne vous en faites pas, vous n'êtes pas la première à qui ça arrive. Je m'appelle Rémi.

Il n'a pas besoin d'en dire davantage pour qu'Anna réalise qu'elle a le frère de Jack devant elle. Difficile de se tromper tellement la ressemblance entre les deux hommes est frappante.

Figée, la jeune femme met quelques secondes de plus que la bienséance ne l'exige avant de réagir. Son beau-frère est bien la dernière personne qu'elle s'attendait à voir à sa porte.

— Et vous ? Qui êtes-vous ? lui demande-t-il.

— Je suis Anna, bafouille-t-elle, la conjointe de Jack. Et aussi la mère de sa fille. Voulez-vous entrer ?

— Je ne voudrais pas vous déranger. Je passais dans le coin et j'ai décidé de venir saluer mon frère. Est-ce qu'il est là ?

Anna est très surprise. Même si Jack ne lui a pas raconté grand-chose sur son frère, elle croyait avoir compris que le fameux Rémi menait une vie plutôt débridée. Elle a devant elle un jeune homme très bien mis ; il ressemble à un jeune professionnel à l'aise financièrement. Mais ce qui l'étonne le plus, c'est qu'il débarque ici comme si de rien n'était, alors qu'à part le très bref coup de fil de l'autre jour il n'a pas donné de nouvelles à sa famille depuis quelques années. Anna songe qu'un mystère entoure cet homme. Mais elle ne risque pas d'élucider l'affaire avant le retour de Jack.

— Non. Il devrait arriver dans une quinzaine de minutes. Vous pouvez l'attendre, si vous voulez. Prendriez-vous une bière ?

— Ce ne serait pas de refus.

— Assoyez-vous au salon ; c'est la pièce à droite. Je reviens dans une minute.

Anna croit que Jack sera furieux lorsqu'il apercevra son frère, même si ça fait une éternité qu'il ne l'a pas vu. Dans les circonstances, c'est vraiment un manque de tact de la part de Rémi de se présenter ici sans s'être d'abord annoncé. Anna ignore totalement comment Jack manifestera sa colère. Prendra-t-il son frère par le collet et le rouera-t-il de coups ? Le foutra-t-il à la porte sans même prendre la peine de savoir ce qui lui est arrivé depuis leur dernière rencontre ? Ou encore le prendra-t-il dans ses bras et se mettra-t-il à pleurer ? Anna est inquiète.

Lorsqu'elle revient au salon, la jeune femme tend une bouteille de bière et un grand verre à son invité.

— Si vous n'avez pas d'objection, dit poliment Rémi, je ne salirai pas de verre inutilement.

Anna dépose le verre sur la table d'appoint. Elle aurait des tas de questions à poser à son beau-frère, mais elle ignore par quoi commencer.

De sa place, Rémi observe sa belle-sœur. Il la trouve très belle et surtout très charmante. Constatant son embarras, il décide de casser la glace.

— Parlez-moi de votre fille.

Aussitôt, le regard d'Anna s'illumine.

— Elle s'appelle Myriam. Elle n'a pas encore deux mois. C'est le plus beau bébé du monde, mais vous aurez sûrement l'occasion de la voir.

Le vouvoiement entre eux commence à déranger Anna. Elle demande donc à son interlocuteur s'ils pourraient se tutoyer, ce que Rémi accepte avec plaisir.

— On dirait qu'on a été élevés de la même manière ! rigole-t-il. Ma mère nous répétait toujours de vouvoyer les gens qu'on ne connaissait pas, même s'ils étaient plus jeunes que nous. Elle nous prodiguait ce conseil : « Attends toujours que la personne te donne la permission de la tutoyer. »

Anna et Rémi sont en grande conversation lorsque Jack rentre à la maison. En voyant son frère, il fige comme s'il était devant un monstre. En l'espace de quelques secondes, son visage exprime toute une gamme d'émotions. Quand Rémi vient à sa rencontre, Jack lui jette un regard meurtrier puis il quitte la maison.

* * *

Depuis le début de l'été, Suzie s'est permis quelques fois de ne pas travailler le soir. Ça lui plaît beaucoup. Mais il vaut mieux qu'elle ne le fasse pas trop souvent, sinon elle y prendra vite goût. Ce soir, Francis travaille, alors elle passe la soirée avec sa belle-mère. Les deux femmes ont fait souper les enfants de bonne heure et elles viennent de les coucher. Il faisait si chaud dans leurs chambres que Suzie les a installés au sous-sol.

Assises sur le patio, un verre de vin rouge à la main, Suzie et Annette s'essuient le front entre deux gorgées. Même à huit heures, la chaleur est aussi écrasante qu'en plein jour.

— J'ai une idée, lance Suzie. On met nos maillots de bain et on saute à l'eau. Je n'en peux plus d'avoir chaud. J'ai l'impression que je vais exploser !

Annette n'a pas de piscine et cela ne lui manque pas, car une brise souffle toujours chez elle. Mais chaque fois qu'elle vient chez Francis, elle apporte son maillot de bain. Et elle l'enfile avec plaisir même si elle trouve que le vêtement la fait paraître plus grosse, qu'il est trop échancré et que la couleur ne l'avantage pas. Depuis le début de l'été, elle est censée aller magasiner avec Laura pour s'en acheter un nouveau, mais ça n'adonne jamais.

— Je t'avertis, par contre, tient à préciser Annette, j'ai encore le même maillot que l'année passée, et je ne l'aime pas plus qu'avant, déclare Annette.

— On s'en fout! réplique Suzie. On est juste toutes les deux et je vais même fermer les lumières pour qu'on ne se fasse pas dévorer par les maringouins. Allons-y!

Suzie sort la première. Elle remplit le barbecue de briquettes de charbon et allume l'appareil. Plus tard, elle fera cuire deux patates enveloppées dans du papier d'aluminium. Quand elles seront prêtes, il ne restera qu'à faire griller les steaks. Une salade verte complétera le repas; Suzie l'a préparée pendant que les enfants soupaient.

Voilà maintenant les deux femmes immergées jusqu'au cou. L'eau n'est pas aussi fraîche qu'elles l'espéraient, mais le simple fait d'être dans la piscine leur est bénéfique. Suzie observe la mère de Francis. C'est la première fois qu'elles se retrouvent seules depuis son arrivée. Suzie voit bien qu'Annette est soucieuse. Elle aimerait l'aider.

— À la nôtre! s'écrie Suzie d'un ton joyeux.

Les deux femmes trinquent. Aussitôt sa gorgée de vin avalée, Suzie va directement au but.

— Je vous écoute, Annette.

Saisie, Annette baisse les yeux. Elle pourrait choisir de se taire ou simplement plaider la fatigue causée par la chaleur extrême, mais ce n'est pas ce genre de relation qu'elle entretient avec Suzie. Depuis que sa belle-fille est entrée dans la famille, Annette a toujours joué franc-jeu avec elle ; alors ce n'est certainement pas aujourd'hui qu'elle commencera à lui mentir. Annette prend son courage à deux mains et lui répète en gros ce qu'elle a déjà confié à Francis.

— Avec tout ce que j'ai, conclut-elle, je devrais être gênée de me plaindre.

— Ça n'a rien à voir, la rassure Suzie. Je réagirais exactement comme vous si j'étais à votre place. Vous avez passé votre vie à servir les autres. Maintenant que plus personne n'a besoin de vous, c'est normal que vous ne sachiez plus quoi faire de votre peau. Vous avez encore de belles années devant vous.

— Pas tant que ça ! Je viens d'avoir soixante ans. Tu vois, je me plains encore !

— Ne soyez pas si dure avec vous-même. Dites-moi plutôt ce qui vous plairait.

— Mais c'est justement ça, mon problème. C'est une question que je ne me suis jamais posée. Depuis que je suis au monde, je fais ce qu'on me demande.

La situation est plus grave que Suzie ne le croyait. L'insatisfaction de sa belle-mère n'est pas une passade. Cela ressemble beaucoup à une profonde remise en question.

— C'est très sérieux ; en tout cas, cela dépasse mes capacités, indique Suzie. Un psychologue vous aiderait sûrement à faire le point.

— Mais je ne suis pas malade ! objecte Annette.

Suzie a envie de rétorquer que le mal de vivre est une maladie aussi réelle qu'une appendicite, mais elle se retient. Elle en sait trop peu sur le sujet pour s'aventurer sur ce terrain. Dans les circonstances, le mieux qu'elle puisse faire, c'est convaincre sa belle-mère de la nécessité de consulter.

— Pas besoin d'être malade pour voir un psychologue. J'ai consulté pendant plusieurs mois et ça m'a beaucoup aidée.

À part ses frères et Francis, personne n'est au courant. Quand les choses ont commencé à évoluer avec ses parents, Suzie se sentait anxieuse et vulnérable par rapport à cette nouvelle relation.

— Ça faisait des années que j'en voulais à mes parents, confesse Suzie, et j'avais décidé de renouer avec eux. Mais je ne voulais pas recommencer sur les mêmes bases. Je voulais leur dire pourquoi j'étais partie brusquement de la maison le jour de mes dix-huit ans. Il fallait qu'ils comprennent les raisons pour lesquelles je m'étais éloignée d'eux pendant toutes ces années. Et j'avais du mal à tenir le coup. C'est là que j'ai décidé d'aller voir un psychologue.

Annette réfléchit. Pour les gens de sa génération, les psychologues, c'est bon pour les jeunes mais pas pour eux. À part quelques dollars et un peu de temps, elle n'a rien à perdre. Elle choisira un psychologue qui pratique à Québec. Ainsi, elle n'aura qu'à prétexter une sortie avec Laura ou encore un souper avec Olivier et le tour sera joué. Elle n'aura même pas besoin d'en parler à son mari.

Suzie vérifie la cuisson des pommes de terre, puis elle revient dans la piscine.

— Les patates et la braise seront à point dans cinq minutes.

— C'est une bonne nouvelle, parce que je meurs de faim ! clame Annette.

— Et puis, que pensez-vous de mon idée ?

— Eh bien, je crois que je vais suivre ton conseil. J'aimerais que ça reste entre nous, par contre. Pourrais-tu demander à celui que tu as consulté de me suggérer un de ses confrères à Québec ?

— Je l'appellerai demain sans faute. Et si on allait maintenant préparer une vinaigrette pour la salade ?

* * *

À cause de la réaction de Jack, Rémi ne s'est pas attardé. Il a demandé de quoi écrire à Anna. Ensuite, il a griffonné son numéro de téléphone et a prié la jeune femme de remettre le bout de papier à son frère.

Heureusement qu'Anna devait s'occuper de sa fille parce qu'elle serait morte d'inquiétude. Elle n'a même pas soupé et vient de coucher Myriam. Tout est propre et bien rangé autour d'elle, alors elle va s'asseoir sur le divan. Fixant le vide, elle réfléchit. Elle ne connaissait pas cette facette de son amoureux. Pourquoi s'est-il sauvé comme un voleur ?

Il est près de huit heures quand Jack revient enfin à la maison. Il n'est pas complètement ivre, mais il a bu plus que d'habitude.

— As-tu mangé ? lui demande Anna pour se donner une contenance.

— Et toi ?

— Je t'attendais. Viens t'asseoir, je vais réchauffer le repas.

C'est la première fois que Jack et Anna se sentent aussi mal à l'aise en présence l'un de l'autre.

— Je suis désolé, dit Jack. Je ne sais pas ce qui m'a pris. Quand j'ai vu Rémi dans son complet bien coupé, je n'ai pas eu envie de savoir comment il se l'était payé. Mon frère est loin d'être un ange ; je refuse d'être mêlé de près ou de loin à ses magouilles. Il n'avait pas le droit de se pointer ici comme il l'a fait, surtout pendant mon absence.

— Mais il ignorait sûrement à quelle heure tu finissais de travailler. Si je ne me trompe pas, la dernière fois que tu l'as vu, tu étais encore un simple policier. Si tu avais travaillé de nuit, il y aurait eu une chance que tu sois ici.

— Ouais ! Ce n'est quand même pas une excuse pour surgir de nulle part. Je me demande comment il a obtenu mon adresse.

— Il l'a peut-être simplement demandée à ta mère, émet Anna.

« N'importe qui aurait procédé de cette façon. Mais avec Rémi, il n'y a rien de simple », songe Jack. Même s'il est habillé comme une carte de mode, il ne pourra pas montrer à un vieux singe comment faire des grimaces. Dans le monde que Rémi fréquente, on peut tout trouver – même l'adresse personnelle d'un policier. Et c'est avec cette facette que Jack a le plus de difficulté.

Et puis, aux dernières nouvelles, ses parents n'ont pas eu de contacts avec Rémi depuis belle lurette.

— Tu devrais appeler ta mère, suggère Anna. Comme ça, tu en auras le cœur net.

Jack réfléchit quelques secondes avant de saisir le combiné que lui tend Anna. Il compose le numéro de ses parents. Sa mère décroche à la première sonnerie.

— C'est moi qui ai donné ton adresse à Rémi, confesse-t-elle en réponse à la question de Jack. Il est arrivé comme un cheveu sur la soupe hier soir et il a mangé avec nous. Il était élégamment vêtu et, pour une fois, il tenait un discours cohérent. Je n'ai pas trop compris ce qu'il fait comme travail, mais il avait l'air en forme. J'espère que tu n'es pas fâché contre moi.

Comment pourrait-il en vouloir à sa mère ? Après tout, elle a agi de bonne foi.

— Bien sûr que non ! Je dois maintenant te laisser, car le souper est servi. Maman ?

— Oui ?

— Fais attention à toi. Je ne sais pas ce que les nouvelles fringues de Rémi cachent, mais ça ne me dit rien de bon. Je ferai ma petite enquête et je te rappellerai. Mon frère ne peut pas être devenu un ange en si peu de temps. En tout cas, pour ma part, je n'y crois pas.

Après avoir salué sa mère, Jack raccroche.

— Tu avais raison, Anna, déclare-t-il. Rémi est passé voir mes parents hier soir. J'ignore à quel jeu il joue, mais ça ne m'inspire pas confiance.

— Il a été très poli avec moi.

— Je suis content de savoir qu'il n'a pas perdu ses bonnes manières. Qu'est-ce qu'il t'a raconté ?

— Pas grand-chose. Ça devait faire au plus une dizaine de minutes qu'il était arrivé quand tu es rentré. Comme on ne s'était jamais vus, on en était encore aux banalités.

Anna sait peu de choses sur Rémi. D'une part, Jack parle très rarement de son frère. D'autre part, elle n'est pas du genre à poser des questions sur ce qui ne la concerne pas. Chaque famille a ses histoires ; Anna considère qu'elle n'est pas obligée de tout savoir sur ce beau-frère qu'elle n'avait jamais vu avant aujourd'hui. Mais maintenant qu'elle l'a rencontré, les choses sont différentes. Elle doit tout faire pour protéger Myriam, même contre l'un des membres de la famille de Jack.

— Il serait peut-être temps que tu me parles de ton frère, lance-t-elle.

— Je voudrais bien, répond Jack, mais je t'ai déjà dit tout ce que je sais sur lui.

D'après l'expression de Jack, Anna devine qu'il s'agit de la vérité. La jeune femme va chercher le message de Rémi, qui est resté sur la table du salon. Elle remet le bout de papier à Jack.

— Il a laissé ça pour toi.

Jack déplie la feuille et la lit.

J'espère que tu me donneras une nouvelle chance.

Rémi

Un numéro de téléphone figure sous son prénom.

Plus les secondes passent, plus Jack est gagné par l'émotion. Les souvenirs affluent dans sa mémoire. Il se revoit avec son frère quand ils étaient enfants. Ils étaient comme les deux doigts de la main ; ils veillaient constamment l'un sur l'autre. Quand l'un des deux faisait un mauvais coup, leurs parents n'étaient jamais capables de connaître le vrai coupable, alors ils les punissaient tous les deux. C'est au moment où Jack a quitté la maison pour entrer à l'École de police que les choses se sont gâtées. Comme Rémi n'avait plus son frère pour le défendre, il s'était trouvé quelqu'un d'autre. Et c'est là que tout avait basculé. Son meilleur ami était le pire rapace du coin. Chaque fois que Jack revenait chez lui, il essayait de convaincre son frère qu'un tel ami ne lui apporterait rien de bon dans la vie, mais le mal était fait. Rémi ne voyait plus clair tellement il admirait son nouveau protecteur. Même si Jack lui avait expliqué en long et en large que cette protection n'était pas gratuite, qu'il devrait payer tôt ou tard, Rémi n'avait rien voulu entendre. Il avait fini son secondaire de peine et de misère, trop occupé qu'il était à faire des mauvais coups. Plus Rémi s'enfonçait, plus il devenait arrogant. Il n'était pas grossier seulement avec ses parents, mais aussi avec Jack. Un mur infranchissable s'était dressé subtilement entre les deux frères, pourtant inséparables jusqu'à l'arrivée de la crapule qui se vantait d'être l'ami de Rémi. Un jour, le jeune homme avait quitté la maison familiale avec ce qu'il avait sur le dos. Il n'était jamais revenu voir ses parents, jusqu'à hier, alors que ceux-ci avaient enfin réussi à vivre sans jamais avoir de nouvelles de leur plus jeune fils.

Anna attend patiemment que Jack parle.

— Demain, je vais appeler Rémi du bureau, laisse-t-il finalement tomber. Est-ce qu'on mange maintenant?

— Mais c'est froid! réplique Anna.

— Ce n'est pas grave. Prendrais-tu une bière?

Anna sourit à Jack. Chaque fois qu'elle pose son regard sur lui, elle réalise à quel point elle l'aime. Cela la met tout à l'envers.

— À la condition qu'elle ne soit pas chaude!

Chapitre 20

Même si, cette année, elle a dû organiser son été autrement, Agathe ne s'ennuie pas trop du camping. En réalité, ce qui lui manque, c'est de connaître de nouvelles personnes – même si, à part recroiser à l'occasion certaines d'entre elles sur les terrains de camping, elle ne les revoit jamais. Agathe se repose davantage en passant l'été à la maison. Partir camper lui donne beaucoup de travail : elle doit nettoyer la roulotte ; faire le plein de provisions ; prévoir des vêtements pour tout le monde, toutes les températures et toutes les occasions ; assurer une surveillance constante des enfants sur le terrain de camping... Partir camper représente une fête pour le reste de la famille alors que, pour elle, c'est une tonne de corvées. Mais c'est seulement cet été qu'elle réalise tous les efforts que cela exige de sa part.

Patrick sera bientôt en vacances pour deux semaines. Comme prévu, la famille ira passer la première semaine au chalet du père d'Agathe. Étant donné qu'ils n'ont pas fait de camping cet été, Agathe a convaincu son mari de ne pas partir avec la roulotte.

— On pourrait utiliser la tente. Les enfants seraient contents de coucher par terre. Et s'il pleut, on pourrait dormir dans le chalet. Sinon j'en ai pour des jours à tout préparer et, franchement, je m'en passerais bien, surtout si on ne se sert qu'une seule fois de la roulotte. J'ai d'autres chats à fouetter.

Au début, Patrick n'était pas chaud à l'idée mais, finalement, il s'est rangé du côté de sa femme. Faire l'aller-retour à La Sarre sans la roulotte sera beaucoup plus facile. Et dans le pire des cas, sa famille et lui pourront revenir en ville, à la maison du beau-père.

Agathe se félicite encore d'avoir offert à Isabelle de fabriquer des bijoux avec elle. Elles ne sont pas devenues les meilleures amies du monde, mais au moins leur relation est supportable. Et comme Agathe le répète souvent : « Tant qu'il y a de la vie, il y a de l'espoir ! » Il fallait voir à quel point Isabelle était contente quand elle a terminé sa première broche.

— Je vais l'offrir à Mme Larocque ! s'était-elle écriée. Aurais-tu une petite boîte, maman ?

— Sûrement ! Laisse-moi vérifier.

Le bonheur de sa fille avait comblé Agathe de joie. Chaque fois qu'elle repense à cet instant, elle sourit.

Aujourd'hui, c'est jour de congé pour Agathe. Elle a inscrit ses trois enfants à une sortie organisée par le centre de loisirs du quartier au fort Chambly. Elle en a profité pour inviter Suzie et Hélène à dîner. En raison de la chaude température, elle ne s'est pas cassé la tête. Elle a fait cuire un jambon la veille. Elle le servira avec une salade de patates et une autre de macaroni qu'elle a préparées ce matin.

Pour une fois, Suzie arrive la première.

— C'est moi ! annonce-t-elle d'un ton joyeux en venant rejoindre Agathe dans la cuisine. Je t'avertis, je meurs de faim.

— Aucun problème, la rassure Agathe, j'en ai fait pour une armée. On pourrait manger dehors. Qu'en penses-tu ?

— À la condition qu'il y ait un coin à l'ombre. Il fait tellement chaud qu'on se croirait en plein désert. Bientôt, je dormirai dans le sous-sol avec les enfants. Si je ne me retenais pas, je passerais mes journées en maillot de bain.

Bien qu'Agathe ne soit pas complexée de nature, chaque fois qu'elle se retrouve en maillot aux côtés de son amie, elle se sent gênée. Suzie est taillée au couteau. Agathe comprend pourquoi les hommes la regardent avec un filet de bave à la commissure des lèvres. Mais le plus surprenant, c'est que Suzie ne s'en rend pas compte.

— Avec le corps que tu as, ça te ferait sûrement vendre encore plus de maisons ! la taquine Agathe.

— Veux-tu bien arrêter de m'étriver ! Tu es aussi bien faite que moi.

— Un instant ! s'objecte Agathe en pointant son index en direction de Suzie. Je ne suis quand même pas aveugle. Je ne suis pas un pichou, mais je ne t'arrive pas à la cheville. On dirait que tu ne réalises pas à quel point tu es belle.

C'est immanquable, au moins une fois par été, les deux amies discutent de la beauté de l'une et de l'autre. À peu de chose près, elles tiennent le même discours chaque année, qui met toujours Suzie mal à l'aise. Elle ne comprend pas pourquoi Agathe tient absolument à se comparer à elle. Quand elle se regarde dans le miroir, Suzie est comme toutes les autres femmes. Elle se trouve un tas de défauts : les joues trop creuses, les fesses trop plates, les jambes trop arquées, les doigts trop gros... L'énumération ne cesse que lorsqu'elle s'éloigne de son miroir. Suzie se considère comme une femme ordinaire.

— Est-ce que tu aurais fait de la limonade, par hasard ? demande Suzie.

— Je t'en sers un verre tout de suite.

— Avec beaucoup de glaçons, s'il te plaît! Si tu savais à quel point c'est tranquille à l'agence en ce moment. Je pense sérieusement à prendre quelques jours de vacances. Il y a tellement peu de clients que je passe toutes mes journées dans mon bureau. J'ai l'impression de perdre mon temps et je déteste vraiment ça.

Suzie n'a pas abandonné son idée de louer un bateau pour une journée. Francis et elle en ont discuté; finalement, ils ont décidé d'y aller seulement tous les deux. Les enfants sont encore trop jeunes pour ce genre d'activités.

— Qu'est-ce qui t'empêche de prendre un congé? questionne Agathe.

— J'ai peur de me sentir coupable. Et c'est pire depuis que je suis agent immobilier. J'ai de la difficulté à me résoudre à prendre mes deux semaines de vacances. Et puis n'oublie pas que je suis payée seulement quand je vends des maisons.

— Oui, mais tu viens de dire qu'il n'y a pas de clients.

La porte de la cuisine s'ouvre brusquement sur Hélène. Celle-ci n'a même pas pris la peine de sonner.

— Salut, les filles! clame-t-elle. Moi, je vote pour manger à l'intérieur. Je n'en peux plus de cette chaleur. Et il faut se dépêcher, car j'ai seulement une heure pour dîner. On est débordés de travail au bureau.

Suzie et Agathe éclatent de rire. Depuis le jour où il a poussé une pancarte *VENDU* sur sa pelouse, Hélène est transformée. Elle en veut toujours à Réjean d'avoir vendu leur maison dans son dos, mais elle reconnaît qu'il lui a beaucoup facilité les choses. Dans moins d'un mois, elle s'envolera pour la Floride; elle a de plus en plus hâte. Elle a commencé à en parler à Pierre-Marc. Pour l'instant, son fils est content de prendre l'avion. Hélène espère qu'il s'entendra bien avec Paul. La jeune femme appelle sa mère chaque semaine – elle n'a pas revu ses parents depuis qu'elle leur a appris qu'elle allait quitter Réjean –, mais ni l'une ni l'autre n'abordent l'épineux sujet. Hélène sait qu'elle devrait les prévenir des agissements de Réjean, mais elle attend d'être à la veille de son départ. Elle ne veut pas courir le risque qu'ils lui fassent la morale. Elle n'a même pas encore avisé sa sœur, qui s'empresserait de tout raconter à leurs parents. Elle appellera donc Annie après leur avoir parlé.

— Wow! Tu es en feu aujourd'hui! s'exclame Agathe.

— Pas plus que d'habitude! rétorque Hélène. Qu'est-ce qu'on mange? Je meurs de faim.

— J'ai intérêt à ce que ce soit bon! lance Agathe. Tu es la deuxième à me dire que tu meurs de faim. Je propose qu'on dîne au comptoir parce qu'il fait encore plus chaud dans la salle à manger. Je sors les plats.

— Et moi les assiettes et les couverts, lance Suzie.

— Je me charge des napperons et des serviettes de table, indique Hélène. Mais avant, je vais me servir un grand verre de limonade. As-tu de la glace?

Agathe voit venir le jour du départ d'Hélène avec une certaine tristesse. Les rencontres à trois comme ce midi lui manqueront, et leurs discussions aussi. Leurs petites virées entre filles ne seront plus jamais les mêmes sans son amie. Celle qui a acheté la maison d'Hélène aurait beau être la plus charmante des femmes, jamais elle ne pourra la remplacer.

En deux temps, trois mouvements, Agathe, Suzie et Hélène attaquent leur assiette avec appétit malgré la chaleur étouffante. Entre deux bouchées, elles discutent à bâtons rompus.

— Pour samedi, dit Agathe, il n'y a que Mme Larocque qui ne pourra pas venir. Vous auriez dû la voir, elle était vraiment déçue. Mais comme elle m'a dit, c'est si rare qu'un de ses enfants accueille la famille pour souper qu'elle ne peut pas refuser l'invitation. Donc, il me reste un billet ; je ne voudrais pas le gaspiller. Je sais bien qu'on est à la dernière minute, mais connaissez-vous une femme qui voudrait nous accompagner ? Moi, je n'ai personne en tête.

Étant donné que ni Suzie ni Hélène n'ont de nom à proposer, les trois femmes conviennent qu'Agathe rappellera les autres pour leur offrir le billet. Celui-ci ira à la première qui trouvera quelqu'un.

— J'ai vraiment hâte de voir la pièce, lance Hélène. Ça fait un bail que je ne suis pas allée au théâtre. J'ai toujours trouvé qu'un théâtre d'été, c'est un lieu rempli de charme. J'aime beaucoup ce genre d'endroits. Les planchers sont inégaux. Ça sent souvent le renfermé. Les portes sont grandes ouvertes et les maringouins en profitent autant qu'ils le peuvent. Les chaises sont inconfortables. C'est à peine si on peut bouger tellement on est collé sur ses voisins. Il fait chaud à mourir. Mais j'aime ça !

— Moi, je suis loin d'être une grande amatrice de théâtre d'été comme toi, dit Suzie. Rien ne m'enchante dans cette nouvelle mode. Je ne veux pas passer pour une snob, mais j'avoue que j'ai beaucoup de misère avec le genre de pièces qu'on y présente. Plus souvent qu'autrement, c'est de l'humour… de bas étage. Franchement, je ne comprends pas pourquoi les spectateurs rient autant. La dernière fois que j'y suis allée, c'était avec mes beaux-parents, à Québec. Je n'ai même pas souri une seule fois alors que tout le monde se tenait les côtes. Je vous le jure, j'étais la seule à ne pas rire. Mon beau-père n'arrêtait pas de me donner des coups de coude tellement il était hilare. Non, les théâtres d'été, très peu pour moi.

— Pauvre toi! la plaint Agathe. Tu n'es pas obligée de venir. Je n'ai pas envie que tu souffres pendant toute la soirée.

— Je suis désolée, les filles! s'excuse Suzie. Je réalise que j'ai perdu une bonne occasion de me taire. Vous n'avez pas à vous inquiéter. Personne ne m'a forcé la main. Je vous accompagnerai parce que je veux être avec vous. Deux heures, ça passe vite. Et si la pièce est trop ennuyante, je sortirai de la salle. Et toi, Agathe, que penses-tu des théâtres d'été?

— Je me situe entre vous deux. Ça me plaît bien, mais je ne passerais pas mes fins de semaine à courir les théâtres d'été du Québec comme certains le font. Toutefois, d'après ce que j'ai lu dans le journal, la pièce est bonne et les comédiens sont excellents.

— Tant mieux, alors! s'écrie Suzie. Je ne demande pas mieux que de me changer les idées.

* * *

Depuis qu'Agathe est allée la voir, Céline prête attention aux moindres faits et gestes d'Arnaud. À certains moments, elle en veut terriblement à sa sœur de lui avoir parlé. À d'autres moments, elle croit qu'Agathe a bien fait de la mettre au courant. Sa relation avec Arnaud stagne depuis un certain temps. Céline n'est pas encore allée chez lui, même si Arnaud l'a invitée à maintes reprises. D'ailleurs, Josée et Lyne ne comprennent pas pourquoi. Mais Céline commençait à être à court d'arguments, alors elle a accepté d'aller souper chez son ami ce soir.

Ce soir, Arnaud l'attend. Il lui a offert de venir la chercher au travail, mais la jeune femme a refusé. La voilà maintenant devant la maison d'Arnaud. Et quelle maison! À moins d'avoir hérité, jamais il n'aurait pu se payer une telle résidence avec son salaire de policier. Céline se dit que les choses se présentent mal. Elle sonne. Dès qu'elle pénètre dans le hall d'entrée, elle manque de s'évanouir devant tant d'opulence. Et elle va de surprise en surprise en visitant chacune des pièces. Lorsqu'ils arrivent à la chambre à coucher, Arnaud lui tend la main et l'attire à lui. Elle hésite pendant quelques secondes, mais elle songe que c'est peut-être la dernière fois qu'elle fait l'amour avec lui. Arnaud est un bon amant, alors elle serait bien bête de s'en priver.

Après, ils traînent au lit en sirotant une bière. Elle meurt d'envie de l'inonder de questions; toutefois, elle prend son mal en patience. Elle se contente de saisir les occasions qui se présentent.

— C'est vrai que tu n'as hérité de personne?

— Oui. Je viens d'une famille pauvre. Tout ce que j'ai, je me le dois uniquement.

Céline n'aime pas la tournure que prend la conversation. Malgré tout, elle poursuit dans cette voie.

— J'aimerais bien que tu me donnes des cours pour mieux gérer mon argent. Je travaille en comptabilité et, crois-moi, je ne peux pas faire de miracle avec ce que je gagne. Si je vivais seule dans le logement où j'habite, je n'arriverais pas. Je sais que toi et moi, nous n'avons pas le même salaire, mais je t'avoue que tu m'impressionnes.

— Laisse faire ça, ce n'est pas important.

— Au contraire, objecte Céline, je veux apprendre. Je ne suis pas plus bête que toi. Moi aussi, je veux faire fructifier mon argent.

Arnaud garde le silence un moment. Pendant qu'il boit une gorgée de bière, il ne quitte pas Céline des yeux. Il la regarde avec tant d'intensité que la jeune femme a l'impression qu'il lit en elle.

— Écoute, ce serait trop compliqué à expliquer. Pour faire une histoire courte, disons que j'ai un petit *sideline* qui est plutôt payant. Mais je ne peux pas t'en révéler davantage. Je commence à avoir faim. On pourrait aller manger. Si tu veux, je t'invite au restaurant.

Après le repas, Céline accepte qu'Arnaud la raccompagne. Au moment de sortir de l'auto, elle lui annonce qu'ils ne se verront plus.

— Tu es sérieuse ? demande-t-il, l'air surpris. Est-ce que j'ai dit ou fait quelque chose qui t'a déplu ?

— Je te trouve charmant, mais je ne peux pas aller plus loin. Je suis désolée.

Et Céline rentre chez elle. Ce soir-là, elle ne salue pas les filles en passant devant le salon. Elle file dans sa chambre et se jette sur son lit. Céline en veut à la terre entière d'avoir été obligée de laisser un homme avec qui elle s'entendait bien parce que leurs valeurs sont inconciliables. Le pire, c'est qu'elle se retrouve à nouveau seule.

Chapitre 21

Patrick savait à quoi il s'exposait en acceptant d'aller prendre un verre avec France, mais il avait tellement envie de la revoir qu'il était prêt à courir tous les risques. Il prendrait un verre, deux tout au plus, et rentrerait sagement à la maison. Il se croyait suffisamment fort pour résister à la tentation. Les infidélités, c'était derrière lui, et il avait bien l'intention de ne plus succomber. Il avait eu sa leçon. Mais dès que France était entrée dans son champ de vision, Patrick s'était senti ramollir d'un coup. À peine s'étaient-ils salués qu'ils avaient eu l'impression de se retrouver à l'époque où ils se voyaient régulièrement – des années auparavant. Le temps n'avait rien altéré entre eux. Patrick avait baissé sa garde sans même s'en rendre compte. Il était retombé dans les filets de France et il s'en portait très bien. Ils avaient pris seulement deux verres au bar, avant de courir à l'hôtel le plus proche pour assouvir l'envie qu'ils éprouvaient l'un pour l'autre. Quand Patrick était rentré chez lui, il était près de minuit. Heureusement, il avait prévenu Agathe de ne pas l'attendre.

Quelques jours plus tard, Patrick se confie à Francis.

— Je ne comprends pas ce qui m'a pris, confesse-t-il. J'ai vraiment perdu la tête.

— C'est un peu tard pour y penser, réagit Francis. Je ne te juge pas, mais franchement je ne sais pas comment tu fais. Moi, si je trompais Suzie, ça paraîtrait tout de suite dans mon visage.

— Mais toi, ce n'est pas pareil. Tu es mariée avec une vraie beauté.

— La beauté n'a rien à voir là-dedans! C'est une question de principes. J'aime Suzie et je ne voudrais pas qu'elle souffre par ma faute. Ne va surtout pas croire que je suis aveugle. J'en vois à longueur de journée des belles femmes, mais jamais il ne me viendrait à l'esprit de sauter la clôture. Je te le répète, je ne te juge pas. Tout ce que je dis, c'est qu'on est différents.

Lorsqu'il était rentré chez lui, Patrick s'en voulait terriblement. Certes, France et lui s'étaient fait plaisir. Mais contrairement à elle, il était marié, et Agathe avait rebâti sa confiance en lui de peine et de misère après l'épisode de la maladie vénérienne. Au moment de s'allonger aux côtés d'Agathe, Patrick se sentait encore plus mal. Il avait souffert d'insomnie une bonne partie de la nuit.

— Ça me faciliterait beaucoup la vie si j'étais comme toi, mais ce n'est pas le cas. J'ai beau aimer Agathe et vouloir être un mari parfait, quand je vois une belle femme, j'oublie tout. Et pour une fois, je n'ai pas couru après.

— Mais le résultat est le même! ne peut s'empêcher de riposter Francis. Est-ce que tu connais cette femme depuis longtemps?

Patrick lui raconte son histoire avec France. Le seul fait de prononcer son nom le fait sourire.

— Ouf! s'écrie Francis. À force de jouer avec le feu, tu vas finir par te brûler pour vrai. Qu'est-ce qui va se passer maintenant?

— Pour être honnête, j'aime autant ne pas y penser. Avec les vacances, on ne pourra pas se revoir avant la fin de septembre. Ça me donne un peu de temps pour réfléchir à tout ça.

Même si Francis est son ami, Patrick gardera pour lui le fait qu'il pense constamment à France. Il sait qu'il ne devrait pas renouer avec elle. Mais il existe quelque chose de trop fort entre eux pour qu'il renonce.

— Il me semblait que Jack devait venir nous rejoindre, lance Patrick.

— C'est ce qui était prévu. Il a dû être retardé.

Patrick et Francis en sont à leur deuxième bière quand Jack entre dans la taverne.

— Désolé de mon retard, les gars, s'excuse-t-il en s'assoyant. J'ai reçu un appel au moment où je sortais du bureau. Ça a duré plus longtemps que je m'y attendais.

— Au fond, dit Patrick, tu travailles autant que lorsque tu étais un policier en patrouille.

— Dans la police, je ne connais personne qui est payé à ne rien faire, réplique Jack. Mais cette fois, c'était un appel personnel.

Jack regarde ses deux compagnons tour à tour. Finalement, il décide de se confier à eux. Ce qu'il vient d'apprendre est si énorme qu'il a besoin d'en parler.

— Mon frère Rémi vient de revenir dans le décor. Ça faisait plus de deux ans que personne dans la famille n'avait eu de ses nouvelles. Cette semaine, il est débarqué chez nous sans crier gare comme si on s'était vus la veille. Rémi ressemblait à un directeur de banque dans son habit bien coupé. Comme il n'a qu'un diplôme d'études secondaires et qu'il choisit mal ses fréquentations, j'étais inquiet.

— Mais il fait quoi au juste comme travail ? demande Patrick.

— C'est justement ce que je voulais savoir. Quand on dit que l'habit ne fait pas le moine… Figurez-vous que mon frère est commissionnaire pour une des pires crapules de la ville.

Jack aurait préféré découvrir un tas d'autres choses sur le compte de Rémi, mais surtout pas ça. Son expérience comme policier lui a montré que les chances de salut d'un délinquant sont quasi nulles, et ce, même si ce dernier a la meilleure volonté du monde. Rares sont ceux qui réussissent à s'amender une fois qu'ils ont mis les pieds dans le monde criminel.

Si Francis comprend immédiatement ce dont il est question, ce n'est pas le cas pour Patrick.

— Qu'est-ce que tu veux dire au juste ? s'enquiert-il.

— Mon frère travaille pour la mafia.

— Pauvre toi ! le plaint Francis. C'est le pire qui pouvait arriver. Et c'est loin d'être une bonne nouvelle pour toi !

— Je sais tout ça, répond Jack, mais je ne suis quand même pas responsable des choix de Rémi. Si vous saviez tout ce que j'ai fait pour le ramener dans le droit chemin. Mais il était trop tard…

Le retour de Rémi dans sa vie est loin de faire le bonheur de Jack, surtout que désormais il a une famille. À compter de maintenant, il se promet d'être très vigilant et de faire tout ce qu'il peut pour garder à distance son frère. Mais c'est plus facile à dire qu'à faire.

— As-tu l'intention de rencontrer Rémi ? questionne Francis.

— Je n'ai pas le choix. Je dois lui faire comprendre qu'il ne peut pas venir chez nous, car ça risque de mettre en danger la vie d'Anna et celle de Myriam. J'espère qu'il lui reste un minimum de jugement.

— Wo! s'écrie Patrick en levant les mains. Arrêtez un peu! Je me croirais en plein drame policier.

— Bienvenue dans notre monde! riposte Jack. Dans notre métier, la réalité dépasse souvent la fiction. C'est déjà terrible quand il s'agit d'étrangers, mais là c'est de ma famille et de mon frère dont il est question. Je me portais vraiment mieux quand je n'avais pas de nouvelles de Rémi.

— Et tes parents? s'informe Francis.

— Ma mère était folle de joie quand elle l'a vu. Dans son emportement, elle lui a donné mon adresse. Il faut que j'aille voir mes parents afin de les prévenir des nouvelles activités de Rémi. J'ai peur que ma mère ne veuille pas couper les ponts avec lui, même au péril de sa vie. J'espère pouvoir compter sur mon père pour lui faire entendre raison.

Jack soupire. Comme le barman n'est pas encore venu demander à son beau-frère ce qu'il veut boire, Patrick décide d'aller lui chercher une bière au bar.

— Tiens, Jack, dit-il en revenant. Bois ça à ma santé.

Ce soir, Francis remerciera Dieu. Il se trouve très chanceux dans sa malchance. Certes, deux de ses frères ont mal tourné, mais ce n'est rien comparativement à celui de Jack. Olivier est revenu dans le droit chemin, et c'est une question de temps pour que Philippe en fasse tout autant. Du moins, il l'espère. Mais pour Rémi, à moins d'un miracle, il est déjà trop tard.

De son côté, Patrick ne saisit pas tout ce que peut impliquer le comportement de Rémi pour ses proches. Seulement, il en comprend suffisamment pour savoir que Jack est en mauvaise posture et qu'il n'y peut rien. Patrick songe que, tout compte fait, il a une famille en or.

Perdus dans leurs pensées, les trois hommes en oublient même de boire leurs bières. La voix du serveur les fait sursauter.

— Est-ce que je vous sers autre chose ?

— Apporte-nous trois autres bières, répond Patrick.

Comme Jack n'est pas du genre à s'apitoyer sur son sort, il relance la discussion.

— Il paraît que vous avez encore eu une tentative de suicide aujourd'hui ? lance-t-il à Francis.

— Ouais ! Un jeune d'à peine dix-huit ans. Après le départ de ses parents pour le travail, il s'est tiré avec la carabine de son père dans la remise. Mais il s'est manqué. Ce n'était pas beau à voir. Il s'est fait sauter le menton et la mâchoire. Pauvre gars !

— Comment peux-tu le plaindre ? s'exclame Patrick. C'est quand même lui qui a tiré sur la gâchette !

— Ce n'est pas aussi simple. Ce jeune-là n'est pas dans la misère ; il vient d'un beau quartier et ses parents sont des professionnels tous les deux. Quand quelqu'un passe à l'acte, c'est parce qu'il est vraiment désespéré. Moi, ça m'arrache le cœur chaque fois. Et j'en ai pour des semaines à faire des cauchemars.

Francis ne veut pas s'attarder sur le sujet. Il a eu sa dose de malheur pour aujourd'hui. Avec les blessures que le jeune s'est infligées, Francis est prêt à parier que ce n'est qu'une question de temps avant qu'il ne récidive. Se retrouver défiguré n'est rien pour remonter le moral de quelqu'un. Les statistiques le prouvent : aucun de ceux à qui la même chose est arrivée n'a surmonté cette épreuve.

— Depuis que je suis dans la police, le taux de suicide chez les jeunes ne cesse de monter…, se désole Jack.

Décidément, Patrick n'envie pas les policiers. La vie est plus monotone derrière son bureau, certes. Mais la pire chose qui puisse lui arriver, c'est de ne pas performer suffisamment auprès d'un nouveau fournisseur pour que celui-ci accepte son offre ou d'en perdre un autre au profit d'un concurrent. Dans les deux cas, seul son *ego* en prend un coup. Il ne court donc pas un grand risque.

— En tout cas, dit-il, une chose est certaine : je ne changerais pas de métier avec vous.

— Moi non plus, je ne changerais pas avec toi, déclare Francis. Mais ce n'est pas tout. Ce matin, le propriétaire d'un dépanneur nous a appelés. Un jeune homme d'une vingtaine d'années se tenait à la porte de son commerce. Couteau en main, l'énergumène annonçait à tous les clients qui se pointaient qu'il était le fils de Dieu. Le propriétaire lui a dit de s'en aller à plusieurs reprises, mais chaque fois le jeune homme pointait son couteau dans sa direction. Quand on est arrivés sur les lieux, une femme nous a appris qu'elle le connaissait. Elle nous a dit qu'il était schizophrène et qu'il avait encore dû oublier de prendre ses médicaments.

— Ou bien il avait pris des *speeds* en plus, commente Jack.

Cela fait partie des tâches d'un policier d'arrêter des gens qui commettent des délits. Mais être mis devant la détresse humaine, c'est difficile pour Francis. Cela l'affecte autant qu'à ses débuts. Heureusement que toutes ses journées ne ressemblent pas à celle d'aujourd'hui, sinon il songerait sérieusement à changer de travail.

— Voulez-vous bien me dire dans quel monde on vit ? s'écrie Patrick. On n'est même plus en sécurité quand on va au dépanneur. Finalement, Francis, qu'est-ce que vous avez fait, tes confrères et toi ?

— On a commencé par essayer de lui faire entendre raison, mais cela n'a pas marché. Il répétait sans arrêt qu'il était le fils de Dieu. On a été obligés de demander du renfort. Pendant qu'on retenait son attention, un policier est arrivé par-derrière et l'a forcé à lâcher son couteau. On l'a emmené à l'hôpital. Pauvre gars, il faisait vraiment pitié à voir.

* * *

Alors que Suzie vient tout juste de mettre les enfants au lit, elle reçoit la visite d'Alexandre, le père d'Édith.

— Je peux aller chercher la petite, si vous voulez, lui dit-elle. Elle ne dort sûrement pas encore.

— Ce ne sera pas nécessaire, répond-il. Je suis désolé de ne pas vous avoir appelée avant de passer, mais je viens de débarquer de l'avion. Il faut absolument que je vous parle de quelque chose avant de ne plus en avoir le courage.

En entendant ces mots, Suzie éprouve une bouffée de chaleur. Depuis qu'Édith habite ici, la jeune femme craint de voir arriver ce jour. Si elle ne se retenait pas, elle se laisserait glisser le long du mur jusqu'au plancher et elle se mettrait à pleurer comme une Madeleine. Elle fait un gros effort pour se contrôler avant de trouver la force de parler.

— Entrez, on va s'asseoir au salon. Est-ce que je peux vous offrir quelque chose à boire ?

— On est très bien ici. Ce que j'ai à vous dire ne prendra qu'une minute.

L'homme baisse les yeux pendant quelques secondes. Lorsqu'il relève la tête, son regard est embué.

— Je… je suis venu vous dire que si vous le souhaitez, je…

Après s'être raclé la gorge à quelques reprises, il poursuit :

— Je suis d'accord pour que vous adoptiez Édith.

Suzie se met à pleurer à chaudes larmes. Elle a tant espéré ce jour. Depuis qu'Édith a fait son entrée dans sa vie, elle a l'impression de vivre avec un couteau sur la gorge. Et voilà que tout s'arrange enfin. Ce n'est plus qu'une question de temps, et Édith sera officiellement sa fille. Il n'y a pas de mots pour exprimer les sentiments que Suzie ressent.

— Vous en êtes bien certain ? finit-elle par demander entre deux reniflements.

— Oui, confirme Alexandre, le regard baissé. Je ne voudrais pas vous paraître sans cœur, mais je ne pourrai jamais la reprendre avec moi un jour ; c'est au-dessus de mes forces. J'ai besoin de savoir si vous acceptez d'adopter Édith. Si vous préférez en parler avec votre mari avant de me donner votre réponse, je comprendrai. Ce n'est pas une mince décision.

— Il y a longtemps que Francis et moi avons fait le tour de la question. Édith fait partie de notre famille depuis qu'elle a mis les pieds dans la maison. Nous l'avons toujours considérée comme notre fille. Dès lundi, je commencerai les démarches d'adoption.

— Tenez, dit l'homme en lui tendant une enveloppe. C'est une lettre dans laquelle je confirme que je suis d'accord pour que vous l'adoptiez.

Suzie est si heureuse qu'elle se mettrait à crier de joie. Elle ne comprend pas comment Alexandre peut rejeter une enfant comme Édith. Par contre, elle réalise tout le courage qu'il lui a fallu pour venir ici aujourd'hui. Rien qu'à le regarder, on voit qu'il a le cœur brisé.

— Vous pourrez venir la voir quand vous voulez, dit Suzie.

— Je crois qu'il serait préférable que je sorte définitivement de sa vie.

— Si un jour Édith souhaite vous revoir, accepterez-vous ?

— Pour le moment, je l'ignore.

Chapitre 22

Les filles qui habitent sur l'île se sont donné rendez-vous chez Anna, tandis que celles de Belœil doivent se rejoindre chez Rachelle. Finalement, c'est cette dernière qui a trouvé quelqu'un pour remplacer Mme Larocque.

— Je vous présente France, annonce Rachelle. C'est ma belle-sœur.

Suzie est sous le choc. La femme à qui Patrick faisait les yeux doux sur le bord du Richelieu passera le reste de la journée avec le groupe et, en plus, elle fera la connaissance d'Agathe. Suzie s'en veut de ne pas s'être informée davantage quand Agathe lui a appris que Rachelle avait trouvé quelqu'un. France la salue chaleureusement.

D'après l'intérêt que porte instantanément Agathe à France, Suzie est certaine que son amie ne la replace pas. D'ailleurs, comment serait-ce possible puisqu'elle ne connaît actuellement que le prénom de cette femme ? Pour sa part, France sait-elle à qui elle a affaire ? Peut-être Rachelle lui a-t-elle parlé de chacune d'elles… Au moment de prendre place dans la minifourgonnette, Suzie fait des prouesses pour qu'Agathe ne se retrouve pas assise à côté de France, mais sans succès.

Agathe a sympathisé d'emblée avec France, et cela semble réciproque.

— Si j'étais à la place de France, dit Agathe, je voudrais savoir avec qui je sors. Alors, à moins que Rachelle ne lui ait déjà tout raconté sur nous, je propose qu'on se présente à tour de rôle.

— Agathe a raison, commente France. Après tout, je ne connais que vos prénoms.

— Parfait! s'exclame Agathe. Je suggère de commencer par toi, France.

France se lance. Elle les remercie d'abord de l'avoir invitée. Elle parle ensuite de son travail, de sa fille… Suzie écoute attentivement le laïus de la jeune femme. Elle songe qu'Agathe finira bien par allumer.

— Je viens juste d'arriver à Belœil, poursuit France. J'habite près de l'église. C'est Suzie qui m'a vendu ma maison. Je vous le dis, les filles, c'est le meilleur agent immobilier du monde!

Dès que France termine, Hélène prend le relais. Elle raconte son histoire.

— Wow! s'écrie France d'une voix admirative. Ton roman d'amour est un vrai conte de fées!

— En partie, oui, admet Hélène. Mais je me serais bien passée du reste.

— Comment as-tu rencontré Paul?

Hélène décrit l'événement avec fougue. Même si elles y ont assisté en personne, Suzie et Agathe ont toujours beaucoup de plaisir à entendre cette histoire. France lui pose plusieurs questions, ce qui lui fait marquer des points auprès d'Hélène. Si ce n'avait été de ses craintes concernant France et Patrick, Suzie se laisserait charmer, elle aussi, par la nouvelle venue. Sortie de son cadre de cliente exigeante à outrance, France est vraiment charmante. Mais peut-être Suzie s'en fait-elle inutilement. Aurait-elle vu le mal là où il n'est pas? Elle décide alors de donner une chance à cette France qui lui semble de plus en plus sympathique.

— À moi, maintenant ! lance Suzie d'une voix enjouée. Je suis…

Au moment de parler de ses enfants, Suzie ne peut résister à l'envie d'apprendre à ses amies que Francis et elle entreprendront sous peu les démarches d'adoption pour Édith. Les félicitations fusent de partout.

— Les filles, vous avez vraiment des vies palpitantes ! clame France. J'ai l'impression de me trouver en plein téléroman.

— Attends de connaître la mienne ! plaisante Agathe.

Il y a longtemps qu'Agathe ne s'est pas sentie aussi euphorique. Elle est contente de sortir entre femmes, et elle est enchantée que Rachelle ait pensé à offrir la place disponible à sa belle-sœur. Agathe apprécie de plus en plus la compagnie de France. Cette petite virée lui donne des ailes.

Agathe entreprend son récit. Suzie se retourne et fixe France. Une petite voix lui souffle qu'elle saura enfin s'il y a quelque chose entre cette dernière et Patrick.

— Moi, c'est Agathe, Agathe Gauthier. Je suis mariée avec Patrick Gauthier…

France écarquille les yeux et devient toute blême. Maintenant, Suzie est convaincue qu'il y a anguille sous roche. Elle regarde défiler le paysage sans vraiment le voir. Elle devra parler à Patrick, et le plus tôt sera le mieux. Ce qu'il fait de sa vie ne la regarde pas, mais Suzie refuse qu'il fasse du mal à Agathe.

Une fois l'effet de surprise passé, France prend sur elle. Si elle avait su que la femme de Patrick serait du voyage, jamais elle n'aurait accepté l'invitation de sa belle-sœur. Elle n'a jamais eu de remords à coucher avec un homme marié, et ce n'est pas aujourd'hui qu'elle en aura, mais elle ne veut pas pour autant devenir la meilleure amie de la femme de Patrick. Le fait qu'elle connaisse maintenant Agathe la place dans une position inconfortable, d'autant plus que la jeune femme lui plaît bien. Elle est jolie, charmante, drôle, intelligente ; en plein le genre de personne avec qui elle pourrait être amie. Dans les circonstances, France juge plus sage de garder ses distances avec Agathe. Même si elle a la conscience élastique, elle a quand même des principes.

Lorsque Agathe parle de ses murales, France oublie vite ses résolutions. Elle l'inonde de questions.

— Est-ce que tu pourrais m'en faire une pour mon salon ? demande-t-elle spontanément. J'ai un immense mur blanc à décorer.

— Avec plaisir ! répond Agathe. Mais je ne pourrai m'y mettre qu'en septembre. La prochaine fois qu'on se verra, je te montrerai des photos de mes réalisations.

— C'est parfait pour moi, confirme France.

— Agathe a des doigts de fée, indique Hélène.

Suzie songe que l'affaire devient de plus en plus corsée. «À moins que je me trompe sur toute la ligne et qu'il n'y ait rien entre France et Patrick !»

De son côté, France se demande ce qui lui a pris de commander une murale à Agathe. Décidément, il s'agit d'un manque de jugement de sa part.

Lorsque les amies arrivent au restaurant, les filles qui habitent sur l'île sont déjà là. Elles sortent de la minifourgonnette et font les présentations avant d'entrer dans l'établissement. Aussitôt installées à leur table, les femmes commandent à boire.

— Je veux porter un toast à Agathe, déclare Anna. Merci, ma sœur, de nous faire sortir de nos chaumières !

— Parle pour toi ! lance Céline. Moi, je ne fais que passer à mon appartement. Mais je te seconde avec plaisir !

Sitôt sa première gorgée de bière avalée, France demande à toutes celles qu'elle ne connaît pas de dire quelques mots sur elles. Elle est émue par l'histoire d'Anna et Jack. Par contre, elle grimace quand Céline raconte ce qui lui est arrivé avec son patron et avec Jean-Marc. Comme leur sœur ne parle pas d'Arnaud, Agathe et Anna comprennent que l'affaire est réglée.

Céline n'a pas appelé ses sœurs pour les prévenir qu'elle avait mis fin à sa relation avec Arnaud, car elle a besoin de temps pour digérer tout ça. Les seules personnes à qui elle en a parlé sont Josée et Lyne. Mais elle est restée évasive. Depuis, ces dernières se sont bien gardées de prononcer le nom du policier devant elle.

Assise à côté de Mado, Agathe porte une attention particulière aux propos de sa cousine. Elle se rend vite compte qu'elle en savait très peu sur cette dernière. Mado n'est pas de celles dont elle recherche la compagnie – et il y a de fortes chances pour que ce ne soit jamais le cas –, mais plus Agathe la connaît, plus elle la trouve sympathique. Et puis la jeune femme en apprend aussi beaucoup sur ses belles-sœurs. Elles sont si différentes de Patrick.

Les femmes ont tellement de choses à se raconter qu'elles ne voient pas le temps passer.

Une fois au théâtre, Suzie insiste pour s'asseoir au bout de la rangée. De cette manière, elle pourra sortir à sa guise si elle n'en peut plus. Les comédiens ont à peine ouvert la bouche que les gens commencent à rire à gorge déployée. Suzie se renfrogne sur sa chaise droite. Décidément, elle n'aimera jamais les théâtres d'été. Elle passe près de sortir à quelques reprises, mais elle se raisonne chaque fois.

Toutes ses compagnes sont unanimes : la pièce était excellente !
Comme celle-ci a commencé en retard et qu'elle a duré près de
deux heures, Anna insiste pour rentrer directement.

— Je ne veux surtout pas paraître rabat-joie, dit-elle, mais c'est
la première fois que je laisse ma fille aussi longtemps. Vous pourriez
sortir à Montréal…

Vu l'heure tardive, toutes abondent dans le même sens.

Il est près de deux heures du matin lorsque les filles de Beloeil
descendent de la minifourgonnette de Rachelle. Elles ont eu
beaucoup de plaisir. La chaleur est si lourde qu'aucune n'a envie
d'aller se coucher. La musique bat encore à plein régime dans leurs
oreilles.

— Ça vous dirait de vous baigner avant d'aller dormir ?
demande Rachelle.

Au point où elles en sont, ce n'est pas une demi-heure de plus
qui va faire la différence. À l'exception de France qui, l'été, ne part
jamais sans son maillot où qu'elle aille, les filles s'en retournent
chacune chez soi pour enfiler le leur. Quand elles reviennent,
Rachelle les attend avec une caisse de bières bien froides.

— Plus de bière pour moi, dit Hélène. J'ai assez bu. J'ai la tête
qui tourne.

— Voyons donc ! riposte Agathe. Tu ne risques pas de te perdre
en chemin ; tu habites à quatre maisons d'ici !

— OK, d'abord ! concède Hélène.

Les femmes papotent jusqu'au lever du soleil. Lorsque Suzie voit
les premiers rayons, elle sort de la piscine, salue tout le monde et
rentre chez elle. Agathe et Hélène lui emboîtent le pas. Comme la

fille de France dort chez Rachelle, les deux belles-sœurs poursuivent leur discussion encore un moment avant d'aller dormir.

* * *

Agathe a mis du temps avant de réaliser que la France qui faisait partie du groupe était la personne dont lui avait parlé Suzie. Mais il était déjà trop tard pour qu'elle commence à s'en méfier. Cette femme lui plaît, tout simplement. Pour le reste, ce qu'elle peut souhaiter, c'est qu'il n'y ait rien entre elle et Patrick.

Après s'être couchée aux côtés de son homme, Agathe se tourne vers lui et le regarde. À le voir ainsi, personne ne pourrait deviner qu'il est capable du meilleur, mais aussi du pire. Depuis le jour de leur mariage, il l'a fait passer par toute la gamme des émotions. Au fil des années, il a étiré l'élastique jusqu'à ce que celui-ci lui éclate en plein visage. Après le coup d'il y a deux ans, Patrick avait perdu toute sa confiance. Avec le temps et de nombreux efforts, il a réussi à la regagner. Mais elle est beaucoup plus fragile qu'avant. Agathe a beau apprécier tout ce que Patrick fait pour être un meilleur mari, elle sait que son prochain écart de conduite risque d'avoir de lourdes conséquences pour leur couple. Il y a tout de même des limites à ce qu'une femme peut endurer, même si elle aime son époux de toutes ses forces.

Malgré l'heure, Agathe met un temps fou à s'endormir. Sa tête bourdonne ; ses pensées tournent autour de Patrick et ses frasques. Mais elle n'est pas née de la dernière pluie. Elle se doute bien que son mari a commis d'autres infidélités. Cependant, même si Patrick avait déballé son sac au moment où il lui a avoué qu'il lui avait peut-être transmis une maladie vénérienne, elle n'aurait pas pu avoir plus mal. La souffrance aussi a ses limites.

Chapitre 23

Heureusement que Suzie n'avait pas réservé le bateau pour ce dimanche-là, car elle aurait été obligée de tout annuler. À son lever, elle est très mal en point. Elle a l'impression qu'un dix-roues lui est passé sur le corps.

— Qu'est-ce qui t'arrive ? la taquine Francis. Es-tu déjà trop vieille pour ne plus supporter l'alcool ?

— Je n'ai pas bu tant que ça, se défend Suzie d'une voix pâteuse. Je pense que c'est surtout le manque de sommeil qui me met dans cet état. Si tu n'as pas d'objection, je ferai une petite sieste cet après-midi en même temps que Tommy et Édith.

— Pas de problème ! J'en profiterai pour aller au parc avec Pierre-Luc. Il pourra exercer son lancer de la balle de baseball. Comme ça, tu pourras dormir en paix.

Contrairement à beaucoup d'hommes, Francis est toujours content de passer du temps avec ses enfants. Quand c'est avec un seul à la fois, il est encore plus heureux. La différence d'âge de Pierre-Luc avec son frère et sa sœur est suffisamment grande pour qu'il ne veuille plus faire les mêmes activités qu'eux. Ces temps-ci, il n'arrête pas de les traiter de bébés, ce qui insulte Tommy. Quant à Édith, elle n'en fait pas encore de cas.

Francis a accueilli la nouvelle concernant Édith avec beaucoup de bonheur et de soulagement. Tout comme Suzie, le jour où la petite a franchi le seuil de la maison, il l'a tout de suite aimée. Il vivait avec la peur au ventre qu'Alexandre vienne la reprendre au moment où il s'y attendrait le moins. Et cela lui brisait le cœur rien que d'y penser. Maintenant que les choses sont claires et que le processus d'adoption est enclenché, il se sent beaucoup mieux. Mais, comme il l'a confié à Suzie, il ne dormira sur ses deux oreilles que le jour où l'adoption sera prononcée.

— Il faut que je te parle de quelque chose, ajoute Suzie entre deux gorgées de jus d'orange. Tu te souviens de la cliente qui a acheté la maison près de l'église ?

En voyant l'air interrogateur de Francis, elle ajoute :

— Tu sais, celle avec qui je pensais que ça ne finirait jamais…

Après que son mari a acquiescé d'un signe de la tête, Suzie poursuit :

— Elle s'appelle France Duguay. Patrick la connaît depuis longtemps. Nous l'avons même croisée la dernière fois que je suis allée marcher avec lui. Je ne crois pas te l'avoir dit, mais il lui faisait les yeux doux. Eh bien, elle était avec nous hier. Je ne le savais pas, mais France est la belle-sœur de Rachelle, la voisine des Larocque. Elle et Agathe ont connecté tout de suite.

Francis fait le lien avec ce que Patrick lui a raconté à propos d'une certaine France. Il est abasourdi. Si, comme il le craint, il est question de la même femme, son ami est dans de beaux draps.

— C'est vrai que France est gentille, reprend Suzie, mais je ne lui donnerais pas le bon Dieu sans confession. J'espère que Patrick a eu sa leçon, mais j'ai quand même une réserve. France a fait un drôle d'air quand Agathe a dit qu'elle était mariée avec Patrick Gauthier. Je ne saurais l'expliquer, mais j'ai l'impression qu'il s'est déjà passé quelque chose entre ces deux-là. J'espère seulement que je me fais des idées.

Francis voudrait lui révéler tout ce qu'il sait sur la dernière frasque de son voisin, mais il se retient à deux mains.

* * *

Heureusement qu'Agathe avait préparé les bagages la veille parce qu'il aurait fallu remettre le départ pour La Sarre au lendemain. Elle a dormi tout au plus quatre heures. Elle n'a pas été d'une grande utilité pour charger la voiture. Elle semblait si mal en point que Patrick lui avait conseillé d'aller se faire un autre café bien fort.

La voilà enfin assise dans l'auto, ou plutôt avachie sur le siège du passager. Patrick la taquine :

— Je n'ai pas hâte d'avoir ton âge ! dit-il en posant sa main sur la cuisse d'Agathe.

— Je pense que la piscine en revenant était de trop, répond-elle. Si j'avais dormi deux heures de plus, je n'aurais pas tant de misère à mettre un pied devant l'autre. Mais ça a été une très belle soirée. Le souper était excellent, et la pièce, très drôle. On a eu un plaisir fou. Rachelle avait invité sa belle-sœur. Il paraît que tu la connais. Elle s'appelle France Duguay ; elle vient de déménager près de l'église.

Si Agathe regardait son mari à cet instant précis, elle lui demanderait s'il vient de voir un fantôme. Patrick n'apprécie pas du tout la tournure que prend la conversation. Le fait que France habite à proximité l'irritait, mais savoir qu'Agathe et elle se connaissent lui donne des boutons.

— Je l'ai trouvée vraiment gentille, ajoute Agathe.

Décidément, les choses vont de mal en pis pour lui : sa femme s'entend très bien avec sa maîtresse. Ce dernier mot peut sembler fort puisque France et lui n'ont couché ensemble qu'une seule fois, mais avec le courant qui passe entre eux, il y a fort à parier qu'ils auraient récidivé. Seulement, tout vient de s'effondrer. Patrick est très attiré par France et il veut bien se payer du bon temps, mais il refuse de jouer avec les poignées de sa tombe. Il n'est pas assez naïf pour croire qu'Agathe passera l'éponge si ses petites virées viennent à ses oreilles.

Devant le silence de son mari, Agathe revient à la charge.

— Il paraît que tu l'as croisée sur le bord de la rivière. T'en souviens-tu ? Suzie était avec toi.

Pendant une fraction de seconde, Patrick se sent mal. Mais Suzie n'a pas pu raconter grand-chose à Agathe puisqu'elle ne sait rien, à part ce dont elle a été témoin l'autre jour.

— Ah oui ! s'écrie-t-il. Ça me revient maintenant. Je rencontre beaucoup de gens dans une semaine, alors je ne peux me souvenir de tout le monde.

Agathe a tellement envie de dormir qu'elle se renfonce dans son siège. Avant de fermer les yeux, elle déclare :

— Mais tu ne sais pas encore la meilleure… France veut que je lui fasse une grande murale pour son salon.

Après avoir bâillé, elle poursuit :

— Si ça ne te dérange pas, je vais dormir. Si tu veux que je conduise, tu n'auras qu'à me réveiller.

L'auto n'a même pas traversé le pont Jacques-Cartier qu'Agathe dort déjà à poings fermés. Alors que les enfants fouillent allègrement dans le sac de friandises et se bourrent les joues, Patrick réfléchit. L'histoire de la murale l'a achevé. Il ne pouvait deviner que France est la sœur de son voisin. Patrick se demande si un jour il contrôlera suffisamment ses démons pour se contenter de ce qu'il a plutôt que de toujours vouloir plus. Il se conduit encore comme un adolescent qui saute sur tout ce qui bouge aussitôt que l'occasion se présente. Cette fois, ça risque de lui coûter cher s'il n'est pas vigilant.

Patrick songe aux débuts de son mariage. Agathe et lui avaient l'habitude d'aller manger chez la tante Cécile le vendredi soir. Cette dernière était veuve depuis quelques mois. Comme elle se sentait seule, Agathe et lui passaient quelques heures avec elle chaque semaine. Un vendredi, Agathe avait dû aller faire une course après le souper, alors Patrick était resté seul avec Cécile. Étant la benjamine de sa famille, elle n'avait pas encore quarante ans – et elle paraissait beaucoup plus jeune que son âge. Ce soir-là, ils avaient bu plus que d'habitude et, pendant l'absence d'Agathe, ils avaient continué à lever le coude. Lorsque Agathe était rentrée une heure plus tard, Cécile et lui s'embrassaient à pleine bouche. Jamais Patrick n'oubliera la réaction de sa femme. L'air furieux et les mains sur les hanches, elle avait posé sur l'un et l'autre un regard meurtrier. Elle avait ensuite tourné les talons et était sortie de la maison sans demander son reste, mais en prenant soin de claquer la porte de toutes ses forces.

À partir de ce jour, Agathe avait coupé définitivement les ponts avec sa tante. Depuis, elle l'a revue dans des rencontres familiales, mais elle ne lui a jamais adressé la parole. Au début, sa tante l'appelait régulièrement. Dès qu'Agathe reconnaissait la voix de Cécile, elle raccrochait. La femme qu'Agathe aimait autant que sa propre mère était devenue une pure étrangère. Et elle n'a jamais parlé de cette histoire à quiconque. Les membres de sa famille voient bien que le torchon brûle entre les deux femmes, mais jamais personne n'a réussi à savoir ce qui avait provoqué ce soudain changement de cap.

Agathe n'avait pas demandé d'explications à Patrick ; elle s'était contentée de le bouder pendant des semaines. D'après elle, sa tante Cécile était capable d'aguicher même le plus froid des hommes. Déjà, du vivant de son mari, elle faisait les yeux doux à tout ce qui portait un pantalon. Toutes les femmes de la famille le savaient. C'est pourquoi elles surveillaient leur époux aussitôt que Cécile était dans les parages. Mais le pire, c'est que tous les hommes prenaient sa défense si, par malheur, leurs femmes osaient se plaindre d'elle.

Après cette mésaventure, Patrick s'est toujours tenu à distance de la tante Cécile. Son attitude avec elle n'est pas aussi froide que celle d'Agathe, mais il a vite compris qu'il n'avait d'autre choix que de faire profil bas en sa présence s'il ne voulait pas se faire arracher les yeux. Encore aujourd'hui, il ignore totalement comment il a pu se retrouver dans les bras de Cécile ; elle avait du charisme, mais elle n'avait rien du genre de femmes qui lui donnait des papillons. Il s'agit sans doute d'un des mystères de la vie…

* * *

Hélène n'était pas dans un meilleur état que Suzie et Agathe quand elle s'est levée. Elle a fait déjeuner Pierre-Marc et, contrairement à ses habitudes, elle l'a installé devant la télévision. Évidemment, il était ravi. Elle s'est allongée sur le divan à côté de lui et a somnolé à son aise jusqu'à la fin de l'émission de son fils, puis elle lui a dit qu'il pouvait en écouter une autre. Il a fallu un appel de Paul pour la sortir de sa léthargie. Le simple fait d'entendre la voix de son amoureux la transporte. Plus le moment d'aller le rejoindre en Floride approche, plus elle est impatiente de le retrouver. Elle a hâte de voir sa nouvelle maison. Sur les photos que Paul lui a envoyées, elle lui plaît beaucoup. C'est une grande résidence blanche d'un étage, dont le contour des fenêtres est corail. Avec toute la verdure autour et les palmiers, le coup d'œil est magnifique. Et la mer est tout près.

Comme elle a tout raconté ce qui lui était arrivé à sa sœur Annie hier matin lorsque celle-ci l'a appelée, à l'heure actuelle, ses parents sont sûrement au courant. Et c'est parfait ainsi! La pilule sera plus facile à avaler si sa sœur joue le rôle du messager. Il en a toujours été ainsi, alors pourquoi les choses changeraient-elles maintenant?

— Je ne peux pas croire que Réjean t'ait fait ça! s'était indignée Annie. Ça prend un sacré culot pour agir de la sorte. Si j'avais été à ta place, je pense que je lui aurais arraché les yeux.

— C'est exactement ce que je voulais faire quand j'ai vu la pancarte, mais après coup j'ai presque eu envie de le remercier. En partant le bal, Réjean m'a beaucoup facilité les choses. En fait, il m'a donné beaucoup de pouvoir pour négocier avec lui. Je ne pars pas avec grand-chose par choix, mais j'ai négocié une compensation monétaire et il ne s'est pas objecté à une seule de mes demandes.

— Tant mieux! Et pour Pierre-Marc, qu'avez-vous décidé?

Hélène aurait voulu pouvoir répondre à Annie que Réjean était désespéré à l'idée qu'elle aille s'installer aussi loin, que son fils allait beaucoup trop lui manquer, mais il n'en était rien.

— Réjean est resté égal à lui-même, répond Hélène. Il m'a dit de commencer par m'installer et qu'on verrait ensuite ce qui serait le mieux. Si tu veux mon avis, mon fils est aussi bien de faire une croix sur son père. Ce qui me console là-dedans, c'est qu'une fois qu'on sera en Floride, Pierre-Marc cessera d'attendre inutilement Réjean.

— Je ne sais pas comment tu fais pour prendre les choses aussi bien. Il est quand même de Réjean, cet enfant-là.

— Oui, mais on ne peut forcer quelqu'un à s'occuper de son enfant.

— Maudits hommes !

Annie en sait quelque chose. Elle est mariée avec un homme exceptionnel, un homme qu'elle adore, mais qui est tellement pris par son travail au Parlement qu'il brille par son absence plus souvent qu'autrement. C'est à peine s'il fait acte de présence quelques minutes à l'anniversaire de ses enfants. Il n'est jamais là pour eux – ni pour elle, d'ailleurs. «Je vais tout faire pour que vous ne manquiez jamais de rien», serine-t-il à sa famille. Annie lui répète souvent qu'à force de ne manquer de rien on finit par manquer de l'essentiel. Tout comme Hélène, elle avait une autre conception du mariage.

En réalité, Annie est une mère monoparentale avec deux enfants dont le géniteur passe à la maison de temps en temps pour changer de vêtements et dormir devant la télévision. La jeune femme voulait retourner au travail après la naissance de ses jumeaux, mais elle a fini par changer d'idée. Et elle a enlevé ses lunettes roses. Elle a marié l'homme de sa vie, mais ce dernier s'est vite transformé en bourreau de travail. Il adore son emploi, et rien ni personne ne parviendra à lui faire ralentir la cadence – pas même sa famille. Annie est loin d'être rassurée sur son propre sort lorsqu'elle pense à ce que Réjean a fait à Hélène.

Chapitre 24

Francis et Suzie ont passé la journée sur l'eau, sur le bateau loué d'un collègue de Patrick, qui leur a servi de capitaine. Ils n'auraient pas pu demander mieux comme température. Le soleil était au rendez-vous et le paysage, fabuleux. De plus, le propriétaire s'est montré vraiment charmant et très discret. Cette petite virée a fait beaucoup de bien au jeune couple.

Après avoir remercié chaleureusement le capitaine et lui avoir donné un généreux pourboire, Suzie et Francis montent dans leur auto et mettent le cap sur un petit restaurant de Longueuil avec vue sur le fleuve. Les voilà maintenant installés à l'ombre d'un parasol.

— Je trouve que tu as pris de belles couleurs, dit Francis en tendant la main vers celle de Suzie. Tu es encore plus magnifique.

Plus les minutes passent, plus Suzie sent la chaleur de son corps augmenter. Elle avait apporté sa crème solaire aujourd'hui, mais elle n'en a mis qu'une seule fois alors qu'elle s'est baignée à deux reprises. Pendant qu'elle se trouvait dans l'eau, elle ne sentait que le vent chaud qui la fouettait, une sensation très agréable. Mais maintenant, elle commence à regretter amèrement de ne pas avoir appliqué une seconde fois de la crème.

— Je t'avoue que je commence à avoir aussi chaud que les braises d'un barbecue avant qu'on dépose les steaks sur la grille. Ça me brûle trop ! Je vais aller chercher ma bouteille de crème hydratante dans l'auto et m'en appliquer partout. Je reviens vite !

Francis ne comprend pas pourquoi les femmes, incluant la sienne, tiennent tant à être bronzées. S'il y a eu une époque où les femmes blanches avaient la faveur, ce n'est plus le cas aujourd'hui. Plus une femme est bronzée, plus elle a des chances de plaire. Et elles ne sont pas les seules à faire ça. Francis a un collègue qui s'installe au soleil dès qu'un petit rayon se pointe. Lui n'est pas du genre à passer sa journée étendu sur une serviette de plage à suer à grosses gouttes. Et puis, avec ses cheveux blonds et son teint pâle, il a intérêt à se protéger du soleil. C'est pourquoi aujourd'hui, à part le temps qu'il a passé dans l'eau, il a gardé son t-shirt et sa casquette. Au retour, en prenant place derrière le volant, il a remarqué que son nez avait un peu rougi malgré la protection qu'il avait pris soin d'appliquer après chaque baignade, mais ce n'est pas bien grave. Contrairement à Suzie, ça ne risque pas de l'empêcher de dormir. Mais il plaint sa femme de tout son cœur !

— Franchement, je ne suis pas très fière de moi ! s'exclame Suzie en se rassoyant. J'ai agi comme une adolescente et je vais payer pour. Mais ça m'a fait du bien d'hydrater ma peau.

Au nombre de coups de soleil qu'elle a attrapés dans sa vie, Suzie devrait savoir qu'on ne passe pas une journée au soleil sans se protéger. Mais souvent, il y a une grande marge entre savoir quelque chose et passer à l'action. C'est comme pour le port de la veste de flottaison. Le capitaine du bateau en a remis une à chacun de ses passagers avant de quitter la marina. Toutefois, sous prétexte qu'ils savent nager, Francis et Suzie ne l'ont enfilée ni l'un ni l'autre. Et même le capitaine n'en portait pas. Dans l'esprit de Suzie, il y avait une autre bonne raison de ne pas la mettre : son bronzage serait inégal. Et ça, c'était hors de question. Une fois à terre, Suzie s'est demandé si elle aurait eu le temps d'attraper son gilet de sauvetage si un incident était survenu.

Suzie a l'impression que sa peau se plisse de plus en plus. Mais pour une fois qu'elle et Francis s'offrent une sortie en amoureux, elle ne se plaindra pas. Aussi bien s'habituer tout de suite parce qu'elle risque de souffrir le martyre pendant quelques jours.

— On pourrait commander tout de suite, dit Suzie. Je meurs de faim.

— On est deux, dans ce cas! lance Francis. Le grand air m'a ouvert l'appétit. Veux-tu du vin ou de la bière?

— Ce sera de la bière pour moi! Je trouve que c'est plus rafraîchissant.

Aussitôt qu'ils reçoivent leurs verres, Suzie et Francis portent un toast à leur merveilleuse journée.

— J'adore nos enfants, mais j'aime bien me retrouver seule avec toi de temps en temps, confie Suzie. On devrait sortir plus souvent en tête à tête.

— J'aimerais bien, mais je trouve qu'on les fait suffisamment garder à cause de notre travail.

— Oui, mais aujourd'hui, c'est différent. Ils étaient si contents d'aller passer la journée chez les Larocque que je ne me sens aucunement coupable de les avoir abandonnés.

Le fait d'envoyer les deux derniers à la garderie règle en partie les besoins de gardiennage de la famille. Et cela permet à Suzie d'avoir un peu de temps pour elle avant de partir travailler. C'est le soir que les choses se compliquent. Depuis deux ans, près d'une dizaine de gardiennes différentes ont défilé à la maison. Soit elles ne veulent plus garder. Soit elles se trouvent un emploi plus payant. Soit elles préfèrent aller à leurs *partys*. Peu importe la raison de leur départ, au bout du compte, Suzie se retrouve immanquablement dans l'obligation de trouver une nouvelle gardienne – ce qui arrive trop souvent à son goût. Comme elle ne peut pas laisser les enfants seuls le temps de ramener la gardienne chez elle, cela réduit considérablement ses options.

— On pourrait demander à Mme Larocque si elle accepterait de venir garder chez nous les soirs où on travaille tous les deux, suggère Suzie. Jusqu'à maintenant, on a été chanceux avec nos petites gardiennes, mais je me sentirais plus en confiance avec une femme de cet âge.

— On ne perd rien à le lui demander. Même si on la payait un peu plus cher qu'une étudiante, ça vaudrait le coup. Et puis, finalement, as-tu pris ta décision ?

Vendredi dernier, Suzie s'est fait offrir un emploi dans la plus grande agence immobilière de la Rive-Sud. On lui a déroulé le tapis rouge pour qu'elle accepte de faire le saut là-bas. Le défi est emballant. D'abord, elle changerait de catégorie de maisons – ce qui ne lui déplairait pas, bien au contraire. Elle augmenterait par le fait même son salaire de manière substantielle, et ce, sans travailler plus fort. Ensuite, elle ferait partie d'une équipe comptant le double d'agents, ce qui lui donnerait un plus grand éventail de propriétés à vendre. Le seul hic, c'est que le bureau est à Longueuil. Bien que cette ville ne soit pas si éloignée, la distance l'empêcherait de passer chez elle entre deux rendez-vous. Et pour aller chercher les enfants à la garderie et les faire souper, ça lui demanderait beaucoup plus d'organisation. Pour le moment, seul Francis est au courant de cette proposition d'emploi.

— Je suis ambivalente. Parfois, je me dis que je ne peux pas passer à côté d'une telle offre. À d'autres moments, je me trouve bien là où je suis présentement. Je fais moins d'argent, mais est-ce que c'est ça le plus important ? Le simple fait que le bureau soit à Belœil me facilite beaucoup la vie.

— Je comprends. À cause de mon horaire, tu te retrouves souvent seule pour gérer toute la maisonnée.

— Tu vas sûrement te mettre à rire, mais il m'arrive de penser que je devrais acheter l'agence pour laquelle je travaille. Cette affaire recèle tant de possibilités! Le propriétaire est très gentil, mais il n'a aucune envergure. Comme il le dit lui-même, il a déjà fait son argent.

Suzie s'attendait à ce que Francis s'esclaffe. Mais il n'en fait rien. Sérieux comme un pape, il réfléchit.

— Pourquoi tu ne m'as jamais parlé de ce projet? s'informe-t-il.

Suzie est surprise de la réaction de son mari.

— Mais voyons donc! s'exclame-t-elle. Parce qu'on n'a pas les moyens d'acheter une agence immobilière!

À première vue, Francis est d'accord avec elle. Mais tant qu'ils ne connaîtront pas les conditions de vente, il est permis de rêver. Et puis, pour un projet de cette envergure, Francis serait prêt à demander l'aide de son grand-père.

— As-tu une idée de ce que le commerce peut valoir?

— Non, mais je n'ai qu'à le demander. Ça fait déjà deux fois que mon patron dit qu'il veut vendre. Mais tu ne trouves pas que c'est une idée de fou?

— Au contraire! L'idée d'acheter est excellente en soi. Reste maintenant à savoir si c'est réaliste.

Suzie est énervée à la seule pensée d'aller aux nouvelles. Elle serait ravie de devenir propriétaire de l'agence. D'ailleurs, depuis qu'elle y travaille, elle note dans son agenda toutes les facettes qui pourraient être améliorées. Elle a fait quelques suggestions à son patron, qui s'est contenté de l'écouter poliment et de la remercier sans jamais apporter le moindre changement.

Elle s'imagine déjà travailler à son compte. Elle ne se fait aucune illusion ; leurs chances à Francis et elle de pouvoir acheter l'agence sont minimes, peut-être même nulles. Mais cette fois l'enjeu est trop tentant pour qu'elle ne se renseigne pas.

— Je t'aime ! lance Suzie en s'avançant au-dessus de la table pour embrasser Francis.

— Et moi donc !

Le repas terminé et l'addition réglée, Suzie et Francis décident d'aller marcher sur le bord du fleuve avant de rentrer. Comme elle était assise depuis un bon moment, la jeune femme grimace un peu en se levant de sa chaise. Cela lui donne une petite idée de ce qui l'attend dans les prochains jours.

— Ouf ! gémit-elle. Je suis aussi raide qu'une barre de fer. Ma peau a dû refouler d'au moins un pouce pendant le souper. Ayoye !

— Pauvre toi ! la plaint Francis. On peut rentrer tout de suite, si tu veux.

— Non ! Non ! Entre souffrir chez nous ou ici, je préfère nettement être en mouvement. Surtout seule avec toi !

Francis s'apprête à passer son bras autour des épaules de Suzie. Celle-ci recule d'un pas.

— Pour cette fois, on se contentera de se tenir par la main, propose-t-elle.

— OK !

Francis et Suzie marchent pendant près d'une heure avant de revenir sur leurs pas. Lorsqu'ils passent devant un banc de parc tourné vers le fleuve et la ville de Montréal, ils décident de s'asseoir.

— Peu importe de quel angle je regarde Montréal, je la trouve toujours belle, indique Francis. Et j'aurais un plaisir fou à y vivre.

— Moi, je ne nous vois pas en plein cœur de la ville avec trois enfants.

— Ce n'est pas ce que j'ai dit. Belœil est idéal pour une jeune famille. C'est d'ailleurs pour cette raison qu'on s'y est installés. Mais quand les enfants auront quitté le nid, j'aimerais bien qu'on déménage sur l'île.

Contrairement à son mari, Suzie ne rêve pas d'habiter de l'autre côté du fleuve un jour. Elle se trouve très bien où elle est et elle aimerait y rester encore longtemps. Certes, elle accepterait de changer de maison, mais pas de ville tant que Pierre-Luc, Tommy et Édith n'auront pas terminé leurs études primaires. Et encore, changer d'école quand on est au secondaire peut être catastrophique pour certains enfants. Débarquer dans une nouvelle école au beau milieu de l'année est loin d'être drôle. Devant un tel changement, plusieurs jeunes finissent par décrocher. C'est connu de tous : quel que soit leur âge, les enfants peuvent être très méchants entre eux. Tout est matière à moquerie : le port de lunettes, les cheveux roux, le bégaiement, le manque d'habileté en sport, les difficultés d'apprentissage, la situation financière de la famille… N'importe quel prétexte est bon pour frapper sur quelqu'un, l'écarter ou l'ignorer. Si un enfant arrive en cours d'année scolaire, la plupart du temps on lui fera la vie dure. Heureusement, même si elle a les cheveux roux, Suzie n'a jamais vécu le rejet à l'école. Mais elle a été témoin d'une multitude de gestes posés dans l'intention de discréditer un élève devant les autres. Les jeunes n'avaient pas tous la chance d'avoir un grand frère qui était craint.

— Comme tu le sais déjà, poursuit Francis, je rêve d'aller à New York, à Los Angeles, à Washington, à Paris, à Londres… Je voudrais voir toutes les grandes villes du monde. M'asseoir sur un banc et observer les gens. M'imprégner de toutes les différences de chaque ville que je visite. Observer les gratte-ciel. Visiter les musées. Traîner dans les cafés…

Bien que ce ne soit pas sa tasse de thé, Suzie a l'intention d'accompagner Francis de temps en temps. Il y a tant à voir dans une cité qu'elle y trouverait forcément son compte.

— Si tu pouvais partir demain, par quelle ville commencerais-tu ? lance Suzie.

Francis répond aussitôt.

— J'irais à New York.

— Qu'est-ce que tu attends alors ? C'est à peine à quelques heures d'ici.

— Chaque fois que je pense à planifier un voyage, il y a toujours une dépense majeure à faire pour la maison, l'auto, la piscine… Et ma famille est plus importante que les voyages, même pour visiter une des plus belles villes du monde.

Francis est si responsable qu'il est toujours prêt à s'oublier pour les autres.

— J'ai une idée, indique Suzie. On va fixer une date pour un séjour à New York. Sinon, quand on aura des cheveux blancs, on n'y sera toujours pas allés.

Francis trouve très généreux de la part de sa femme de l'accompagner. Mais comme il sait qu'elle n'affectionne pas particulièrement les villes, il ne voudrait pas non plus qu'elle s'embête pendant tout le voyage.

— Tu n'es pas obligée de venir, tu sais.

— Ne t'emballe pas trop vite, le met en garde Suzie, ce n'est pas gratuit. En échange, tu viendrais en Floride avec moi. Je ne te promets pas de te suivre dans tous tes voyages, mais j'aimerais aller à New York avec toi. Il paraît que c'est magnifique au printemps. Choisis une date et informe-toi du prix. Ensuite, il ne nous restera plus qu'à nous organiser pour économiser l'argent nécessaire. En huit mois, on devrait y arriver. Je propose qu'on aille à New York en autocar. On pourrait demander à ta mère de venir garder les enfants. Je pense qu'on a de bonnes chances qu'elle accepte.

— Bonne idée ! Tant qu'à planifier nos voyages, j'aimerais qu'on parle du mont Everest.

Francis et Suzie n'étaient pas encore mariés qu'ils rêvaient d'escalader le mont Everest ensemble. Mais pour ce genre de projet, il ne suffit pas d'avoir de l'argent et du temps. Il faut s'entraîner très sérieusement, et pas seulement pendant quelques semaines.

— Je ne crois pas que ce soit une bonne idée de réaliser ce voyage avant que nous ayons fini d'élever nos enfants, répond Suzie. Mais on doit commencer à y penser sérieusement. On devrait effectuer des recherches pour savoir tout ce que ça implique d'escalader ce mont. C'est bien beau de savoir qu'il faut être au sommet de sa forme pour réussir l'ascension, mais cela n'est pas suffisant.

— Tu as raison. Je m'occupe de New York et toi, du mont Everest.

Puis, d'une voix moqueuse, Suzie lance :

— Regarde-nous, on n'a même pas encore trente-cinq ans et on planifie déjà nos vieux jours !

— Moi, vieillir me donne la chair de poule.

— Je n'aime pas ça plus que toi. Quand je me regarde dans le miroir le matin et que je découvre une nouvelle ride, je hurlerais jusqu'à ce qu'elle disparaisse. Puisque je ne peux rien changer à la situation, j'essaie de prendre tous les signes de vieillissement que je découvre sur moi avec un grain de sel.

— J'ai bien peur qu'un jour on devra les prendre avec une salière complète. Mais en attendant, je profite de ma trentaine autant que je le peux. Et du moment que tu es à mes côtés, je suis le plus heureux des hommes.

Chapitre 25

Patrick croyait que ce ne serait pas sa meilleure pêche à cause de la température, mais finalement ça mord suffisamment pour que toute la famille mange du poisson frais au moins une fois par jour. Contrairement à la plupart des enfants de leur âge, les petits Gauthier adorent le poisson. Et ils l'apprécient encore plus cet été puisque Patrick les emmène pêcher à tour de rôle. Ici, les maringouins sont nombreux et voraces. C'est pourquoi, avant de mettre le pied dans la chaloupe, Agathe prend soin de badigeonner généreusement d'huile à mouche sa marmaille. La première journée, Isabelle a refusé que sa mère lui applique le produit. Au retour de la pêche, elle avait un nombre incalculable de piqûres. Le lendemain, elle a été la première à demander qu'on l'enduise d'huile partout où on voyait sa peau.

Agathe est très contente de séjourner au chalet de son père. L'endroit n'est pas un palace, mais on n'y manque de rien. Patrick et elle couchent dans la tente avec les garçons à tour de rôle, tandis qu'Isabelle préfère dormir dans le chalet. Chaque fois qu'elle s'allonge sur son sac de couchage, Agathe se rappelle pourquoi son mari et elle ont acheté une roulotte. Le matin, elle se lève courbaturée. Même s'il y a des tapis de sol sous les sacs de couchage, ce n'est tout de même pas très moelleux.

Leur roulotte n'offre pas énormément d'espace, mais ne serait-ce que pour dormir ils ont gagné beaucoup de confort. Et que dire des jours de pluie ? Agathe et les siens sont peut-être collés les uns sur les autres, mais au moins ils sont au sec – et ça, ça n'a pas de prix. Depuis qu'ils font du camping, combien de fois se sont-ils réveillés les fesses dans l'eau parce qu'il avait plu pendant la nuit ?

Faire sécher un sac de couchage quand les arbres dégoulinent n'est pas une sinécure. Et le soir venait toujours trop vite en sachant qu'il fallait se glisser dans des sacs encore gorgés d'humidité. Agathe ne s'ennuie aucunement de ce temps-là. Si le chalet de son père était situé plus près de Belœil, elle reconsidérerait sa position face au camping. Certes, ici elle ne risque pas de rencontrer de nouvelles personnes ; en revanche, sa famille et elle n'ont qu'à sauter dans la chaloupe pour aller mettre leur ligne à l'eau. Des six filles Royer, Agathe est celle qui préfère venir au chalet. Nathalie, Geneviève et Madeleine y viennent de temps en temps, mais jamais elles n'y restent à coucher. Jacques possède suffisamment de cannes à pêche pour tout le monde. Alors, pour venir passer quelques heures au chalet, tout ce qu'il faut apporter, c'est son huile à mouche, sa nourriture et des vers de terre.

Depuis qu'Agathe et les siens sont arrivés, M. Royer vient les trouver après son travail. Patrick lui réserve la pêche du soir. Et il apporte toujours une bouteille de cognac. Les deux hommes se rincent la gorge allègrement entre deux lancers. Ils pêchent jusqu'à la noirceur. À leur retour, ils décident s'ils mangent ce qu'Agathe a préparé ou le fruit de leur pêche. En temps normal, Agathe s'en offusquerait, mais pas au chalet. Ici, la règle est simple : plus on mange de poisson, plus on peut pêcher. Après le souper, les enfants sollicitent toujours leur grand-père pour jouer aux cartes avec eux. Ils jouent jusqu'à ce que Jacques annonce que c'est la dernière partie parce qu'il doit aller dormir.

Agathe adore l'endroit. Dès qu'elle a terminé l'essentiel des tâches ménagères, elle sort à l'extérieur et se la coule douce. Soit elle lit, soit elle tricote, soit elle écoute la radio. Ici, elle a le temps de voir passer les journées. Elle pourrait aller visiter ses sœurs en ville, mais elle n'est pas venue dans ce but. Elle les a appelées en arrivant chez son père et elle les a invitées à venir passer la journée du samedi au chalet. Chacune apportera ce qu'il faut pour nourrir sa propre famille et, au moment du repas, on partagera. Comme leur père sera des leurs, il ne manquera qu'Anna et Céline. Depuis que les filles sont adultes, il arrive de moins en moins fréquemment que la famille soit au grand complet. Depuis la mort de Monique, les rencontres sont devenues encore plus rares.

— Je reprendrais bien du café, dit Patrick. Est-ce qu'il en reste?

— Oui, répond Agathe en souriant à son mari. Donne-moi ta tasse, je vais aller la remplir.

Depuis qu'il est au chalet, Patrick n'a pas cessé de penser à France, mais pas pour les mêmes raisons qu'avant. Il ne se sent pas du tout à l'aise avec la tournure des événements. Il a confiance en France, mais s'il fallait que son écart de conduite vienne aux oreilles d'Agathe, il ne serait pas mieux que mort. Depuis son arrivée ici, Patrick redouble d'ardeur pour être un mari exemplaire. Même au lit, il se dépasse. Plus il a peur de perdre sa femme, plus il la trouve belle et désirable.

Chaque fois qu'Agathe retrouve sa tendre moitié des débuts de son mariage, elle s'en réjouit. Après l'amour, elle aime se lover au creux des bras de Patrick et rêvasser aux prouesses de son prince jusqu'à ce que le sommeil la gagne enfin. Ses inquiétudes à l'égard de France sont maintenant loin derrière. Elle a décidé de ne pas se pourrir la vie. Et elle ne refusera pas l'amitié de France, si toutefois les choses en arrivent là. Pour l'instant, elle nage dans le bonheur et c'est tout ce qui compte. Même Isabelle est plus gentille avec elle.

— J'espère que ça ne te fâchera pas, lance Agathe en tendant la tasse à Patrick, mais j'ai ajouté une once de cognac dans ton café.

— Au contraire, c'est une excellente idée! se réjouit Patrick. Sais-tu à quoi je pensais?

Agathe a beau chercher, sans indice, c'est plutôt difficile de deviner.

— On devrait s'acheter un chalet, ajoute Patrick.

Surprise, Agathe fixe son mari. C'est la première fois qu'il lance une telle idée. Jusqu'à aujourd'hui, pour lui, hors du camping, point de salut. Décidément, elle va de surprise en surprise avec lui ces temps-ci.

— Qu'est-ce qui se passe avec toi ? lui demande-t-elle en souriant. Il me semblait que cela ne t'intéressait pas de toujours aller au même endroit.

— Un gars a le droit de changer d'idée, surtout si c'est pour le mieux.

— Oui, mais un chalet, ce n'est pas donné. Et franchement, je ne suis pas certaine d'avoir envie d'entretenir une deuxième maison. C'est beaucoup moins compliqué d'avoir une roulotte. Quand on ne veut pas s'en servir, on la laisse dans la cour et on n'en parle plus jusqu'à la prochaine saison. Le chalet, il faut l'ouvrir au printemps, le nettoyer, aller enlever la neige sur le toit l'hiver, le fermer à l'automne. Et il attire la visite comme le miel attire les mouches. Je n'ai vraiment pas envie de passer mon temps à cuisiner pour une armée.

Patrick est sonné par la réaction de sa femme. Alors qu'il croyait lui faire plaisir, voilà qu'elle énumère tous les inconvénients relatifs au fait de posséder un chalet.

— Ça va, j'ai compris, dit-il. Tu m'en as parlé tellement souvent que je croyais que tu serais contente de mon projet. Oublie tout ça. Dis-moi plutôt ce que je peux faire pour t'aider aujourd'hui.

— Excuse-moi ! Mais depuis que je donne des cours et que je fais des murales et tout le reste, j'ai pas mal moins de temps libre qu'avant. J'aimerais bien avoir un chalet, c'est seulement que je ne pourrais plus m'en occuper toute seule. Tu comprends, ce serait trop pour moi. L'idéal, ce serait de l'acheter à deux couples.

L'idée d'Agathe plaît beaucoup à Patrick. Si le travail était réduit de moitié, les choses seraient différentes. Mais il faudrait d'abord qu'ils trouvent le couple idéal pour se lancer dans une telle aventure.

— On pourrait en parler à Suzie, propose Patrick.

— Laisse-moi d'abord le temps de faire ma petite enquête sur le prix des chalets. On s'en reparlera dans une couple de semaines.

Plus Patrick y pense, plus il trouve qu'acheter un chalet à deux couples serait la solution idéale. Le fait de ne pas être parti camper cette année lui a démontré qu'il y avait autre chose dans la vie. Contrairement aux étés précédents pendant lesquels il était toujours à la course en finissant de travailler le vendredi soir – soit pour aller rejoindre sa famille ou pour quitter la maison le plus vite possible dans l'espoir d'être installé sur un terrain de camping avant la noirceur –, il a pris le temps de vivre. S'ils possédaient un chalet, Agathe et lui n'auraient qu'à apporter des vêtements et de la nourriture, et le tour serait joué. Et surtout, la famille pourrait pêcher autant qu'elle le voudrait.

— Et je te remercie de ton offre, mais puisqu'on n'a que notre famille à nourrir, il n'y a pas grand-chose à faire. Pour souper, il y aura des hamburgers ; avec un plateau de crudités et des chips, tout le monde sera content. Et pour le dessert, j'ai fait des carrés aux dattes hier soir et des galettes à la mélasse. Comme je connais mes sœurs, elles apporteront une tonne de nourriture.

S'il y a une chose que Patrick a toujours admiré chez Agathe, c'est son sens de l'organisation. Avec elle, tout a toujours l'air facile.

* * *

Agathe n'en sait rien, mais ce soir toutes ses sœurs seront présentes. Il y a deux jours, Anna a appelé Geneviève. Quand elle avait su qu'elles se retrouveraient toutes au chalet samedi, elle avait convaincu Jack de faire un saut à La Sarre. Pour elle, ce serait l'occasion rêvée de présenter sa fille à toute la famille. En plus, une sortie lui ferait du bien. Elle avait ensuite téléphoné à Céline et l'avait invitée à se joindre à eux.

— Je veux bien, avait répondu celle-ci, mais je ne peux prendre qu'une journée de congé; on est débordés au travail. Si cela est correct pour vous, j'embarque.

— C'est parfait pour nous. Jack est dans la même situation que toi.

Après avoir été prévenue, Geneviève s'était empressée d'en faire mention à son père. Elle lui avait fait promettre de ne rien dire à Agathe. Une idée avait alors germé dans la tête de Jacques. La veille du départ d'Anna, il avait communiqué avec elle. Il lui avait demandé si elle accepterait de prendre une passagère.

— Ça me rendrait vraiment heureux, avait-il ajouté.

Anna ne pouvait refuser de rendre service à son père.

— Avec plaisir, papa, d'autant plus qu'on a de la place. Peux-tu me dire de qui il s'agit?

— C'est ta tante Cécile.

Anna n'avait aucune objection à emmener sa tante Cécile à La Sarre. Elle a toujours beaucoup appréciée la sœur de sa mère.

— Cécile et moi, nous nous marierons le printemps prochain, avait déclaré Jacques.

— Est-ce que j'ai bien entendu? Tu vas te remarier avec ma tante Cécile?

— Oui, avait-il répondu simplement d'une voix joyeuse.

Jamais Anna n'aurait imaginé qu'un jour son père se remarierait, encore moins avec Cécile, la sœur de Monique. Mais de quel droit quelqu'un empêcherait-il Jacques d'être heureux?

— Si c'est ce que tu veux, papa, je suis contente pour toi. Mais j'en connais une qui aura plus de difficulté en apprenant la nouvelle.

Anna n'avait pas eu besoin de préciser de qui il était question.

— Il va falloir qu'Agathe finisse par en revenir, avait répliqué Jacques d'un ton légèrement impatient. Ça fait assez longtemps qu'elle boude Cécile. J'ai l'intention d'apprendre la bonne nouvelle à tout le monde au souper de samedi. Peux-tu garder ça pour toi d'ici là?

Son père pouvait lui faire confiance. Dans les circonstances, Anna n'avait aucune envie de faire le messager auprès de ses sœurs, et surtout pas auprès d'Agathe. Elle imaginait déjà la réaction de celle-ci quand elle verrait que son père avait invité Cécile sans même la consulter. Et ce n'était rien comparativement à l'annonce du futur mariage de son père avec elle…

— Je n'en parlerai même pas à Céline, lui avait-elle promis.

* * *

On peut dire que la famille Royer est bénie des dieux. Il y avait des probabilités de pluie ce matin, mais maintenant le soleil est radieux. L'humidité est à son maximum, mais c'est plus facile à supporter dans de telles circonstances. Le chalet est grand, mais les membres de la famille auraient été drôlement à l'étroit s'ils avaient dû tous s'y entasser, même si ce n'était que pendant la durée du souper.

Comme il voulait s'assurer que toutes ses filles seraient arrivées avant de se pointer avec Cécile au chalet, Jacques a prévenu Agathe la veille qu'il arriverait seulement vers six heures.

Geneviève et Nathalie se présentent ensemble. Agathe les accueille chaleureusement. Elle est étonnée de voir à quel point ses neveux et nièces ont grandi. Elle est vraiment contente de revoir tout ce beau monde.

— Ne fais pas le saut. Madeleine va venir avec Jean-Marc, lui annonce Geneviève.

— Comme Céline ne sera pas là, c'est correct, répond Agathe. Je ne le connais pas beaucoup, mais à part le sale coup qu'il a fait à notre sœur, je le trouve plutôt gentil.

— À voir à quelle vitesse vont leurs affaires, d'après moi, ces deux-là ne sont pas près de se laisser, commente Nathalie.

Ce genre de situation met tout le monde mal à l'aise. Mais on ne choisit pas de qui on tombe amoureux. Un beau jour, on croise la route de quelqu'un et l'amour fait son apparition. La personne n'a pas un physique aussi attrayant qu'on le voudrait. Elle débarque dans notre vie à un mauvais moment. Mais lorsqu'on s'en rend compte, il est déjà trop tard. Et quand c'est l'ex d'un membre de la famille, ça se complique. D'un autre côté, puisque c'est Céline qui a mis fin à sa relation avec Jean-Marc, les choses sont un peu différentes. Du moins, c'est ce que Madeleine se dit pour se donner bonne conscience.

Quelques minutes plus tard, Madeleine et Jean-Marc arrivent. Leur bonheur crève les yeux.

Pendant que les hommes prennent un verre sur le quai, les enfants jouent dans l'eau sous l'œil vigilant des femmes qui ont installé leurs chaises à l'ombre sur la galerie.

— Je suis surprise que papa ne soit pas encore arrivé, déclare Madeleine.

— Il sera là vers six heures, répond Agathe. Je ne sais pas pourquoi, mais il ne pouvait pas venir plus tôt. Je suis vraiment très contente de vous voir. À votre santé !

Agathe s'apprête à prendre une gorgée de bière lorsqu'elle voit une auto avancer dans l'allée. Elle cligne des yeux à quelques reprises pour s'assurer qu'elle n'a pas la berlue.

— Anna ! crie-t-elle en se levant de sa chaise.

Tous les regards se tournent en direction de l'allée.

— Quelle belle surprise ! lance Agathe en s'approchant de l'auto.

Aussitôt que le véhicule s'immobilise, Agathe ouvre la portière du côté passager et embrasse sa sœur. Quand elle lève la tête, elle aperçoit Céline installée à l'arrière avec la petite Myriam. Décidément, Agathe se sent choyée aujourd'hui.

— Allez, sors vite de là que je t'embrasse ! clame Agathe sur un ton euphorique. Et toi aussi, Jack ! Je suis tellement contente que vous soyez là.

— Mais on n'a rien apporté à manger, la prévient Anna.

— Tu connais les filles, la rassure Agathe. Elles en ont fait pour une armée, et moi aussi.

Soudain, la jeune femme se souvient que Jean-Marc est venu avec Madeleine. Elle laisse à peine le temps à Céline de saluer ses sœurs avant de l'entraîner à l'intérieur du chalet avec elle.

— Je n'ai jamais été aussi contente d'arriver, lance Céline. Le paysage est beau, mais je trouve le trajet vraiment long. J'ai tellement mal aux fesses que je songe sérieusement à rester debout jusqu'à demain. Est-ce que je peux faire quelque chose pour t'aider ?

— Avant, il faut que je te parle. Je n'irai pas par quatre chemins. Jean-Marc est ici.

— Il me semblait aussi que Madeleine avait un drôle d'air quand je suis arrivée. Ce n'est pas grave. Je vais aller le saluer.

Agathe a beaucoup d'admiration pour Céline. Elle n'a pas quitté un homme, mais bien deux en peu de temps. Peut-être que sa relation avec Arnaud n'était pas encore très solide, mais cela a quand même dû être difficile pour elle de rompre avec lui.

— Et Arnaud ? ose s'informer Agathe.

— Vous aviez raison, Anna et toi, répond honnêtement Céline. Arnaud n'était pas un type pour moi. Laisse-moi le temps d'aller saluer les gars et je reviens t'aider.

Céline n'est pas du genre à s'apitoyer sur son sort très longtemps. Même si Jacques trouve qu'elle lui ressemble, jamais elle ne se serait retirée du monde comme il l'a fait après la mort de sa femme. D'un autre côté, si elle s'est bien remise de sa séparation d'avec Jean-Marc, sa rupture avec Arnaud est plus difficile à encaisser.

Céline sait qu'elle ne pouvait agir autrement. Mais cet homme lui plaisait beaucoup.

Agathe suit Céline des yeux. Elle la trouve bien courageuse, sa petite sœur. Avec tout ce qui lui est arrivé ces derniers temps, elle aurait eu toutes les raisons du monde de se laisser abattre. Mais elle marche la tête haute et regarde droit devant.

Céline revient vite rejoindre Agathe dans le chalet.

— Ça n'a pas été trop dur ? lui demande Agathe.

— Revoir son ex n'est jamais facile, mais je survivrai.

Sans laisser le temps à Agathe de réagir, elle poursuit :

— Veux-tu installer la nourriture dehors ou à l'intérieur ?

— Avec le nombre de maringouins qu'il y a dehors, je pense que ce serait préférable que tout le monde vienne se servir ici. Va dire aux filles de venir nous aider à tout préparer.

Céline vient d'ouvrir la porte moustiquaire quand elle voit arriver le camion de Jacques.

— Papa est là ! annonce-t-elle.

Occupée à garnir la table, Agathe continue de travailler.

— Mais attends, s'écrie Céline, il n'est pas seul. Il est avec tante Cécile.

Ce seul prénom suffit pour qu'Agathe délaisse sa tâche et se pointe à la porte. Lorsqu'elle aperçoit sa tante, son teint tourne instantanément au rouge. Plusieurs questions affluent dans son esprit. Comment Cécile a-t-elle osé venir au chalet en sachant qu'elle était là? Que fait-elle avec son père? Pourquoi n'a-t-elle pas été avisée que Cécile viendrait? Agathe est de plus en plus furieuse.

À part Agathe, les filles s'agglutinent aussitôt autour de Jacques et Cécile. Elles embrassent tour à tour leur père et leur tante. Elles n'ont pas vu cette dernière depuis la mort de Monique.

— Où est Agathe? demande Jacques.

— Elle est en train de dresser la table dans le chalet, répond Céline.

Jacques ne fait ni une ni deux et il file en direction du bâtiment. Vu la proximité du chalet dont les fenêtres sont ouvertes, nul doute qu'Agathe sait que Cécile est là. Lorsqu'il ouvre la porte mousti-quaire et qu'il aperçoit sa fille – qui lui tourne le dos –, il lance sans aucun préambule :

— Il n'est pas question que tu fasses des courbettes. Je te demande seulement d'être assez polie pour venir saluer Cécile.

— Pourquoi l'as-tu invitée? lance Agathe d'un ton acerbe. C'est un souper de famille, à ce que je sache. Et elle ne fait pas partie de notre famille.

— Tu sauras en temps et lieu pourquoi Cécile est là.

Jacques quitte le chalet aussi vite qu'il y est entré. Avant de faire sa grande demande à Cécile, il avait insisté pour qu'elle lui raconte ce qui était arrivé avec Agathe. Cécile ne lui avait rien caché. Jacques avait compris pourquoi sa fille lui en voulait tant.

— Tout est clair, maintenant, avait-il déclaré. Mais il est plus que temps qu'Agathe passe l'éponge.

Connaissant sa fille, Jacques a décidé d'adopter la manière directe avec elle. Quand une rancune perdure depuis aussi longtemps, il n'y a que la manière forte pour tenter de l'atténuer.

Les hommes viennent rejoindre les femmes. Et les enfants commencent à venir signifier à leurs parents qu'ils meurent de faim. Bien que tous soient surpris de la présence de la tante Cécile à leur fête de famille, personne ne pousse sa réflexion plus loin à ce sujet.

Agathe n'a pas bougé depuis le départ de son père. Les émotions se succèdent en elle à la vitesse de l'éclair : peine, colère, sentiment d'abandon, désappointement, tristesse, frustration… Tout y passe. Elle ne peut quand même pas rester toute la soirée dans le chalet. Si elle agit ainsi, ce n'est pas seulement à son père qu'elle fera un affront, mais à toute sa famille. Après tout, si Céline a trouvé la force d'aller saluer son ex, Agathe doit être capable de faire preuve d'assez d'humilité pour aller voir sa tante. Son père a raison : sa bouderie a duré suffisamment longtemps. Agathe respire à fond plusieurs fois. Puis, sans plus tergiverser, elle sort du chalet et se dirige directement vers sa tante Cécile. Une fois devant elle, Agathe hésite pendant une fraction de seconde avant de l'embrasser sur les joues. Elle cherche quelque chose de gentil à dire pour enterrer la hache de guerre, mais elle ne trouve rien de mieux que :

— Es-tu arrivée dans le coin depuis longtemps ?

— Non. Je suis descendue de Montréal avec Anna et Céline.

Voilà maintenant qu'Agathe découvre que ses sœurs étaient dans le coup. Elle ne comprend pas. Elle voudrait poursuivre la conversation, mais elle doit en avoir le cœur net. Elle s'éloigne de sa tante sans demander son reste et retourne dans la cuisine après avoir sommé les filles de la suivre.

La porte est à peine fermée qu'Agathe prend Anna et Céline à part. Elle exige des explications.

— C'est vrai qu'on a emmené Cécile à La Sarre, confesse Anna. Mais je te jure qu'on n'était pas au courant qu'elle viendrait souper.

Anna a pesé ses mots. Elle n'a aucune envie de se mettre sa sœur à dos.

— Tu aurais dû m'avertir, plaide Agathe.

— Comment ? Il n'y a pas de téléphone ici.

— Je ne sais pas, moi… Tu aurais pu t'arranger pour que papa me transmette le message.

— Mais c'est lui qui m'a demandé si on pouvait la conduire à La Sarre, se défend Anna. Après tout, il n'avait qu'à te le dire lui-même.

Céline se questionne.

— Il y a quelque chose de bizarre dans cette histoire, lance-t-elle. J'ai l'impression qu'on est en train de se faire passer un sapin. J'aimerais bien savoir de quoi il s'agit. Vous ne trouvez pas que papa n'est pas comme d'habitude ?

— Hé, les filles ! crie Geneviève. Ça va faire, les messes basses. On a des enfants qui meurent de faim dehors, et des hommes à nourrir. Venez vite nous aider !

Pendant le souper, Jacques regarde ses filles tour à tour. Monique et lui ont bien réussi. Il a de quoi être fier de sa famille. Assise à côté de lui, Cécile participe activement aux discussions. C'est une famille comme celle-là qu'elle aurait voulu avoir.

— Et maintenant, des applaudissements aux cuisinières! clame Anna haut et fort. C'était délicieux.

— Est-ce qu'il y a du dessert? demande Steve.

— Mais oui! répond Agathe. Va jouer avec tes cousins en attendant qu'on débarrasse la table. Je t'appellerai quand le dessert sera servi.

À l'instant où Agathe va se lever de table, Jacques décide de se lancer. C'est maintenant ou jamais qu'il doit déballer son sac. Il se racle la gorge et dit:

— Accordez-moi une petite minute d'attention, s'il vous plaît. J'ai une nouvelle à vous annoncer.

Tous les regards se tournent vers lui.

— Plusieurs d'entre vous avez été surpris de la présence de Cécile à notre souper de famille. Eh bien, ce n'est pas un hasard si elle est là. C'est moi qui ai demandé à Anna de l'emmener à La Sarre.

Il y a longtemps que Jacques n'a pas été aussi nerveux. Il se sent comme un prisonnier devant des jurés et il se trouve ridicule de se laisser intimider ainsi. Il aime ses filles, mais ça ne leur donne pas le droit de régenter sa vie. Il a passé deux longues années à se morfondre; il a bien l'intention de profiter du temps qui lui reste à vivre. Il est bien avec Cécile et il a envie de partager son existence avec elle.

Il est si rare que Jacques prenne la parole devant tout le monde que même les gamins sont suspendus aux lèvres de leur grand-père.

— Je vous annonce que Cécile et moi, nous nous marierons le printemps prochain.

Les membres de la famille mettent quelques secondes à réagir. Patrick n'a pas besoin d'être aux côtés d'Agathe pour savoir comment elle doit se sentir. Il regarde ses belles-sœurs l'une après l'autre. Toutes, sans exception, paraissent sous le choc.

Patrick décide de prendre les choses en main.

— Je vous félicite, le beau-père ! s'écrie-t-il d'une voix enjouée. Et vous aussi, Cécile ! Je lève mon verre aux futurs mariés.

— Mais tante Cécile ne peut pas devenir notre grand-mère ! objecte Dominique. Elle est déjà notre tante.

Personne ne rit de la remarque de Dominique, mais personne ne lui fournit la moindre explication non plus.

Agathe est atterrée. Ses sœurs ont nettoyé les tables et servi le dessert sans son aide. La jeune femme a l'impression que le ciel vient de lui tomber sur la tête. Elle avale d'un trait son verre de vin et le remplit aussitôt. Si elle regardait ses sœurs, elle constaterait qu'elle n'est pas la seule à être sonnée par l'annonce de ce mariage. Les filles Royer aimaient profondément leur mère et, pour elles, aucune femme ne pourra jamais la remplacer. Si on leur avait dit qu'un jour leur père se remarierait, elles auraient éclaté de rire.

Il ne s'est jamais mangé aussi peu de dessert pendant un souper des Royer. Même les enfants en ont laissé dans leur assiette ; pourtant, tous les mets étaient délicieux. Les conversations sont tombées. La magie associée à une soirée d'été aussi. Jusqu'aux grenouilles qui ont cessé de coasser. Tous les membres de la famille ont l'impression d'avoir reçu une bombe en plein visage ; ils doivent maintenant trouver une façon d'encaisser la nouvelle. C'est seulement après le départ des invités que Patrick réalise que personne n'a eu l'idée de faire un feu de camp.

Anna et Céline sont restées dormir au chalet, tandis que Jack est retourné chez son beau-père avec Myriam. Enroulées chacune dans une couverture, Agathe, Anna et Céline sont allées s'asseoir sur le bord de l'eau dans les grandes chaises de bois. Elles n'ont pas prononcé une seule parole, mais le simple fait d'être ensemble leur a fait du bien. Avant de rentrer dormir, les trois sœurs se sont serrées les unes contre les autres et se sont mises à pleurer à chaudes larmes.

Chapitre 26

Heureusement qu'Anna n'a pas été obligée de ramener Cécile à Montréal parce qu'elle aurait trouvé le voyage encore plus long. Elle n'en veut pas à sa tante – pas plus qu'à son père, d'ailleurs. Elle a seulement besoin d'un peu de temps pour assimiler la nouvelle. Toutes ses sœurs sont dans la même situation qu'elle et souhaitent le bonheur de leur père. C'est encore plus difficile pour Agathe. Elle venait à peine d'oublier ce qui s'était passé avec Cécile que celle-ci troquait moins d'une heure plus tard son statut de tante contre celui de future femme de son père. Il y a des bouchées qui sont plus dures à avaler que d'autres.

Couchée sur son lit avec sa fille, Anna n'arrête pas de ressasser tout ça. Nul doute, elle se souviendra de ce voyage à La Sarre jusqu'à la fin de ses jours. Elle songe ensuite à Céline. Anna a dit à sa sœur à quel point elle la trouvait courageuse de ne pas tenir rigueur à Madeleine d'avoir récupéré Jean-Marc et d'avoir parlé à celui-ci pendant le souper comme si de rien n'était. Selon Céline, la vie est trop courte pour s'en faire avec des choses auxquelles on ne peut rien changer de toute façon.

Un peu plus tard, Céline avait parlé d'Arnaud.

— Je te remercie, Jack, de m'avoir avertie au sujet d'Arnaud. Tu avais raison : c'est impossible qu'il se soit payé tout ce qu'il possède avec son salaire de policier. Je ne sais pas ce qu'il fait et je n'ai pas cherché à savoir, mais il m'a confié qu'il avait un *sideline* payant.

— Il n'y a pas de quoi, avait déclaré Jack. Crois-moi, tu as pris la bonne décision. Plus on se tient loin de ce genre de personne, mieux on se porte. Et je suis bien placé pour le savoir ! Fais-moi signe quand tu auras envie de rencontrer quelqu'un. Je te présenterai un des gars avec qui je travaille.

Mais Céline n'a pas réagi à l'offre de son beau-frère. Elle a des choses à régler avant de se lancer dans une nouvelle aventure. Elle ne pourrait supporter d'avoir le cœur en miettes une fois de plus.

Anna s'inquiète pour Jack. Depuis que son frère est débarqué sans s'annoncer, elle voit bien que son amoureux est préoccupé. Il devait appeler Rémi, mais il ne l'a pas encore fait. Elle le sait parce qu'elle lui a posé la question avant de partir pour La Sarre.

* * *

Agathe feuillette les journaux de la semaine passée et celui de ce matin pendant que Patrick est allé jouer à la balle avec ses fils. Elle lit quelques articles au passage, mais le futur mariage de son père la tracasse toujours. Même si elle disait au principal intéressé qu'elle s'y oppose, cela ne changerait rien à sa décision et, en plus, elle se le mettrait à dos. Les yeux de son père brillent tellement quand il regarde Cécile. De quel droit Agathe entraverait-elle le bonheur de Jacques ?

Depuis que son père l'a presque obligée à aller saluer sa tante au chalet, la jeune femme a beaucoup réfléchi. Oui, Cécile a commis une grave erreur en embrassant Patrick. Oui, Agathe la lui a fait payer cher en la boudant. Mais du coup, elle s'est privée de sa tante pendant toutes ces années alors que cette dernière était une des personnes qui comptaient le plus pour elle. Jacques a raison : il est temps qu'elle passe à autre chose. Agathe ne retrouvera sûrement pas la complicité qu'elle partageait jadis avec sa tante Cécile, mais elle se promet de faire l'impossible pour lui être agréable. Comme Patrick le lui a dit, tout le monde fait des erreurs.

— Et c'est à toi que tu fais le plus de mal dans cette histoire avec ta tante.

Agathe ne sait toujours pas dans quel baril de potion magique son Patrick est tombé. Mais il fait preuve d'une grande sagesse ; elle est très fière de lui.

La jeune femme décide d'aller refaire le plein de café. Chemin faisant jusqu'à la cuisine, elle sourit. À part le passage à vide survenu à la suite de l'annonce du mariage de son père, elle a passé une très belle semaine au chalet. Patrick l'aidait chaque fois qu'elle avait besoin de lui. Son assistance se résumait plus souvent qu'autrement à des banalités, mais le simple fait de savoir qu'il était à ses côtés la comblait de bonheur.

Sa tasse remplie à ras bord, elle retourne s'asseoir sur la galerie et reprend son journal. Elle se contente de lire les grands titres jusqu'à ce qu'un article attire son attention.

Sida : un comité consultatif sera formé

Rappelons-nous qu'en mai dernier l'Institut Pasteur faisait paraître dans la revue américaine Science *un article annonçant la découverte du virus du sida. Les chercheurs avançaient que le sida était en passe de se transformer en pandémie.*

Cette maladie mortelle gagne du terrain chaque jour. Alors qu'elle touchait la communauté homosexuelle et les toxicomanes, voilà maintenant qu'elle fait de nombreuses victimes chez les hémophiles… C'est pourquoi le gouvernement québécois annonce la création d'un comité consultatif qui sera chargé d'étudier cette nouvelle maladie dont on ne sait, somme toute, que peu de choses…

Ce genre de nouvelles donne la chair de poule à Agathe. Chaque fois que la médecine marque des points pour contrer une maladie, une autre encore plus grave se déclare. Agathe songe que vu l'ampleur du sida et sa gravité, ce n'est pas demain la veille que les médias cesseront d'en parler. Lire sur les maladies ne la passionne pas. Mais puisqu'elle aime se tenir au courant de ce qui se passe ici et ailleurs à ce propos, elle s'informe lorsque l'occasion se présente.

Quand elle termine la lecture de l'article, Agathe se dépêche de tourner les pages jusqu'à ce qu'elle tombe sur une nouvelle plus réjouissante.

Première du film Bonheur d'occasion

La première du film Bonheur d'occasion, *dont le scénario est une adaptation du célèbre roman de Gabrielle Roy, aura lieu le 28 août prochain. Ce film de Claude Fournier met en vedette, entre autres, les talentueux comédiens Mireille Deyglun et Michel Forget.*

Agathe a tant aimé ce roman qu'elle se promet d'aller voir le film. Si Anna est partante, elle serait même prête à se rendre dans un cinéma de Montréal.

* * *

De fil en aiguille, ses fils ont réussi à entraîner Patrick jusqu'au parc pour se lancer la balle. Les garçons frappent à tour de rôle ; leur père fait des remarques sur chacun de leurs coups à la manière du commentateur sportif des parties des Expos, Jacques Doucet. Steve n'a peut-être pas de prédispositions pour devenir un joueur de baseball professionnel, mais il est nettement plus habile que Dominique.

— Qu'est-ce qui arrive avec toi ? s'écrie Patrick quand Dominique échappe la balle pour la énième fois de suite. On dirait que tu as les mains pleines de pouces.

Cette boutade fait bien rire Steve, mais pas Dominique. Chaque fois que son petit frère est meilleur que lui dans un domaine, son orgueil en prend un coup. À voir avec quelle facilité Steve apprivoise chaque sport, Dominique n'a pas fini d'en baver.

— C'est moi le meilleur ! proclame fièrement Steve en levant les bras dans les airs et en dansant sur place. C'est moi le meilleur ! C'est moi…

Même si Patrick le trouve drôle, il se dépêche de faire diversion pour ne pas indisposer davantage Dominique.

— Venez, les gars ! Je vous invite au bar laitier.

— Yé ! réagit aussitôt Steve. Moi, je vais manger une grosse crème glacée molle trempée dans le chocolat.

— Et moi, un *sundae* au caramel ! renchérit Dominique.

Après avoir déposé l'équipement de baseball dans l'auto, Patrick convainc ses fils d'aller à pied au bar laitier, situé tout près du parc.

Patrick s'offre un gros *sundae* au chocolat, auquel il fait ajouter une montagne d'arachides en morceaux. Il aime tellement la crème glacée qu'il s'empêche de passer devant la crémerie quand il se promène avec Shelby. Il a du mal à se contrôler sitôt la première bouchée avalée.

— Papa, est-ce qu'on pourrait aller pêcher sur le bord de la rivière demain ? demande Dominique.

— Mais nous avons pêché tous les jours au chalet ! argumente Patrick.

— S'il te plaît, dis oui ! l'implore Steve.

Patrick s'apprête à répondre quand il aperçoit France au comptoir. Elle ne l'a pas encore vu, mais ça ne saurait tarder. Une petite fille de l'âge de Dominique l'accompagne. Patrick voudrait bien filer en douce avec les garçons, mais ceux-ci n'accepteront jamais de s'en aller avant d'avoir avalé leur dernière bouchée. Comme leurs parents ne les emmènent pas souvent au bar laitier, chaque fois ils en profitent au maximum.

Perdu dans ses pensées, Patrick n'a pas encore répondu à ses fils. Il regarde France, qui lui tourne le dos, en souriant bêtement. Cette femme lui fait un effet du tonnerre ! Patrick ferme les yeux. Il s'imagine qu'il pose ses mains sur le corps de France. Il les laisse doucement glisser, s'attardant ici et là au gré de son envie. Il se frotte doucement contre elle. Il la sent frémir sous ses mains. Il…

— Papa, est-ce que c'est oui pour la pêche ? s'impatiente Dominique.

Patrick est brutalement ramené à la réalité. Il porte sa cuillère à sa bouche pour se donner une contenance, puis il regarde ses enfants à tour de rôle.

— Il faut d'abord qu'on en parle avec votre mère. Elle a peut-être des plans pour demain.

Devant leur mine déçue, Patrick revient sur sa décision. Les garçons lui demandent si rarement quelque chose qu'il tient à leur faire plaisir.

— Je vais passer un marché avec vous. Demain, on se lèvera tôt et on ira pêcher. Il faudra seulement qu'on soit revenus pour le déjeuner. Est-ce que ça vous va comme ça ?

— Oui ! répondent en chœur Steve et Dominique.

Patrick savait qu'il n'aurait pas le temps de terminer son *sundae* avant que France ne le repère. Sa commande en main, la jeune femme se dirige vers sa table.

— Il me semblait bien que j'avais reconnu ta voix! lance-t-elle d'un ton enjoué. Est-ce qu'on peut s'asseoir avec vous?

France n'attend pas la réponse avant de s'installer. Elle prend place en face de Patrick, tandis que sa fille s'assoit à côté de Steve.

— Salut, Marie-Josée! dit Dominique.

— Tu la connais? s'étonne Patrick.

— Elle était dans ma classe. C'est la petite nouvelle.

Quelqu'un lui maintiendrait la tête au-dessus de son barbecue qui aurait atteint sa chaleur maximale que Patrick n'aurait pas plus chaud. Décidément, les choses vont de mal en pis pour lui. La fille de France est dans la même classe que Dominique et, en plus, son fils est rouge comme une tomate depuis qu'il a vu Marie-Josée. C'est vrai que la petite est plutôt jolie.

Dans les circonstances, Patrick est bien obligé de faire les présentations.

— Vous êtes déjà revenus du chalet? s'étonne France.

— On vient juste d'arriver, répond Steve avant de s'essuyer la bouche avec une serviette de papier. Et demain matin, on va aller pêcher avec papa sur la rivière.

— Bande de chanceux! s'exclame Marie-Josée. Moi, je ne suis jamais allée pêcher.

— Tu pourrais venir avec nous, propose Dominique le plus naturellement du monde.

France devine comment Patrick se sent. Elle décide de venir à son secours.

— Demain, c'est impossible, plaide-t-elle auprès de sa fille. Moi, je ne suis pas encore en vacances et je dois te conduire chez ta gardienne avant d'aller travailler.

Dominique ne se laisse pas démonter pour si peu. Il trouve Marie-Josée si belle qu'il est prêt à tout faire pour qu'elle vienne pêcher.

— On n'aura qu'à te laisser chez ta gardienne en revenant de la pêche, dit-il.

Sans attendre la réaction de son père, il poursuit :

— Il faudra que tu te lèves tôt parce que, nous, il faut que nous soyons à la maison pour le déjeuner. Mon père est en vacances et on fera sûrement une sortie en famille dans la journée.

Le jeune garçon implore son père du regard pour qu'il accepte que Marie-Josée se joigne à eux.

— Papa, je t'en prie, dis oui ! intervient Steve.

Ni France ni Patrick ne peuvent s'empêcher d'éclater de rire. Quand les enfants ont quelque chose derrière la tête, il vaut mieux se lever de bonne heure pour les faire changer d'idée.

Vu de l'extérieur, le fait d'accepter d'emmener Marie-Josée à la pêche peut sembler bien anodin. Mais si leurs enfants fraternisent, Patrick et France ne pourront se revoir. Patrick veut bien s'offrir une petite récréation de temps en temps, mais pas dans ce contexte beaucoup trop explosif pour lui. Cependant, il savait que sa relation avec France était compromise depuis le jour où Agathe lui a dit à quel point elle la trouvait gentille.

De son côté, France aussi réalise que les choses se compliquent drôlement. D'abord, il y a eu Agathe. Et maintenant, les enfants.

Patrick l'attire toujours autant, mais elle préfère mettre un terme à leurs rencontres avant que tout ne vire au cauchemar. Elle n'a jamais souhaité faire la connaissance des conjointes de ses amants. Moins elle en sait sur les autres femmes, mieux elle se porte. Cette fois, tout est déjà allé trop loin.

Patrick se sent pris au piège comme un lièvre. S'il refuse, ses fils ne comprendront pas. S'il accepte, cela marquera la fin de ce qui venait à peine de commencer entre France et lui. Il réfléchit quelques secondes avant de dire :

— Si ta mère est d'accord, Marie-Josée, on passera te prendre à cinq heures et demie demain matin.

La réponse de Patrick indique à France que c'est fini entre eux. Patrick a choisi sa famille, et c'est très bien ainsi.

— C'est parfait pour moi, confirme-t-elle. Je peux même vous préparer un petit goûter, si vous voulez.

Aussitôt qu'ils reviennent à la maison, Dominique se dépêche d'apprendre la bonne nouvelle à sa mère. Sur le coup, Agathe est surprise. Mais devant l'engouement de son fils, elle lui fait savoir qu'elle est très contente pour lui. Agathe songe que s'il se passait quelque chose entre France et Patrick, jamais il n'aurait accepté d'emmener Marie-Josée à la pêche. Il est beaucoup trop intelligent pour commettre une telle sottise.

— Je pense que Dominique est amoureux de Marie-Josée ! lance Steve en ricanant.

— Arrête de dire des niaiseries ! lui ordonne son frère en se tournant vers lui.

Les deux garçons sortent de la maison aussi vite qu'ils y sont entrés. À cause de ce qu'il vient de dire, Steve a intérêt à courir vite s'il ne veut pas que Dominique l'attrape.

— Patrick, ta mère veut que tu la rappelles, transmet Agathe. Je m'inquiète peut-être pour rien, mais il me semble qu'elle avait une drôle de voix.

— Avant que je lui téléphone, dis-moi : as-tu pensé à ce qu'on pourrait faire demain ?

— On pourrait aller au Parc Safari d'Hemmingford. On annonce encore du beau temps. Mais j'y pense, tu pourrais offrir à ta mère de nous accompagner.

— Tes suggestions sont excellentes toutes les deux ! J'appelle ma mère tout de suite.

Chapitre 27

Jack a donné rendez-vous à Rémi dans une brasserie à proximité de chez lui. Histoire de se préparer mentalement, il est arrivé une demi-heure à l'avance. À cette heure, l'endroit est peu achalandé. Jack sait en partie ce qu'il dira à son frère. D'abord, il fera tout son possible pour le conscientiser au danger qu'il fait courir à leurs parents et à sa propre famille seulement en se présentant chez eux. Ensuite, il lui expliquera que, puisqu'il travaille pour la police, moins ils seront vus ensemble, mieux ce sera pour lui.

Lorsque Jack aperçoit son frère, de nombreux souvenirs se bousculent dans sa tête. Il est si ému qu'il manque près de pleurer. Histoire de se ressaisir, il se lève et prend une grande respiration. Alors qu'il avait l'intention de tendre la main à Rémi, voilà que son frère et lui se retrouvent dans les bras l'un de l'autre.

Dès qu'il reprend ses esprits, Jack se rassoit.

— Est-ce que je te commande un verre de *draft*? propose-t-il à son frère.

— C'est sûr! Je suis tellement content de te voir. J'avais commencé à me faire à l'idée que tu ne me rappellerais jamais.

Jack savait que sa rencontre avec Rémi serait tout sauf simple. D'un côté, il est heureux de le revoir; de l'autre, compte tenu des circonstances, il aurait presque préféré ne plus jamais avoir de ses nouvelles. L'air renfrogné, Jack réfléchit à la manière d'aborder le sujet qui le préoccupe.

Rémi se faisait une joie de revoir son frère – au point qu'il n'en a pas dormi de la nuit. Mais à voir l'expression de Jack, il songe qu'il ne traînera pas longtemps ici. Certes, il a fait des choix qui vont à l'encontre de ceux de son frère, mais il ne l'aime pas moins pour autant.

— Je t'avertis, Jack. Si tu me fais la tête, je pars.

— Réalises-tu dans quelle situation tu me places ? riposte Jack d'un ton chargé de reproche. Au cas où tu l'aurais oublié, je suis policier.

Comment Rémi pourrait-il l'oublier alors que Jack ne manque jamais d'en faire mention chaque fois qu'ils se voient ?

— Si j'étais comptable et que j'avais les doigts longs, est-ce que tu refuserais de me voir ?

— Tu ne comprends pas, réplique Jack. Tu mets la vie de tes proches en danger.

Rémi ne saisit pas pourquoi il se priverait de voir sa famille maintenant qu'il a un emploi stable. Il travaille comme tout le monde et il peut faire ce qu'il veut de ses temps libres.

— Mais je fais partie de la famille ! s'exclame-t-il. Tu voudrais que j'arrête de vous voir alors que je viens de vous retrouver ?

— Voyons, Rémi, cesse de te faire du cinéma ! Tu aurais pu renouer avec nous bien avant. Nos parents habitent à la même adresse. Avoue que je suis plutôt facile à retracer pour quiconque passe par eux. Tu peux te raconter toutes les histoires que tu veux, mais pas à moi. J'ignore pourquoi tu es resté silencieux pendant tout ce temps, et franchement, je ne veux même pas le savoir. Mais tu ne peux pas débarquer dans nos vies quand bon te semble pour disparaître la semaine d'après ou le mois suivant. Et puis, au cas où tu l'ignorerais, sache que les gens pour qui tu travailles sont loin d'être des enfants de chœur.

— Mais je suis commissionnaire, pas tueur à gages.

Jack n'en revient pas. Rémi s'est-il brûlé le cerveau à force de prendre de la drogue ? Cela l'étonnerait, parce que la drogue n'a jamais été le truc de son frère. Ou bien Rémi refuse de voir la vérité en face parce qu'elle est trop dure à supporter.

— Tu travailles pour la mafia !

Rémi regarde son frère droit dans les yeux. Il soutient son regard pendant quelques secondes avant de laisser libre cours à sa frustration.

— Tu n'as pas besoin de me rappeler pour qui je travaille, je le sais très bien. Veux-tu que je te dise ce qui me fait le plus mal ? C'est que, peu importe ce que je dis ou ce que je fais, tu n'es jamais content de moi. Le jour où tu es entré dans ta maudite école de police, j'ai perdu mon frère et, du même coup, mon seul ami.

Rémi prend une gorgée de bière. Puis il se lève et déclare :

— Je te remercie pour la bière. Tu n'entendras plus parler de moi.

Sur ce, il quitte la brasserie.

Jack pourrait essayer de le rattraper, mais il reste cloué sur sa chaise. De toute façon, que pourrait-il dire de plus à Rémi ? Qu'il peut l'aider à se sortir du pétrin dans lequel il s'est mis ? Jack le voudrait bien, mais il n'est même pas certain que ce soit possible.

Il finit sa bière avant de rentrer chez lui. Dès qu'Anna voit l'expression de Jack, elle devine que la rencontre avec Rémi ne s'est pas bien passée.

— Veux-tu en parler ? demande-t-elle à son amoureux après l'avoir embrassé.

— En réalité, il n'y a pas grand-chose à dire. Mon frère vit dans un autre monde ; il est totalement inconscient.

Jack raconte sa brève conversation avec Rémi. Anna l'écoute attentivement. Quand il se tait, elle déclare :

— Tout ce que je sais sur la mafia, c'est ce que j'ai vu à la télévision. Et je ne connais pratiquement pas ton frère. Mais la vie m'a appris qu'on ne peut pas sauver quelqu'un contre son gré. Tu as fait ton possible.

— Maintenant, si ça ne te dérange pas, je vais appeler mes parents.

— Si tu préfères leur parler de vive voix, on pourrait aller les voir avec Myriam. Elle est sur le point de se réveiller.

— Bonne idée !

* * *

L'idée d'acheter l'agence pour laquelle elle travaille continue à faire son chemin dans la tête de Suzie. La jeune femme ne connaît pas encore le prix de vente mais, mardi dernier, elle a fait part de son intérêt à son patron.

— Vous comprenez que, tant que j'ignore votre prix, je ne peux pas avancer dans ma réflexion, a déclaré Suzie.

— Je serais content de te vendre mon commerce. Donne-moi une semaine et je te reviens là-dessus.

Jamais sept pauvres petits jours n'ont paru aussi longs à Suzie et Francis. Pour le moment, ils ne peuvent rien faire d'autre qu'attendre.

Suzie continue à noter toutes ses idées pour améliorer l'entreprise. Si elle devient propriétaire de l'agence, elle ne pourra évidemment pas tout réaliser d'un coup, mais au moins elle saura ce qu'il y a à faire.

Comme c'est tranquille au bureau et que Francis travaille, Suzie a décidé de passer la soirée avec ses enfants. Elle vient de les coucher. Comme ils sont encore une fois installés dans le sous-sol, en raison de la chaleur des derniers jours, ils ont mis un peu plus de temps que d'habitude à s'endormir. Suzie range les choses qui traînent dans la maison. Elle se fait un grand verre de thé glacé, prend son téléphone et sort s'asseoir sur la galerie. Elle compose ensuite le numéro de sa belle-mère. Annette décroche à la première sonnerie.

— Mon Dieu, étiez-vous assise sur le téléphone ? plaisante Suzie. C'est à peine si ça a sonné un coup.

— Je suis contente de te parler, Suzie. Je viens juste de mettre fin à mon appel avec Laura. Cette femme est une vraie bénédiction pour Olivier. Je ne reconnais plus mon fils ; figure-toi qu'il n'a jamais manqué une journée de travail depuis que la librairie est ouverte. Aussi, Laura et lui pensent sérieusement à en ouvrir une deuxième – à Cap-Rouge, cette fois.

— Tant mieux si leurs affaires sont si prospères ! Et vous, ça va ?

— Je vais de mieux en mieux. J'ai suivi ton conseil ; j'ai pris rendez-vous avec un psychologue le jour même de mon arrivée à Saint-Georges. Je n'y croyais pas tellement, mais franchement, ça me fait du bien. Pour tout avouer, je n'aurais jamais cru que j'avais tant de ménage à faire dans ma vie. C'est fou comme j'agis toujours pour plaire à tout le monde, et surtout à Paul. Et c'est plus compliqué que ça en a l'air, de remédier à cette situation. Par exemple, j'ai toujours détesté manger du gruau pour déjeuner. Pourtant, j'en mange tous les matins depuis que je suis mariée.

Pourquoi ? Uniquement pour faire plaisir à Paul. Et je n'ai jamais remis cela en question.

Suzie convient qu'à l'âge d'Annette ça ne doit pas être facile de démêler tout ça. Moins de trente ans séparent Suzie de sa belle-mère, mais beaucoup de choses ont changé durant ces trois décennies. Les femmes de la génération d'Annette sont soumises à leur époux. La majorité d'entre elles sont restées à la maison et ont fait ce qu'on attendait d'elles, c'est-à-dire élever les enfants, satisfaire leur mari et s'occuper de la maison. Il y a eu quelques exceptions, comme la mère de Suzie, mais très peu. Heureusement que la société a évolué. Suzie remercie le ciel d'être née à son époque et non à celle d'Annette.

— Avez-vous fini par trouver ça bon, du gruau ? s'informe Suzie.

— Non ! Je hais le gruau de toutes mes forces. La bonne nouvelle, c'est que je ne me force plus à en manger. Tu aurais dû voir la tête de ton beau-père quand il m'a vue avec mon bol de céréales Cap'n Crunch ! Il m'a demandé pourquoi je ne prenais pas le même déjeuner que d'habitude. Quand je lui ai dit que je déteste le gruau depuis toujours, il s'est étonné : pourquoi, dans ce cas, en avais-je mangé tous les matins depuis qu'on est mariés ? Je me suis contentée de hausser les épaules en lui répondant que je ne voulais plus jamais avalé de gruau de toute ma vie !

Suzie est fière de sa belle-mère. Plus Annette découvrira ce qui lui déplaît, plus elle saura ce qu'elle veut faire de sa vie.

— Bravo ! s'écrie-t-elle.

— Ne t'emballe pas trop vite. Je suis loin d'avoir fini le ménage. Je ne savais pas qu'à force de pousser les choses sous le tapis on finissait par les oublier.

Les deux femmes discutent quelques minutes encore. Après avoir raccroché, Suzie est si indisposée par l'humidité de l'air qu'elle décide d'aller piquer une tête dans la piscine.

* * *

Hélène fait des boîtes tous les soirs depuis une semaine. Son stage se termine dans deux jours. Elle partira pour la Floride le lundi suivant. Lorsqu'elle a annoncé à Paul qu'elle arriverait en auto, il a insisté pour venir les chercher, son fils et elle.

— C'est trop long pour que tu fasses le trajet seule avec Pierre-Marc, a-t-il protesté. Je vais descendre en avion jusqu'à Montréal et nous monterons ensemble en voiture tous les trois.

L'attention de Paul l'a beaucoup touchée. Hélène veut croire de toutes ses forces que son beau prince ne se transformera pas en vilain crapaud et que la route qu'elle s'apprête à emprunter est pavée de bonheur, et seulement de bonheur.

Elle s'est résolue à demander à ses parents si elle pouvait remiser chez eux les objets qu'elle tient à garder, le temps de s'installer en Floride.

— Je vais faire de la place dans le grenier du garage, a dit gentiment son père.

— Je peux aller te donner un coup de main, si tu veux, a offert sa mère.

Depuis qu'Annie leur a parlé des agissements de Réjean, ses parents ont changé complètement d'attitude à son égard. Maintenant, Hélène sent qu'ils sont là pour elle.

En plus de sa mère, sa sœur et Agathe lui ont aussi proposé leur aide. Hélène a refusé dans les trois cas. Elle veut prendre le temps de réfléchir avant de disposer de ses affaires – même pour la vaisselle et la literie. En quelque sorte, elle a l'impression de faire le grand ménage de sa vie. Voulant repartir à neuf, elle n'a pas l'intention de conserver beaucoup de choses de son passé. Comme il a été convenu avec Réjean, elle laissera tout ce dont elle ne veut pas dans la maison.

Assise sur le plancher du salon, Hélène tient l'album de photos de son mariage; elle en fixe la couverture depuis quelques minutes déjà sans trouver la force de l'ouvrir. Quand le courage lui vient enfin, les larmes se mettent à couler sur ses joues. Réjean et elle avaient l'air si heureux qu'Hélène a du mal à comprendre comment les choses ont pu tant dégénérer. Le jour de son mariage a été sans contredit une des plus belles journées de sa vie, mais il ne lui en reste maintenant plus qu'un goût amer. Hélène ne gardera pas cet album. Elle se dirige devant le foyer. Elle ouvre la grille et dépose l'album sur le support. Après avoir froissé quelques feuilles de papier journal, elle craque une allumette. Alors que la température de la maison est déjà étouffante, celle du foyer en rajoute. Après s'être assurée que l'album brûle bien, la jeune femme retourne regarder les photos. Elle fait brûler toutes celles sur lesquelles Réjean apparaît. Elle ne garde que les photos de Pierre-Marc. Il décidera lui-même de ce qu'il en fera quand il sera plus vieux. Hélène se sent maintenant plus légère, et encore plus prête à entreprendre sa nouvelle vie.

Hélène voit venir le jour du départ avec sérénité. Elle sait d'avance que ses amies vont lui manquer, de même que sa sœur et ses parents.

Au bout du compte, la jeune femme n'apportera pas grand-chose avec elle : ses vêtements et ceux de Pierre-Marc, une douzaine de coupes à vin en cristal de Baccarat reçues de son parrain en cadeau de mariage, un pot à fleur en verre taillé hérité de sa grand-mère maternelle, une nappe brodée à la main par sa grand-mère paternelle, les draps de satin noir reçus de sa sœur en cadeau d'anniversaire l'année dernière et qu'elle n'a même pas encore déballés, les bijoux offerts par ses parents, la robe de baptême de Pierre-Marc, la coutellerie en argent de sa grand-tante Ernestine, et quelques babioles ramassées ici et là au fil des ans.

Cette nuit-là, Hélène rêve qu'elle se marie avec Paul et qu'ils ont deux filles ensemble.

Chapitre 28

À son chalet, Roger attendait avec impatience son petit-fils et les deux amis de celui-ci. Même s'il a déjà rencontré Patrick et Jack chez Francis, il les connaît très peu.

— Entrez! s'écrie-t-il d'un ton jovial. Ne déposez pas vos bagages, car je vais vous montrer vos chambres tout de suite.

Sans vouloir faire de comparaison, Patrick a rapidement remarqué que le chalet du grand-père de Francis est cent fois plus beau que celui de son beau-père, et plus grand aussi. C'est un chalet comme celui-ci qu'il voudrait acheter. Il n'en a encore parlé à personne; il attend qu'Agathe lui revienne avec des prix.

Quand ses invités s'installent au salon, Roger leur offre à boire.

— Je ne voudrais pas paraître impoli, déclare Patrick en tendant un sac de papier brun, mais je vous ai apporté une bouteille de cognac.

— Est-ce que c'est Francis qui a bavassé? C'est justement mon péché mignon.

— Non, je n'ai rien dit, proteste Francis. Je sens que vous allez bien vous entendre, tous les deux. Patrick est un fin connaisseur en matière de cognac. Sois assuré, grand-papa, que la bouteille qu'il t'a offerte est d'excellente qualité.

Roger met ses lunettes et regarde la bouteille de plus près. Non seulement il connaît cette marque, mais c'est celle qu'il achète quand il veut se gâter. Au prix que la bouteille se vend, il ne peut pas s'en offrir aussi souvent qu'il le voudrait.

— Je te remercie, Patrick, mais c'est un trop gros cadeau, dit-il.

— Ne vous en faites pas avec ça, le rassure Patrick. J'ai encore quelques bouteilles en réserve.

Curieux comme une fouine, Roger lui demande ce qu'il fait dans la vie.

— Je suis acheteur pour Metro. Comme tout bon acheteur, je reçois des cadeaux de mes fournisseurs, que Francis appelle des pots-de-vin.

Lorsqu'il était policier, Roger était très chatouilleux sur le sujet, particulièrement lorsque les «cadeaux» étaient destinés à un homme ayant un pouvoir d'autorité. Mais à son âge, il ne retournera pas le monde à l'envers pour quelques malheureuses bouteilles de cognac.

— Je te remercie d'autant plus de m'en faire profiter, alors, commente Roger.

— Voyons donc, grand-papa, depuis quand encourages-tu les pots-de-vin?

— On n'est quand même pas pour vider cet excellent cognac dans l'évier! réplique Roger. Je veux bien me faire le défenseur de la justice, mais il ne faut pas être plus catholique que le pape. Nous sommes dirigés par des voleurs, et nous autres, le petit monde, il faudrait que nous soyons blancs comme neige. J'ai peut-être ramolli, mais je ne me sens pas plus mal pour autant. Si tu veux voir des pots-de-vin, des vrais, tu n'as qu'à regarder autour de toi; tu découvriras qu'il y en a de bien pires que ceux que Patrick reçoit. Partout où il y a de l'argent en jeu, il y a des «gratte-moi le dos et je vais te gratter le tien». Ça a toujours existé.

Roger plaît de plus en plus à Patrick. C'est la première fois qu'il rencontre un policier à l'esprit aussi ouvert.

— Je veux bien croire, déclare Francis, mais accepter les pots-de-vin, c'est en quelque sorte encourager le crime.

— Tu exagères! s'exclame Roger. Pas dans le cas de Patrick! Si tu y penses, tu t'apercevras que tout le monde donne des pots-de-vin. Par exemple, notre voisin plombier vient nous aider à changer notre chauffe-eau. Non seulement on le paie au noir mais, en plus, on lui remet une couple de bouteilles de vin pour le remercier.

— Mais ce n'est pas pareil! rétorque Francis. En réalité, on lui a donné un cadeau.

Jack a suivi avec intérêt la discussion entre Francis et son grand-père. Il aime bien le discours de ce dernier. Lui aussi est du côté de la justice, mais il lui arrive de plus en plus fréquemment de trouver que les policiers s'attardent beaucoup trop sur les petits poissons, ce qui donne aux gros requins tout le temps qu'il faut pour magouiller à leur aise.

— La ligne est mince, poursuit Roger. Au fond, ce que je dis, c'est que pendant que la justice harcèle le petit monde, les gros joueurs rient de nous autres.

— C'est justement ce à quoi je pensais! clame Jack. Moi, je suis enquêteur à la Sûreté. On travaille comme des forcenés pour arrêter des petits revendeurs de drogue, mais jamais on ne s'en prend aux fournisseurs, alors que le vrai problème est là. Chaque fois qu'on veut s'attaquer à eux, on se fait tirer le tapis de sous les pieds. Au bout du compte, on est plus souvent assis sur le banc des joueurs qu'en train de jouer sur la glace. Et il en est de même pour un tas d'autres choses.

Francis voudrait pouvoir prétendre le contraire, mais c'est impossible à cause de la journée qu'il vient de passer. Aujourd'hui, il a été appelé trois fois pour des chicanes de couple, deux fois pour des histoires de clôture, et une autre pour de la musique trop forte. Il a reçu une plainte anonyme pour deux congélateurs remplis au complet de viande de chevreuil – alors que la chasse n'est pas encore ouverte – et un coffre d'auto où il y avait assez de perchaudes sur la glace pour nourrir un village entier. Quand il arrive à la fin d'une journée semblable, il se demande pourquoi il a tant bûché pour devenir policier.

— Tu n'as jamais aussi bien dit! renchérit Francis. Parfois, j'ai l'impression d'être une vraie marionnette. Je veux bien faire régner l'ordre, mais quand je passe ma journée à régler des niaiseries ou, pire encore, à donner des contraventions, je me demande à quoi je sers.

— Moi, lance Roger, ce que je détestais le plus, c'était de vider la place à la fermeture des bars. Soir après soir, le même scénario se répétait : on donnait des coups et on en recevait.

— Je ne connais aucun policier qui aime se faire taper dessus, déclare Jack. Pour ma part, ce qui me dérangeait le plus, c'était quand on intervenait dans des cas de violence conjugale. Ça m'a toujours étonné que des femmes excusent leur mari quand il venait tout juste de les tabasser.

Roger se souvient particulièrement d'un cas dans un petit rang reculé. Chaque fin de mois, les policiers recevaient immanquablement un appel au secours de la femme. Une fois sur deux, ils devaient faire venir l'ambulance tellement la pauvre était dans un sale état. Mais entre le moment où elle avait appelé au poste et celui où le policier frappait à sa porte, elle avait eu le temps d'inventer une histoire qui, sur le coup, semblait très plausible. Elle avait perdu pied. Elle avait glissé sur quelque chose. Au fil du temps, toutes les raisons y sont passées. Étant donné qu'elle refusait de porter plainte contre son mari, les policiers n'ont jamais rien pu faire d'autre que d'essayer de calmer momentanément les ardeurs de son bourreau à chacune de leurs visites. Les menaces verbales, les coups… rien ne l'impressionnait. Un jour, en prenant son service un premier du mois, Roger s'était inquiété de ne pas avoir reçu d'appel de la femme. Encore aujourd'hui, il ne saurait expliquer pourquoi, mais il avait le pressentiment que quelque chose de grave s'était produit. Il avait d'abord appelé, mais personne ne lui avait répondu. Il avait sauté dans son auto de service et s'était rendu jusque chez elle. Malgré le froid sibérien qui régnait sur la région en ce matin de janvier, la porte de la maison était grande ouverte. Il s'était précipité à l'intérieur. La pauvre femme gisait sans vie sur le plancher de la cuisine. Les policiers avaient arrêté le mari quelques jours plus tard.

— Tu n'es pas le seul, mon garçon. Il y en a même certaines à qui leur entêtement a coûté la vie.

— Il paraît qu'il y a aussi des hommes battus, laisse tomber Patrick. En avez-vous connus?

— Un seul, répond Roger. Mais je peux te confirmer qu'il y en a plus qu'on ne le pense. Cependant, les hommes qui sont victimes de violence conjugale portent rarement plainte. Ils ont honte. Quand j'étais jeune policier, une espèce d'armoire à glace travaillait au poste. Il avait deux fois mon âge. À lui seul, il vidait un bar en deux temps, trois mouvements. Mais chez lui, c'était sa femme qui portait les culottes et elle le battait. Ça ne lui est pas arrivé seulement une fois de se présenter au travail avec un œil au beurre noir ou avec des marques d'ongles sur les bras. Si vous aviez vu sa femme, jamais vous n'auriez pu croire qu'elle était capable de faire ça. Elle ressemblait à une poupée Barbie: toujours élégante, bien coiffée, polie, charmante même… Mais aussitôt que la porte se refermait, elle se transformait en monstre.

— Comment avez-vous su qu'elle le battait ? questionne Jack.

— Un jour, après notre quart de travail, je suis allé prendre une bière avec lui. Cette fois-là, on a levé le coude pas mal plus que d'habitude. Et c'est alors qu'il m'en a parlé. Au début, je ne le croyais pas, même que je me retenais pour ne pas rire. Quand il a vu ça, il m'a regardé droit dans les yeux et il m'a dit de sa grosse voix : « Tu dois me croire. Je suis un homme battu depuis le lendemain de mon mariage. » Quand je lui ai demandé pourquoi il restait là, il m'a donné la même réponse que toutes les femmes violentées par leur mari : il l'aimait. Elle lui faisait subir exactement le même traitement qu'un homme qui battait sa femme. Après, elle redevenait aussi douce qu'un agneau jusqu'à sa crise suivante. Le colosse est parti travailler en Gaspésie l'année suivante et j'ai perdu sa trace. Mais je mettrais ma main au feu qu'il n'a jamais quitté sa femme.

Patrick est dérouté. Comment peut-on continuer d'aimer quelqu'un qui nous bat ? Il a du mal à s'imaginer qu'une petite femme pouvait avoir le dessus sur son époux s'il était aussi costaud que Roger le dit.

— Rendu là, dit Patrick, je n'appelle plus ça de l'amour, mais de la dépendance. Certaines personnes sont si démunies qu'elles n'ont d'autre choix que de rester avec leur agresseur. Toutefois, dans le cas de votre collègue, c'était différent. Il avait un bon emploi.

— Il avait peur de sa femme comme de la peste, précise Roger. Vous auriez dû l'entendre quand elle l'appelait au poste. Il était tout mielleux. J'ai toujours cru que derrière chaque porte il y a des secrets bien gardés. J'ai vu tant de choses bizarres pendant ma carrière qu'aujourd'hui il n'y a plus rien qui puisse me surprendre.

Roger se frotte les mains et change de sujet.

— Bon, vous êtes sûrement affamés. Venez m'aider à dresser la table. Je nous ai préparé un bon pot-au-feu d'orignal et de chevreuil.

— Tu n'aurais pas dû te donner tant de mal, dit Francis. On a apporté tout ce qu'il faut pour préparer des spaghettis.

— Vous en mangerez demain, réplique Roger. Allez ! Si on ne veut pas se coucher le ventre trop plein, il est plus que temps de manger. Je ne sais pas si vous êtes matinaux, mais moi j'aime être sur le lac avant que la brume se lève.

Francis regarde son grand-père en souriant. Il a toujours aimé la fougue de Roger. Même à son âge, il court encore comme une gazelle. Il respire la joie de vivre. Avec lui, tout paraît si facile qu'on a envie de le suivre. Contrairement à son fils Paul, Roger est souple de caractère, ce qui fait toute la différence. Avec lui, jamais Francis ne s'est senti acculé au pied du mur. Il pouvait faire ses propres choix sans subir de reproches, ce qui n'était pas le cas avec son père.

— J'adore votre chalet, dit Patrick entre deux bouchées.

— Je l'ai construit d'un bout à l'autre. Ça m'a pris deux ans. La première année, j'ai monté la structure et, l'année d'après, j'ai fait l'intérieur.

— Personne ne vous a aidé ? s'étonne Jack.

— Je vais vous confier un petit secret. Je voulais tout faire seul parce que je refusais d'être redevable à qui que ce soit. Il n'était pas question que la visite m'envahisse à tout moment.

En réalité, la seule personne qu'il ne veut pas voir au chalet, c'est Paul. Depuis que son fils est adulte, il essaie de le mener par le bout du nez et, ça, Roger ne peut le supporter. Tant et aussi longtemps qu'il vivra, personne ne lui imposera sa volonté. Pour leur part, les frères de Francis viennent pêcher une ou deux fois par année, mais c'est tout. Ils laissent leurs canots et leurs cannes à pêche au chalet, mais jamais ils ne restent à dormir ou même à manger. Roger trouve que c'est bien ainsi. Il aime tous ses petits-enfants, mais Francis est son préféré.

— Êtes-vous en train de nous dire qu'on est privilégiés d'avoir été invités ? le questionne Jack.

— D'une certaine manière, oui. En réalité, les amis de Francis seront toujours les bienvenus ici.

Patrick regarde tout autour de lui. Il se sent bien dans ce lieu. C'est à peine s'il a remarqué le lac en arrivant, mais il aime l'endroit. Il ferait volontiers le trajet de Belœil jusqu'ici régulièrement. Il connaît peu la Beauce, mais ce qu'il en a vu en chemin lui a beaucoup plu.

— Je vais vous annoncer une primeur, confie Patrick. J'envisage sérieusement d'acheter un chalet.

Francis est surpris. Comment son ami peut-il vouloir troquer sa roulotte contre un chalet alors que depuis toujours il ne jure que par le camping ? Enfin, c'était le cas encore récemment.

— As-tu seulement idée de ce que peut coûter un chalet ? lui demande Francis.

— Pas le moins du monde ! s'exclame Patrick. Agathe va s'informer à ce sujet. En fait, il est encore trop tôt pour en parler, mais tant pis j'en ai déjà trop dit. Voilà : on s'était dit qu'on pourrait l'acheter avec Suzie et toi.

— On pourrait l'acheter à trois couples! s'écrie Jack. Depuis que je suis haut comme trois pommes, je rêve d'avoir un chalet. Alors, qu'en pensez-vous?

Patrick s'en veut de ne pas avoir songé à l'offrir à Jack et Anna.

— Personnellement, je n'ai aucune objection, répond Patrick. À trois, ce serait encore plus facile.

Francis a déjà pensé à s'acheter un chalet, mais il avait très vite changé d'idée en voyant les prix. Il avait même demandé à son grand-père de surveiller les chalets à vendre à proximité du sien. En désespoir de cause, il avait abandonné l'idée. Roger lui répète qu'il peut venir ici autant qu'il le veut, seul ou avec sa famille. Mais Francis n'est jamais descendu plus d'une fois pendant la saison de la pêche. Son horaire, celui de Suzie, la piscine, les enfants ont eu pour conséquence qu'il est devenu pantouflard. Plus il y pense, plus l'idée d'avoir un chalet à plusieurs l'emballe. Mais il faudrait d'abord qu'il en parle avec Suzie.

— Ça pourrait m'intéresser, lance-t-il. Il ne nous reste plus qu'à convaincre nos femmes maintenant. À notre futur chalet! ajoute-t-il en levant sa bouteille de bière.

— Attendez, attendez! intervient Roger en se levant de table. C'est à peine s'il vous reste un fond de bouteille. Je vais aller vous chercher d'autres bières.

Sous l'œil admiratif de Roger, les trois amis portent un toast. Le vieil homme les envie un peu. Ils sont dans la fleur de l'âge et le monde leur appartient. Ils ont une femme, des enfants, un travail qu'ils aiment, des amis. Lui, il n'a plus que ses souvenirs. Mais les souvenirs ne sont d'aucune utilité quand vient le temps de se mettre au lit ou qu'on a besoin de réconfort lors d'un vague à l'âme. Il en parle rarement, mais derrière ses airs d'homme heureux Roger se

sent de plus en plus seul. Curieusement, ce sentiment l'incite à s'iso-
ler davantage. Il passe maintenant la majeure partie de son temps
au chalet – au grand désespoir de son fils Paul. En réalité, la seule
personne qui arrive à le faire sortir de sa tanière, c'est Annette,
sa belle-fille. Même s'ils n'ont pas le même âge, ils sont habités
tous les deux par une solitude comparable à plusieurs égards. Ils
échangent peu à ce sujet, mais l'un comme l'autre sont conscients
de cette similitude. Chaque fois qu'Annette vient le chercher, ils
prennent la direction de Québec. Ils visitent un musée, ils vont au
théâtre, au restaurant… Parfois, ils se promènent dans le Vieux-
Québec ou sur les plaines d'Abraham. La dernière fois qu'ils se
sont vus, sa belle-fille avait préparé un pique-nique. Leurs petites
escapades sont devenues pratiquement le seul lien de Roger avec
le monde extérieur ; il tient à elles comme à la prunelle de ses yeux.
Et puis, ce qui renforce son sentiment de solitude, c'est que chaque
fois qu'il ouvre le journal il découvre qu'un ami, une connaissance
ou un parent figure dans la chronique nécrologique. Roger ne se
donne même plus la peine d'aller au salon funéraire… Il n'aurait
plus le temps de rien faire d'autre.

Roger pourrait dire à Francis que c'est inutile qu'il s'achète un
chalet puisqu'il héritera du sien. Mais comme le vieil homme
ignore dans combien de temps il quittera ce monde, il n'a pas le
droit d'interférer de quelque manière que ce soit dans le désir de
son petit-fils d'en acquérir un avec ses compagnons.

— Demain, je vous emmènerai voir un chalet, déclare Roger. Il
est situé au bord de l'autre lac. La dernière fois que j'ai croisé son
propriétaire, il m'a dit qu'il songeait à vendre.

— Parles-tu du chalet en bois rond de M. Laprise ? demande
Francis.

— Oui.

— Mais il a au moins dix enfants !

— Il paraît que personne n'en veut. Et pourtant, c'est un beau chalet. Je vous verrais très bien là-bas avec vos familles. Le lac est magnifique, et très poissonneux. Je suis certain que vous pourriez l'avoir pour un prix avantageux.

Alors que leurs femmes ne sont encore au courant de rien, le projet d'avoir un chalet bien à eux fait son petit bonhomme de chemin dans la tête des trois amis. Francis se voit déjà dans celui de M. Laprise. La dernière fois qu'il s'y est rendu, c'était l'année dernière avec son grand-père. Ils étaient allés montrer au voisin leurs prises de la journée. Le chalet est à peu près de la même taille que celui de Roger. L'intérieur est plus rustique, mais très propre. Du solarium, on voit bien le lac, qui est à une distance suffisante pour que ce soit sécuritaire pour les enfants. Quant à Patrick et Jack, il leur tarde de voir ce bâtiment.

Roger donne un conseil aux hommes :

— Que vous achetiez celui-là ou un autre, n'oubliez surtout pas de faire inclure les canots, la chaloupe, les flottes et même le quatre-roues dans le contrat. Si vous devez vous équiper au complet, ça vous coûtera un bras. Et les cannes à pêche aussi ! En tout cas, je peux vous dire que je serais enchanté de vous avoir comme voisins, les jeunes !

Chapitre 29

Dans moins d'une semaine, les enfants reprendront le chemin de l'école. Comme chaque année, la rentrée scolaire mobilise toutes les mères du Québec. Agathe a beau s'y prendre d'avance et garder plusieurs articles scolaires en réserve, elle ne fait pas exception à la règle. La jeune femme court tellement qu'elle a parfois l'impression qu'elle n'y arrivera pas. Elle est toujours étonnée de voir tout ce qu'il faut acheter pour chaque enfant alors que l'instruction est supposément gratuite. En plus, vu que ses gamins participent à des activités parascolaires, il faut aussi payer les inscriptions et le matériel nécessaire. Cette année, Isabelle fera encore du ballet, mais elle a tellement grandi pendant l'été que ses vêtements ne lui font plus. Dominique continuera le patin de vitesse, mais ses patins sont maintenant trop petits. Agathe a tout essayé pour faire changer d'idée Steve, mais il veut absolument jouer au hockey. Malheureusement, dans son entourage, personne n'avait à vendre un équipement de hockey usagé de sa grandeur. Comme Agathe n'y connaît rien, elle a demandé à Patrick d'aller magasiner avec Steve. Le garçon était très fier de sortir seul avec son père.

Heureusement, les ateliers d'Agathe ne débuteront qu'à la mi-septembre. Cet automne, elle enseignera encore la confection des lampes en papier de riz. Maintenant que le cours est créé, ce sera plus facile pour elle. Agathe a déjà reçu plusieurs commandes de murales. La veille, France lui a téléphoné pour qu'elle vienne voir son salon et lui fasse ensuite une proposition. Agathe s'est rendue chez elle avec les photos de ses réalisations. Les deux femmes étaient heureuses de se revoir. France lui a offert de boire une bière avec elle sur la galerie donnant sur la rivière. C'est une maison semblable à celle-là qu'Agathe voudrait posséder. Les femmes ont discuté comme si elles étaient amies depuis des lustres.

Isabelle a enfin terminé sa deuxième broche. Elle a décidé de la donner à Hélène. Cette dernière était si contente qu'elle a embrassé la jeune fille sur les joues. Après, elle a fixé le bijou sur son chandail.

— C'est le plus beau cadeau que j'ai jamais reçu! Merci beaucoup, Isabelle!

Isabelle était enchantée à son retour à la maison. Agathe avait les larmes aux yeux seulement en observant le bonheur de sa fille. Elle n'avait pas gagné la guerre avec elle, mais elle avait remporté une bataille. Elle s'était alors promis de revenir à la charge avec un autre projet quelques semaines après le retour en classe.

Son expérience avec sa fille a permis à Agathe de maîtriser la technique avant de commencer à grande échelle la production de bijoux en vitrail. Elle a fait beaucoup d'essais et erreurs cet été, mais maintenant elle se sent fin prête à se lancer dans cette nouvelle aventure. Si tout va comme elle le souhaite, elle pourra offrir ses bijoux aux boutiques de mode ou de cadeaux au début de novembre au plus tard.

Pour les murales, les choses risquent d'être un peu plus compliquées. On dirait que tout le monde s'est donné le mot pour en commander une de plus grande dimension. Et Hélène ne pourra plus l'aider; elle est partie la veille pour la Floride. Hélène a reçu à souper tous ses amis. Le menu était simple : elle avait commandé de la pizza. Plus la soirée avançait, plus la tristesse gagnait les invités, et Hélène aussi. Elle avait pris soin d'aviser les gens qu'elle n'irait pas les saluer avant son départ. Elle s'en était tenue à sa résolution.

Agathe ignore si Hélène l'a vue, mais elle s'était installée à la fenêtre du salon dès son lever ; elle était restée à son poste jusqu'à ce que l'auto de son amie passe devant sa maison. Avant de retourner vaquer à ses occupations, elle avait essuyé deux petites larmes au coin de ses yeux. Hélène lui manquera cruellement, mais elle est contente que la vie offre une deuxième chance à son amie. Paul est quelqu'un de bien, quelqu'un en qui Agathe a confiance. Elle a été heureuse de le revoir. Au moment de se quitter, Paul les avait prises à part, Suzie et elle. Il leur avait dit qu'elles ne devaient pas s'inquiéter, qu'il prendrait le plus grand soin d'Hélène et de Pierre-Marc. Les deux jeunes femmes l'ont cru. Il avait ajouté qu'elles seraient toujours les bienvenues chez lui et Hélène. Suzie et Agathe avaient promis d'aller les voir bientôt.

D'après Hélène, la nouvelle propriétaire devrait emménager samedi. Agathe a hâte de faire sa connaissance. C'est toujours inquiétant de savoir qu'on aura de nouveaux voisins, surtout quand on s'entendait très bien avec les anciens.

— Je suis certaine que tout ira bien, l'avait rassurée Hélène. J'ai eu l'occasion de parler un peu avec elle quand elle est venue revoir la couleur des murs avant de commander des rideaux. Je l'ai trouvée très gentille.

Agathe fait confiance à Hélène. Mais tant qu'elle n'aura pas rencontré la nouvelle venue, elle ne peut qu'espérer que les choses se passeront bien. Sinon Agathe gardera ses distances.

Les vacances des enfants sont sur le point de se terminer mais, d'une certaine manière, les siennes débuteront en même temps. Dorénavant, Agathe pourra disposer de ses journées à sa guise. Curieusement, le camping ne lui a pas manqué cet été, même qu'elle a l'impression d'avoir eu plus de temps pour elle. Somme toute, c'est un peu normal. Préparer les bagages de tout un chacun semaine après semaine est exigeant. Le fait de rester en ville lui a permis de voir ses amies, ce qui lui a beaucoup plu. Si elle avait passé l'été à camper, elle n'aurait pu profiter des dernières semaines d'Hélène à Belœil. Aussi, le projet avec Isabelle aurait été plus difficile à mener. Le constat d'une saison sans camping est très positif, au point qu'Agathe verrait bien une pancarte *À VENDRE* sur la roulotte garée dans le fond de la cour. Elle n'en a encore rien dit à Patrick. Tant qu'ils ne seront pas fixés quant à l'achat d'un chalet, rien ne presse. D'ailleurs, la semaine dernière, Patrick et elle ont regardé ensemble quelques chiffres. Comme Agathe s'en doutait, l'acquisition d'un chalet est au-dessus de leurs moyens s'ils l'achètent seuls.

— Mais si on en achète un à deux couples, on devrait pouvoir y arriver.

— Et si on était trois ?

— Ce serait encore mieux ! Mais il faut faire attention. Je ne veux pas me retrouver avec n'importe qui.

Patrick avait alors abattu ses cartes.

— Je sais bien que je ne devais pas en parler, mais quand on est allés au chalet de Roger, j'en ai glissé un mot à Francis. Et Jack a tout de suite dit qu'il était intéressé.

— Là, tu parles ! s'était exclamée Agathe. Tu as bien fait d'en discuter avec eux.

— Mais la bonne nouvelle, c'est que Roger nous a emmenés voir le chalet de son voisin. Il est justement à vendre. Et à un bon prix à part ça.

— Est-ce que Suzie et Anna sont au courant ?

— Je ne crois pas. J'ai fait promettre aux gars de ne rien dire tant que tu ne me serais pas revenue avec des prix.

Agathe est partante pour acheter un chalet avec Suzie, Francis, Anna et Jack. En plus, la Beauce, c'est beaucoup moins loin que l'Abitibi. Avec enthousiasme, Patrick lui avait décrit le chalet de M. Laprise dans les moindres détails. Agathe lui avait d'ailleurs confié qu'elle était contente de constater qu'il avait changé de tactique, et pour le mieux. Elle n'avait pas eu besoin de préciser à quoi elle faisait référence. Patrick se souvenait très bien des photos des deux maisons, vues de l'extérieur seulement, qu'il lui avait montrées pour qu'elle en choisisse une. Agathe s'était sentie si humiliée par sa manière de procéder qu'elle n'était jamais revenue sur le sujet. Mais chaque fois que Patrick a raconté l'épisode à quelqu'un – à son travail, par exemple –, il a reçu un mauvais accueil. C'est la raison pour laquelle il se rappelle aussi bien ce moment peu glorieux de son passé.

La veille, Suzie et Francis, Anna et Jack ainsi qu'Agathe et Patrick ont calculé tout ce que l'achat d'un chalet pouvait impliquer comme dépenses pour chaque famille. Avec bonheur, ils ont constaté qu'en divisant les dépenses en trois ils pouvaient réaliser leur rêve. Pour leur part, Agathe et Patrick ont estimé que la vente de leur roulotte leur permettrait d'assumer les frais des deux premières années. En plus, la location de terrains de camping sera chose du passé. Les trois couples sont excités comme des puces à l'idée de posséder un chalet bien à eux. Le bâtiment ne comporte pas suffisamment de chambres pour tout le monde, mais on se débrouillera avec des matelas gonflables. Et puis, à part quelques exceptions, les chances sont faibles que tous séjournent là-bas en même temps.

Dimanche prochain, les trois familles prendront la direction de la Beauce pour aller voir le chalet en question. Quand il a appris la nouvelle, le grand-père de Francis a invité tout le monde à dîner. Suzie a protesté en disant qu'ils seraient trop nombreux. Roger a répondu qu'il demanderait à Annette de lui donner un coup de main.

Aussitôt qu'elle termine de plier les chaussettes, Agathe se précipite chez Suzie. Avec un peu de chance, elle trouvera son amie chez elle. À cette heure, elle est probablement en train de finir son café en lisant quelques pages d'un roman. Pour que Suzie ne soit pas obligée de venir lui ouvrir, Agathe décide de passer par la porte de derrière. Elle ne s'est pas trompée, Suzie est bel et bien là en train de boire un café, mais elle ne lit pas. Agathe frappe trois petits coups sur la porte moustiquaire.

— Entre! s'écrie Suzie d'une voix nasillarde. Je t'avertis, par contre, je suis malade. Si tu veux un café, sers-toi.

Suzie ne paraît pas au meilleur de sa forme.

— Ne me dis pas que tu as la grippe en plein été?

— J'ai l'impression qu'un train m'est passé dessus. Je me suis couchée en pleine forme et je me suis réveillée dans cet état. J'ai mal partout et j'ai de la misère à mettre un pied devant l'autre. Je crois bien que je vais aller me recoucher.

Suzie s'absente très rarement du travail. Cela signifie qu'elle se sent vraiment mal.

— Est-ce que je pourrais faire quelque chose pour t'aider? demande Agathe.

Suzie hausse les épaules.

— Pas pour le moment!

— Si tu veux que j'aille chercher les enfants à la garderie, tu n'auras qu'à me faire signe. As-tu pris des aspirines au moins?

— Oui, maman! répond Suzie d'un ton taquin. Et là, c'est le lit que je prendrai aussitôt que j'aurai prévenu mon patron.

Il n'y a pas de bon moment pour être malade. Mais pour Suzie, ça tombe vraiment mal qu'elle soit sur le carreau aujourd'hui. Elle avait rendez-vous avec son patron au dîner. Il devait lui transmettre les détails concernant la vente de son agence. Mais dans les circonstances, la jeune femme n'a pas le choix de reporter la rencontre.

De retour chez elle, Agathe regarde l'heure. Elle a le temps d'esquisser quelques croquis de bijoux. Lorsqu'elle s'occupait uniquement de la maison et des enfants, elle avait toujours beaucoup de temps libre ; elle lisait, brodait, tricotait, cuisinait… Mais depuis qu'elle a des occupations professionnelles, elle a l'impression que les journées sont plus courtes qu'avant. Elle court toujours. La dernière fois qu'elle est allée faire l'épicerie, elle a attendu à la caisse derrière deux femmes âgées qui discutaient ensemble.

— Imagine-toi que je joue à la patience pour tuer le temps, avait dit la première. Les enfants ne viennent pratiquement jamais me voir. Et mon mari passe ses grandes journées à dormir dans sa chaise.

— Et moi, je suis en train de me ruiner à force d'acheter des cahiers de mots mystères, avait confié l'autre dame. J'en fais tellement qu'il y a des jours où ça me donne mal au cœur. Pourtant, j'avais si hâte que mes enfants vieillissent !

Agathe s'était retenue de leur dire qu'il n'en tenait qu'à elles de faire quelque chose de leur vie et qu'elles n'avaient pas le droit de gaspiller le temps qui leur restait. Les deux femmes n'étaient pas si vieilles ; elles avaient à peu près l'âge de son père. Il y a tellement de choses qu'elles pourraient faire. Par exemple, beaucoup d'organismes recrutent des bénévoles : à la bibliothèque, à l'école, à l'hôpital, etc. Il y a tant de besoins criants à combler dans la communauté.

Même si elle court toujours, Agathe est satisfaite de sa nouvelle vie. Ce qu'elle préfère, c'est l'autonomie que lui procure l'argent qu'elle gagne. Elle est loin de faire des millions, mais son argent lui permet de s'offrir quelques douceurs. L'autre jour, elle a fait une folie : elle s'est acheté des sous-vêtements en dentelle blanche. Le soir, avant que Patrick s'étende à côté d'elle, elle avait repoussé le drap de coton à ses pieds et s'était offerte à lui. Voir la flamme qui brillait dans ses yeux quand il la regardait valait tout l'argent que la petite culotte et le soutien-gorge lui avaient coûté.

Avant, quand elle voulait aller au cinéma, elle était obligée de choisir un seul film parmi tous ceux qui l'intéressaient. Pourquoi ? Parce qu'elle n'avait pas les moyens d'y aller souvent. Et, la plupart du temps, elle se passait de *popcorn*. Lorsqu'un seul salaire entre dans une maison, il faut faire attention aux dépenses. Agathe ne veut plus jamais se retrouver au même point qu'ils étaient avant qu'elle s'occupe des finances familiales. Avec beaucoup d'efforts, ils ont réussi à surmonter leurs difficultés. Mais depuis qu'elle gagne un peu d'argent, Agathe peut aller au cinéma chaque fois qu'elle en a envie. Ce n'est pas grand-chose ; toutefois, cela suffit à la rendre heureuse.

* * *

Patrick a une tonne de dossiers à traiter. Pour lui, la rentrée scolaire est toujours synonyme de charge de travail accrue. Non seulement il y a le changement de saison, mais aussi la préparation des fêtes. Les produits qui font leur apparition uniquement pour cette période sont légion. Même s'il ne sait plus où donner de la tête, Patrick aime par-dessus tout ce moment de l'année.

Il n'a pas revu France depuis le jour où il est passé chercher Marie-Josée pour l'emmener à la pêche avec lui et ses fils. Et il n'a pas beaucoup pensé à elle non plus. Il s'est fait à l'idée qu'il ne se passera plus rien entre eux. Agathe lui a dit qu'elle était allée chez France. Elle a trouvé sa maison si belle qu'elle la lui a décrite en entier. Il l'a écoutée seulement d'une oreille. Il espère encore que sa femme et son ancienne maîtresse ne deviendront pas les meilleures amies du monde, mais il n'a aucun contrôle là-dessus. Étant donné qu'Hélène vient de déménager, c'est une occasion en or pour Agathe de nouer une nouvelle amitié.

Postée à la porte de son bureau, sa secrétaire attend qu'il raccroche pour lui remettre un message.

— Monsieur Gauthier! s'écrie-t-elle. Attendez, il faut absolument que vous rappeliez Me Rochon. Il attend votre appel.

Patrick plisse le front. Il ne connaît personne de ce nom. Même si on n'a rien à se reprocher, recevoir un appel d'un homme de loi n'est jamais rassurant.

— C'est tout ce qu'il a dit? s'inquiète-t-il.

— Oui, répond sa secrétaire en haussant les épaules. Il a beaucoup insisté pour que vous communiquiez avec lui le plus vite possible.

Patrick a pris l'habitude de toujours retourner rapidement ses appels. Toutefois, il déteste se faire donner des ordres, surtout quand il ne connaît pas la personne cherchant à le joindre – comme c'est le cas présentement. Par contre, considérant tout le travail qu'il a à abattre aujourd'hui, il vaut mieux qu'il rappelle dès maintenant Me Rochon.

— Peux-tu l'appeler? demande-t-il à sa secrétaire.

— Tout de suite!

Quelques secondes plus tard, sa secrétaire lui annonce que Me Rochon est en ligne.

Après l'échange de formules de politesse, l'homme va droit au but.

— D'abord, sachez que je suis notaire. Si je vous ai appelé aujourd'hui, c'est pour vous convoquer à mon bureau. C'est au sujet de Mme Chantale Laplante Desbiens.

Patrick a beau chercher dans sa mémoire, ce nom ne lui dit rien du tout.

— Mais je ne connais même pas cette femme ! objecte-t-il.

— D'après mes renseignements, vous avez fait une partie de votre cégep ensemble. Ensuite, elle est déménagée à Jonquière. Elle était revenue à Montréal depuis seulement deux ans.

— Mais je ne me rappelle absolument pas. Est-ce que je suis obligé de vous rencontrer ?

— Ce serait préférable.

Comme le notaire est un homme occupé, il se dépêche de mettre fin à la discussion.

— Je vous attends mardi prochain à neuf heures à mon bureau. Voici l'adresse.

Patrick a tout noté consciencieusement. Il relit le nom de la femme. Ça ne lui dit absolument rien. Il cherche désespérément un souvenir qui pourrait le rattacher à cette Chantale. Comme il ne trouve pas, il se remet à travailler et n'y pense plus de la journée.

En nettoyant son bureau avant de quitter, Patrick a un *flash*. Comment a-t-il pu oublier Chantale ? Même si ce n'est pas la seule blonde dont il a oublié le nom, il n'est pas fier de lui cette fois. Le notaire a raison. Chantale et lui ont passé leur première session de cégep ensemble. Ils s'étaient rencontrés lors de l'initiation et avaient sympathisé sur-le-champ ; en fait, ils étaient vite devenus inséparables. Quelques jours avant les vacances de Noël, Chantale lui avait annoncé qu'elle déménageait à Jonquière avec ses parents à la fin du mois de décembre. Même s'ils s'étaient promis de s'écrire, elle ne lui avait jamais donné signe de vie. Il avait essayé de la retrouver, mais sans succès. En février, Agathe était entrée dans sa vie et il avait fini par oublier Chantale. Ça l'attriste de savoir qu'elle est morte. Et ça l'inquiète au plus haut point qu'un notaire l'ait contacté à son sujet. Il n'a vraiment aucune idée de ce qui l'attend.

Patrick a rendez-vous avec son père. S'il se pointe un peu plus tôt chez ses parents, il aura le temps de bavarder avec sa mère avant que Jean-Marie arrive, ce qui lui plaît bien.

Il ne sait pas encore s'il parlera à Agathe de sa rencontre avec le notaire. Par contre, il n'hésite pas à se confier à sa mère aussitôt qu'il met les pieds dans la maison.

— Je me souviens très bien d'elle, dit sa mère, le sourire aux lèvres. Chantale était une gentille fille. Ça me fait quelque chose de savoir qu'elle est décédée. C'est bien jeune pour partir. Sais-tu de quoi elle est morte ?

— Non. Mais je suis vraiment surpris que tu te rappelles de Chantale. Moi, ça m'a pris la journée avant de me souvenir d'elle.

— Ce n'est pas pour te faire des reproches, mais à part Agathe, c'est la seule fille que tu as emmenée à la maison. Il faudrait que je sois devenue totalement sénile pour ne pas me rappeler !

Patrick fait un petit sourire en coin. Sa mère a raison. Du temps où il changeait de filles comme il changeait de chemises, jamais il ne présentait ses conquêtes à ses parents. C'était totalement inutile.

— Je ne voudrais pas me mêler de ce qui ne me regarde pas, poursuit Patricia, mais si j'étais à ta place, j'en parlerais à Agathe. Je lui demanderais même de m'accompagner chez le notaire.

— Pourquoi ? Si Chantale m'a légué de l'argent, je préviendrai Agathe de toute façon.

— Promets-moi au moins d'y penser, insiste Patricia.

— Papa a-t-il reçu les résultats de ses examens ? demande Patrick pour détourner la conversation.

— Il a vu son médecin hier. Les nouvelles ne sont pas très bonnes. Il a le cancer des poumons. Non seulement il refuse d'en parler, mais il fume deux fois plus. Hier soir, il a grillé tout un paquet de cigarettes en écoutant la télévision.

Patrick accuse le coup sans broncher. En réalité, il est atterré par cette mauvaise nouvelle.

— Est-ce qu'il en a encore pour longtemps à vivre ?

— Pour l'instant, on ne le sait pas. La semaine prochaine, il passera d'autres examens. Il ne veut même pas que je vous en parle, à vous, les enfants. Je lui ai dit que je lui accordais deux jours avant de vous contacter.

— Ne t'inquiète pas, la rassure Patrick, je serai discret. Mais j'essaierai de l'amener à se confier. Ce n'est pas bon qu'il garde tout ça pour lui.

— C'est ce que je lui ai dit. Mais tu connais ton père ; il n'en fait toujours qu'à sa tête.

Chapitre 30

Chaque fois qu'Anna et Agathe se voient, elles ne manquent pas de parler du futur mariage de leur père.

— Moi, c'est la dernière fois que j'en parle ! déclare Anna. Papa est assez vieux pour prendre ses propres décisions et pour savoir avec qui il veut vivre. Et puis j'ai mon propre mariage à organiser. Cependant, il y a une chose que j'aimerais savoir. Tu n'as jamais voulu raconter à personne ce qui s'était passé le soir où tu as coupé les ponts avec tante Cécile. Mais…

Agathe l'interrompt :

— C'est d'accord ! Je vais tout te raconter. Mais avant, tu dois me jurer de garder ça pour toi.

— Je te le jure.

Anna apprend enfin la vieille histoire qui a tant blessé sa sœur, au point que cette dernière a tourné le dos à celle qu'elle appelait jusque-là sa deuxième mère.

— Tu sais tout maintenant, termine Agathe.

— Je te remercie de ta confiance, dit Anna. J'ignore comment j'aurais réagi à ta place.

— Inutile de se casser la tête. On le sait seulement lorsqu'on est mis devant une telle situation. Aujourd'hui, je réalise que j'aurais dû passer l'éponge bien avant et même reprendre contact avec elle. Mais je filais sur mon air d'aller sans me rendre compte que cette brouille durait depuis aussi longtemps. Et pour en revenir au mariage de papa… Moi aussi, tout ce que je veux, c'est son bonheur. C'est d'ailleurs ce que maman souhaiterait pour lui.

Si elle ne se retenait pas, Anna sauterait au cou d'Agathe tellement elle est soulagée : elles pourront enfin tourner la page. Et c'est ce qu'elle se dépêche de faire.

— Il y a deux choses dont je tiens à te parler. D'abord, j'aimerais que tu m'aides à préparer mon mariage.

— Pour vrai ? s'exclame Agathe. Je commençais à penser que tu ne me le demanderais jamais ! Tu n'as qu'à me dire ce que tu attends de moi. Ah, je suis si contente ! Tu vas convoler en justes noces !

De nature moins expressive qu'Agathe, Anna se contente de sourire. Sa sœur a toujours eu le bonheur si facile qu'à côté d'elle la majorité des gens semblent éteints.

— Mine de rien, j'ai déjà réglé la question de la salle, du repas, de l'église, et même de la musique. Mais il reste encore beaucoup à faire, comme trouver ma robe, choisir les faire-part, dresser la liste des invités, adresser les enveloppes, acheter les fleurs… Si ça continue, je vais me ruiner.

— Papa va sûrement payer une partie de la noce, la rassure Agathe. Il l'a fait pour toutes ses filles qui se sont mariées. Ça ne couvrira pas tout, mais au bout du compte tu devrais bien t'en tirer grâce à tes cadeaux de mariage.

— Tant mieux, alors. Ah oui, j'oubliais ! Il faut aussi que je choisisse le curé. Imagine-toi donc que Jack a un oncle qui est prêtre dans un petit village de la Mauricie. Je l'ai rencontré la semaine dernière pour la première fois. Évidemment, les parents de Jack aimeraient beaucoup qu'il nous marie, mais c'est un prêtre de la vieille école. Quant à celui de la paroisse, il est jeune et dynamique, et drôle aussi.

— Le choix est facile à faire, commente Agathe. C'est ton mariage, alors prends celui que tu préfères.

— Le problème, c'est que le vieux curé est le parrain de Jack...

C'est compliqué lorsqu'il faut ménager les susceptibilités de tout le monde. Aussitôt qu'on fait un faux pas, toutes nos réussites tombent dans l'oubli d'un seul coup. À certains moments dans la vie, on accorde beaucoup trop d'importance à la famille, parfois même au point de s'oublier totalement. Agathe veut bien jouer le jeu, mais pas à son détriment. Il faut savoir se tenir debout et défendre ses choix, quitte à blesser quelques personnes au passage si on ne peut faire autrement.

— Qu'en pense Jack?

— La même chose que toi et moi. Mais il faut trouver une façon élégante de dire à son parrain qu'on n'aura pas besoin de lui.

— Pourquoi ne lui demanderiez-vous pas de prononcer un petit discours à la salle?

— Bonne idée! Je suis certaine que Jack approuvera. Maintenant, dis-moi quand tu es disponible pour aller magasiner. Il paraît que ça peut prendre jusqu'à trois mois pour avoir une robe de mariée s'il faut la commander. Comme on est déjà en septembre, il vaut mieux que je me grouille si je ne veux pas me marier en jaquette de *flanellette*! Il me reste encore une ou deux livres à perdre, mais ça devrait aller.

— Que je te voie te marier en jaquette! lance Agathe en riant. Je peux te réserver tout mon samedi, si tu veux. À ma connaissance, Patrick n'a pas de congrès cette semaine.

Ces derniers mots rappellent à Anna le congrès pendant lequel son beau-frère l'avait implorée de ne rien raconter à Agathe de ce qu'elle verrait pendant toute la durée de l'événement. Anna n'a plus jamais abordé le sujet avec lui, mais elle a l'impression que depuis le coup de la maladie vénérienne Patrick s'est beaucoup calmé. En tout cas, une chose est sûre : il est plus gentil avec Agathe qu'il ne l'a jamais été. Anna sait bien que sa nouvelle attitude ne garantit pas pour autant qu'il est devenu un ange, mais au moins, quand Patrick est en compagnie de sa femme, il se comporte comme un gentleman. Selon Agathe, il serait même redevenu l'amant du début de leur mariage.

— C'est parfait pour moi, confirme Anna. Peux-tu arriver à neuf heures ?

Agathe se dit que Céline pourrait venir avec elles. Ce serait une occasion en or de passer une journée entre filles.

— Pas de problème ! Mais dis-moi : as-tu songé à offrir à Céline de venir avec nous ?

— Non, mais c'est une excellente idée. Je vais l'appeler ce soir. J'y pense, tu pourrais emmener Isabelle, si ça lui tente. Ce serait plaisant de l'avoir avec nous.

— C'est d'accord. Mais je ne la forcerai pas si elle n'en a pas envie.

Anna est vraiment contente. Le seul fait de pouvoir compter sur l'aide d'Agathe lui enlève un énorme poids sur les épaules. Elle respire beaucoup mieux.

— Maintenant, déclare Anna, il faut que je te parle de Rémi, mon beau-frère. Jack m'a fait promettre de ne rien dire, mais je vais devenir folle si je n'en parle pas à quelqu'un. Imagine-toi qu'hier soir il est débarqué chez ses parents au milieu de la soirée, en taxi. Il était en sang. Mes beaux-parents étaient si désemparés qu'ils ont appelé Jack. Ils l'ont conduit à l'hôpital. Quand le docteur a vu que Rémi avait reçu trois balles, il a fait venir la police. Jack et ses parents ont eu droit à un interrogatoire en règle. Selon Jack, Rémi a eu beaucoup de chance cette fois, mais ce ne sera pas toujours le cas.

Agathe frissonne en entendant cette histoire. Personne ne veut avoir un bandit dans sa famille, encore moins s'il a des liens avec la mafia. Si elle était à la place de sa sœur, Agathe serait morte de peur. Anna n'a rien à voir directement avec Rémi, mais elle vit avec son frère. En plus, Jack est enquêteur à la Sûreté du Québec.

— J'ai peur, avoue Anna d'une petite voix. Je verrouille à double tour aussitôt que Jack sort de la maison. Je n'ai pas peur seulement pour moi, mais pour Myriam aussi. Je ne me le pardonnerais pas s'il lui arrivait malheur.

Agathe voudrait la rassurer, mais elle ne trouve pas de mots.

— Est-ce que ton beau-frère va s'en remettre ? demande-t-elle.

— Oui.

* * *

Suzie est sortie du bureau de son patron depuis plus d'une heure et elle est encore sous le choc. Elle ne croyait pourtant plus aux contes de fées depuis belle lurette. Son patron l'a tellement encensée qu'elle s'attendait à recevoir le pot en pleine figure à tout moment. Eh bien non ! Pour une fois, les compliments se sont conclus sur une note positive.

— Je refuse de vendre à un de mes compétiteurs dont l'objectif serait de fermer mon commerce, avait dit son patron. Je ne veux pas voir mourir ce que j'ai mis des années à construire. Tout le monde dira que je suis fou, mais je veux que vous preniez ma relève. Pour moi, vous êtes la meilleure personne pour donner un second souffle à l'agence, pour la mener encore plus loin. C'est pourquoi j'ai décidé de vous offrir des conditions d'achat que vous ne pourrez pas refuser.

Suzie n'arrête pas de se répéter en boucle ce discours. Les conditions d'achat soumises par son patron sont si avantageuses qu'elle a peine à y croire. Jamais elle n'aurait pensé qu'un jour quelqu'un, un étranger de surcroît, aurait suffisamment confiance en elle pour lui dérouler le tapis rouge.

— Vous avez mon entière confiance, avait ajouté l'homme en lui remettant la proposition. Regardez tout ça à tête reposée. Prenez le temps qu'il faudra ; je vous attendrai.

La jeune femme était si émue qu'elle avait eu peine à aligner deux mots.

— Je vous remercie ! avait-elle balbutié avant de quitter le bureau de son patron.

Suzie aurait voulu dire des phrases du genre : « Vous avez raison de me faire confiance » ou encore « Vous ne le regretterez pas. » Mais l'émotion l'en avait empêchée.

Heureusement que Suzie n'a aucune visite de maison avant le milieu de l'après-midi parce qu'elle ne serait pas très efficace. Elle flotte sur un nuage. Elle sourit tellement depuis qu'elle est revenue à son bureau que les muscles de son visage lui font mal. Elle a cherché à joindre quelqu'un à qui raconter ce qui lui arrive, sans succès. Francis n'était pas au poste de police et Agathe n'avait pas répondu. Comme ce sont les deux seules personnes à qui elle aurait aimé parler de la proposition reçue, Suzie reste enfermée dans son bureau et rêve à cet avenir qui est soudainement devenu accessible. Les choses vont plutôt bien pour elle et Francis. Chaque soir, au moment de se mettre au lit, elle remercie Dieu pour tout ce qui lui arrive de bon et de beau. Francis et elle sont sur le point d'adopter Édith ; de plus, ils projettent d'acheter un chalet avec leurs amis. La disco-mobile de Francis et Jack fonctionne très bien. Et dans quelques semaines elle deviendra officiellement la propriétaire de l'agence. En réalité, la vie ne pourrait leur sourire davantage.

Alors qu'elle relit le document pour la énième fois, Suzie a une subite envie d'appeler son père. Même s'il ne travaille pas depuis des années, il s'intéresse toujours à tout ce qui touche le monde des affaires. Aussitôt, elle compose le numéro de téléphone de ses parents.

— Papa ? C'est Suzie. Est-ce que tu aurais quelques minutes à me consacrer ? Je voudrais te parler de quelque chose.

— Tu sais bien que j'ai tout mon temps, répond-il.

Après lui avoir donné quelques détails sur l'offre de son patron, Suzie la lit d'un bout à l'autre. Son père lui pose quelques questions pendant et après sa lecture.

— Laisse-moi vérifier quelques éléments, et je te rappelle, déclare-t-il. Mais de prime abord, ça me semble très bien. Si ton patron t'offre de telles conditions, c'est qu'il t'apprécie vraiment. Mais si j'étais à ta place, je consulterais quand même un avocat pour m'assurer que tout est en règle. On n'est jamais trop prudent en affaires.

— J'y avais pensé. Et mon patron lui-même me l'a suggéré. Quand comptes-tu me rappeler ?

— Aussitôt que je réussis à joindre les deux personnes auxquelles je veux parler. Je suis très fier de toi, ma fille, mais surtout je te remercie de ta confiance.

Suzie a compris depuis longtemps qu'elle ne pourra jamais rattraper le temps perdu avec ses parents. Le mieux qu'elle puisse faire maintenant, c'est profiter de chaque instant avec eux – ce dont elle ne se prive pas. Il n'y a pas si longtemps, il ne lui serait pas venu à l'esprit d'appeler son père. Changer de comportement n'est pas facile, mais cela en vaut largement la peine.

Chapitre 31

Annette et Roger gardent les sept enfants; leurs parents ont rendez-vous avec M. Laprise pour visiter son chalet. La rencontre aura lieu dans une quinzaine de minutes seulement, mais les trois couples se sont dit qu'ils pourraient regarder l'extérieur à leur aise en attendant. Tous tombent sous le charme dès qu'ils mettent le pied sur le terrain. Le chalet est légèrement surélevé par rapport au reste du terrain et en retrait. Un grand solarium de la largeur du bâtiment donne sur le lac qui, même si on le voit bien, est à une bonne distance. Le terrain, au moins cinq fois plus grand que ceux qu'ils ont en ville, est bien aménagé. Des fleurs l'embellissent. Il y a aussi une vieille balançoire de bois, quatre chaises de parterre comme celles qu'on retrouvait jadis dans les sanatoriums, une mangeoire pour les oiseaux et un grand tube d'eau sucrée suspendus tous les deux dans un angle de la galerie, un garage, une remise, un abri rempli de bois de chauffage… Le bord du lac est aménagé pour la baignade et le quai semble en bon état. Les six amis vont de découverte en découverte. À mesure que l'un d'entre eux repère quelque chose de nouveau, il avertit les autres.

— C'est en plein ce qu'il nous faut! s'écrie Patrick d'une voix enjouée.

— Je suis d'accord avec toi, lance Jack. C'est la deuxième fois que je viens, mais il me semble que c'est encore plus beau qu'à ma première visite.

— J'espère seulement que mon grand-père nous a donné le prix exact, dit Francis.

— Tu t'inquiètes pour rien, le rassure Patrick. On était avec ton grand-père quand il a parlé au téléphone avec M. Laprise. Et il lui a fait répéter deux fois le prix.

Pendant que les hommes discutent en bas de la galerie tout en admirant le paysage, Agathe, Anna et Suzie fouinent par les fenêtres. L'ensemble de cuisine suscite le rire des trois femmes. Il date des années 1960. Les chaises chromées sont recouvertes de cuirette aqua à motifs floraux; la table est en arborite aqua et est garnie d'une bordure dorée.

— Je n'en voudrais pas dans ma salle à manger, mais ici je le trouve beau, commente Anna.

— Un jour, les gens paieront une fortune pour avoir un set de cuisine comme celui-là, dit Suzie. Mais il faut seulement qu'il vieillisse encore un peu avant que tout le monde se l'arrache. On n'a qu'à le laisser prendre de la valeur et on le vendra ensuite.

Cela fait sourire les filles. Elles n'ont pas encore mis les pieds dans le chalet et Suzie parle déjà comme s'il leur appartenait.

— Moi, la course aux antiquités, c'est une chose que je n'ai jamais comprise, avoue Agathe. J'aime le vieux set de chambre que nous ont donné les parents de Patrick quand on s'est mariés, mais je l'échangerais volontiers contre un neuf. Les vieilleries, ce n'est vraiment pas mon fort. Il n'y a rien que je trouve plus beau que les maisons meublées au goût du jour. Et puis je déteste l'odeur des vieux meubles.

— Chez nous, j'ai quelques belles pièces antiques dont je ne me séparerai jamais, indique Suzie. Par exemple, la vieille machine à coudre de la grand-mère de Francis n'a pas de prix pour moi. Ça fait près de dix ans qu'on la possède et je la trouve toujours aussi belle. Mais je ne meublerais jamais d'antiquités toute ma maison.

La fin de semaine, il y a bien d'autres choses à faire que de courir les antiquaires.

— Pour ma part, confie Anna, si j'avais les moyens, je n'achèterais que du Roche Bobois.

— Dans tes rêves! s'écrie Agathe. J'ignorais que tu avais des goûts aussi luxueux. Les meubles Roche Bobois sont hors de prix.

— Peut-être, mais ils durent toute la vie, plaide Anna.

— De mon côté, je préfère changer de décor de temps en temps, réplique Agathe.

— Pourtant, dit Anna, à part quelques babioles sur les murs, certains rideaux ou les douillettes, rien n'a changé chez toi depuis que tu es mariée.

Elles auraient pu poursuivre cette discussion encore longtemps, mais M. Laprise vient d'entrer dans la cour au volant de son gros camion rouge. Les femmes descendent aussitôt de la galerie afin de le saluer.

— C'est donc vous, la bande de joyeux lurons qui veulent acheter mon chalet! s'exclame l'homme d'un ton jovial.

Sitôt les présentations faites, Patrick demande à M. Laprise de raconter la petite histoire de son chalet.

— Au départ, c'était seulement un camp de pêche, que j'avais hérité de mon père. Je pourrai vous montrer des photos, si vous voulez. Le camp, construit en bois debout, n'était pas plus grand que deux remises. J'ai passé ma vie à travailler dans des bureaux. Vu que je ne suis pas fait pour rester enfermé, chaque fois que j'avais une chance, je venais ici. J'ai commencé par couper des arbres pour qu'on puisse voir le lac. Ce n'était pas tout d'abattre;

il fallait aussi essoucher. C'est à peine si j'avais le temps de jeter ma ligne à l'eau. Ma femme a commencé à venir avec les enfants. Au début, on montait notre tente là où on fait maintenant les feux de camp. Une fois adolescents, les enfants ne voulaient plus rien savoir de cet endroit. D'ailleurs, ça doit faire au moins cinq ans qu'aucun d'entre eux n'a mis les pieds ici. Évidemment, je n'ai jamais pu compter sur leur aide pour faire de ce refuge ce qu'il est devenu. Moi, je n'ai jamais cessé de venir. Ma femme ne s'en plaignait pas. Elle aimait la nature autant que moi ; cependant, il fallait bien que quelqu'un reste avec les enfants. Puis je me suis mis en frais de construire un vrai chalet. Je croyais que ça aiderait à leur faire aimer la place. Vous ne pouvez vous imaginer à quel point j'ai travaillé fort. Le chalet a presque vingt ans ; la remise et le garage, à peu près cinq ans. Toutefois, j'ai perdu mon pari. Mes enfants sont tous venus voir le chalet, aucun n'est revenu. Au moins, ma femme et moi en avons profité à notre goût ces dernières années. Depuis qu'elle été emportée par le cancer, je n'ai plus envie d'y venir autant qu'avant. Comme Roger vous l'a dit, il est à vendre.

Tout le monde est ému par l'histoire de M. Laprise.

— Maintenant, poursuit-il, passons aux choses sérieuses. On peut venir ici toute l'année. Il y a deux poêles à l'intérieur pour chauffer. Il y aussi une cuisinière et un frigidaire. Il y a deux ans, j'ai installé le propane. Vous ne manquerez jamais d'eau. Elle vient d'une source en haut de la montagne qui est derrière le chalet. Une douzaine de personnes peuvent dormir ici sans problème. Suivez-moi, je vais vous montrer l'intérieur. Vous pouvez me poser toutes les questions que vous voulez. Je ne vous ferai pas de cachettes.

Le reste de l'ameublement est du même style que l'ensemble de cuisine, ce qui donne à la place un air un peu démodé mais très bien agencé. On est à des années-lumière des meubles Roche Bobois, mais ici c'est parfait – même pour Anna.

Les questions fusent de partout. Il vient un temps où M. Laprise ne sait plus où donner de la tête.

— Si seulement un de mes enfants avait démontré le dixième de l'intérêt que vous portez à ce que j'ai construit, confie-t-il, j'aurais été l'homme le plus heureux de la terre.

Il fait une courte pause avant de continuer :

— Je ne sais plus si je l'ai dit, mais je vous laisse tout ce qui est ici.

— Même la vaisselle ? s'enquiert Agathe.

— La vaisselle, la literie, les casseroles, les lampes à huile… La seule chose que je garderai, c'est mon couteau à filets.

La visite des lieux dure une demi-heure de plus. Les trois couples sont aussi emballés qu'à leur arrivée. Au moment de parler du prix, Suzie pose plusieurs questions. Après le départ de M. Laprise, elle déclare à ses amis :

— Depuis le temps que je travaille dans l'immobilier, je peux vous dire que j'ai rarement vu un marché aussi avantageux. Dans l'état où sont les lieux, on ne court aucun risque. Si on continue à bien entretenir l'endroit, le jour où on voudra vendre, non seulement on rentrera dans notre argent, mais on fera un profit. C'est le temps d'acheter.

Les trois couples s'en retournent chez Roger. Ils ne sont pas sitôt entrés dans le chalet que Steve demande :

— Maman, est-ce qu'on pourrait dormir ici ?

La question fait rire tout le monde.

— Non, répond Agathe. On retourne chez nous tout de suite après le dîner. On est juste venus voir un chalet.

— Pourquoi on n'en achète pas un comme celui de grand-papa Roger ? demande Isabelle. Il est bien plus beau que celui de grand-papa Jacques. Je suis fatiguée de faire du camping, moi !

Les enfants ont vite adopté Roger. Ce dernier leur a dit de l'appeler par son prénom, mais Dominique a réglé la question en décidant qu'on l'appellerait grand-papa Roger.

— Ici, je pourrais jouer du violon autant que je le voudrais sans déranger personne, dit Pierre-Luc. Peut-être que grand-papa Roger voudrait nous le prêter de temps en temps.

— Tu peux venir quand tu veux, lance Roger.

Le vieil homme adore les enfants, surtout lorsqu'ils sont aussi charmants que ceux de Francis, de Patrick et de Jack. Ces trois jeunes familles lui plaisent beaucoup.

— Est-ce que vous avez faim ? s'informe Annette. Si oui, dépêchez-vous de venir vous asseoir.

Il n'en fallait pas plus pour que tous les enfants en âge de marcher viennent s'attabler.

— Étant donné qu'il n'y a pas de place pour tout le monde à table, je suggère que certains mangent avec l'assiette sur leurs genoux. J'espère que vous allez aimer mon ragoût de boulettes et de pattes de cochon.

— Moi, je n'aime pas les pattes de cochon ! s'écrie vivement Édith.

— Moi, dit Dominique, le ragoût, c'est mon plat préféré après le pâté chinois.

Roger a très hâte de savoir comment s'est passée la visite du chalet de son voisin. Il attend que les enfants soient servis avant de s'informer.

— Très bien, répond Francis. Je pense qu'on serait fous de passer à côté de cette occasion, surtout que M. Laprise a dit qu'il nous laissait tout.

— Même la chaloupe ? questionne Roger.

— Tout, à part son couteau à filets, indique Francis.

— Wow ! C'est vraiment intéressant. A-t-il monté son prix ?

— Non, déclare Suzie. Je crois même qu'on pourrait le faire baisser un peu. Mais au prix qu'il demande, ce serait gênant.

— Et alors, demande Annette, qu'avez-vous décidé ?

— Eh bien, s'il n'en tient qu'à moi, on achète, exprime Patrick.

En l'espace de quelques secondes, cinq « Moi aussi ! » se font entendre haut et fort.

— On devrait aviser M. Laprise tout de suite, expose Suzie. On pourrait lui signer une promesse d'achat avant de repartir pour Belœil. J'ai apporté tout ce qu'il faut.

— Vous pouvez quand même lui laisser le temps de retourner chez lui, lance Roger. Mangez d'abord, vous l'appellerez après. Quand je pense que je vais vous avoir comme voisins ! Il faut fêter ça.

— Est-ce que ça veut dire qu'on va pouvoir dormir ici ? demande encore Steve.

— Pas aujourd'hui, lui répond Agathe, mais très bientôt. Après le dîner, on ira vous montrer le chalet qu'on va acheter. Je suis tellement contente !

Chapitre 32

Patrick a été si occupé ces derniers jours qu'il n'a pas vu le temps passer. Demain, déjà, aura lieu son rendez-vous chez le notaire pour la lecture du testament de Chantale Laplante Desbiens. Agathe n'en sait rien. Les choses vont si bien entre lui et elle que Patrick ne voulait pas courir le moindre risque que cette histoire de convocation vienne jeter une ombre sur leur bonheur. Les histoires de femmes, même passées, n'apportent jamais rien de bon dans un couple. Mais ce soir, en y réfléchissant bien, il a changé d'avis. Il préviendra Agathe au moment d'aller dormir. Au fond, il est mort de peur à l'idée d'aller seul à son rendez-vous chez le notaire.

— As-tu la moindre idée de ce dont il peut s'agir ? demande Agathe après que Patrick lui a raconté l'histoire.

— Comment voudrais-tu que je le sache ? Je n'ai pas eu de nouvelles de Chantale depuis la fin de ma première session au cégep. J'ai même eu du mal à me souvenir d'elle.

En épousant Patrick, Agathe était loin de se douter qu'il lui ferait vivre autant d'émotions. C'est quand même particulier : voilà maintenant qu'une de ses anciennes copines le sollicite d'outre-tombe, pourrait-on dire. Agathe sait que son mari a connu des filles avant elle, mais elle ignorait tout de l'existence de cette Chantale.

— Voudrais-tu venir avec moi, Agathe ?

— Je n'en vois pas la nécessité, mais si tu y tiens, je t'accompagnerai. Je suis certaine que tu t'en fais pour rien.

Agathe et Patrick sont assis côte à côte dans la petite salle d'attente du bureau du notaire ; elle feuillette une revue pendant qu'il tourne nerveusement les pages du *Journal de Montréal*. Patrick ne saurait expliquer pourquoi, mais il ressent une grande nervosité.

À l'heure prévue, le notaire l'invite à passer dans son bureau.

— Est-ce que ma femme peut venir aussi ?

— Si vous voulez. Suivez-moi.

Dans le bureau du notaire, Patrick, assis sur le bout de sa chaise, attend anxieusement la suite.

— Comme je vous l'ai dit au téléphone, Mme Chantale Laplante Desbiens était revenue à Montréal depuis deux ans. Elle et son mari sont morts dans un accident d'auto en revenant d'Ottawa. Ils laissent leur fils Sébastien dans le deuil.

Le notaire se racle la gorge avant de poursuivre.

— Mme Laplante Desbiens vous a désigné comme tuteur de Sébastien dans son testament.

Patrick est étonné. Comment peut-il avoir été nommé tuteur d'un jeune dont il ignorait même l'existence avant d'entrer dans ce bureau ? Patrick est soudainement envahi par une bouffée de chaleur. Il desserre le nœud de sa cravate.

— Si vous voulez, je vais vous expliquer en quoi consiste le rôle de tuteur, reprend le notaire. Dans les faits, Mme Laplante Desbiens vous demande de prendre son fils en charge et de gérer son héritage jusqu'à sa majorité.

— Mais je ne le connais même pas ! Pourquoi m'a-t-elle demandé ça ? Cet enfant a sûrement de la famille ; un oncle, une tante, une grand-mère, je ne sais pas, moi ! Il ne faut pas avoir toute sa tête pour confier son enfant à un étranger. La dernière fois qu'on s'est vus, Chantale et moi, j'avais encore le visage plein de boutons.

— Votre réaction est tout ce qu'il y a de plus normale, dit le notaire, mais je ne peux vous en dire plus. Toutefois, Mme Laplante Desbiens a laissé une lettre pour vous. La voici.

Agathe voudrait rassurer Patrick, mais elle est aussi assommée que lui. Elle pose la main sur le bras de son mari et exerce une légère pression.

Patrick prend l'enveloppe que lui tend le notaire. Ensuite, il la fixe en silence.

— Veux-tu que je l'ouvre ? demande Agathe d'une voix douce.

— Ça va aller, répond Patrick en s'essuyant le front.

Ses mains tremblent au moment de sortir la feuille de l'enveloppe.

Montréal, le 25 septembre 1981

Mon cher Patrick,

Si un jour tu tiens cette lettre entre tes mains, ce sera parce que mon mari et moi sommes disparus. Ce que tu t'apprêtes à lire te renversera sûrement, mais promets-moi d'aller jusqu'au bout.

J'imagine que tu te souviens que ma famille et moi sommes parties subitement à la fin de la session qu'on venait de passer ensemble. Nous avons déménagé au Saguenay. À ce moment, je ne pouvais pas te dire pourquoi il fallait qu'on disparaisse au plus vite. La vérité, c'est que mon père était criblé de dettes à un tel point que c'était devenu dangereux pour nous.

Plus Patrick lit, plus ses souvenirs avec Chantale remontent en lui. Des larmes coulent sur ses joues sans qu'il s'en rende compte.

Ce n'est qu'une fois installée dans l'appartement au-dessus de chez mes grands-parents maternels que j'ai su que j'étais enceinte de toi. Dans les circonstances, il était hors de question que je communique avec toi de quelque manière

359

que ce soit. J'en ai eu le cœur brisé. Notre fils s'appelle Sébastien. Il a tes yeux et ton caractère aussi. C'est un bon garçon. Mon mari l'a toujours considéré comme son fils, et Sébastien lui rend toute son affection.

Je me suis juré que si, un jour, je ne pouvais plus veiller sur Sébastien, je te demanderais de prendre la relève. Ce jour est arrivé. Je sais que je te demande beaucoup, mais je ne veux pas que notre fils soit ballotté d'une maison à l'autre comme un vulgaire paquet. Sébastien est ce que j'ai de plus précieux, et je te le confie.

Chantale

P.-S. – Notre fils est au courant de ton existence.

Agathe n'a jamais vu Patrick dans un tel état. Elle lui tend un papier-mouchoir. Il le saisit sans même lever la tête. Il a l'impression d'avoir été abandonné en pleine mer sur un petit canot de fortune, sans eau et sans nourriture. Il s'essuie les yeux et remet la lettre à Agathe. La jeune femme est touchée par ce qu'elle lit.

— Sébastien vient de perdre ses parents, on ne peut pas l'abandonner, murmure-t-elle.

— Mais je ne savais même pas qu'il était mon fils…

Le notaire, muet jusque-là, déclare :

— C'est une décision grave. Prenez le temps d'y penser.

— Si c'était mon fils, dit Agathe, je ne voudrais pas que les choses traînent. Moi, je suis prête à l'accueillir à la maison. Et toi, Patrick ?

Patrick regarde sa femme et lui sourit à travers ses larmes. Il ignore totalement dans quoi il s'embarque. Mais si Agathe est d'accord, alors il est partant.

— Quand est-ce qu'on pourrait le rencontrer ? demande-t-il.

— Immédiatement, si vous voulez, répond le notaire. Sébastien est dans la salle de conférences.

* * *

Même si Patrick avait précisé à sa secrétaire qu'il serait au bureau à onze heures au plus tard, il décide de rentrer à Belœil avec Agathe.

— C'est totalement fou, ce qui nous arrive ! s'exclame Agathe. Il est beau, ton fils.

— Je te trouve bien bonne d'être capable de l'appeler ainsi, maugrée Patrick. Moi, ça risque de me prendre un peu de temps avant de pouvoir le faire. J'ai l'impression de rêver.

Agathe lui pince le bras.

— Ayoye ! se plaint-il.

— Je te confirme que tu ne rêves pas ! Il y a quelques minutes, on a en quelque sorte adopté un garçon en pleine adolescence. Et c'est ton fils. Je comprends que ça fait beaucoup de choses à assimiler, mais on dispose seulement de quelques jours pour organiser sa venue chez nous. Alors il va falloir qu'on agisse vite si on veut que tout soit prêt quand on ira le chercher.

Patrick fixe sa femme. Il se demande comment Agathe a pu retomber sur ses pieds aussi rapidement après le coup qu'ils viennent de recevoir. Lui, il n'a qu'une seule envie : s'apitoyer sur son sort. Le voilà maintenant avec un adolescent sur les bras, et qui vient de perdre les deux personnes qui comptaient le plus pour lui.

— Comment parviens-tu à accepter les choses aussi facilement ? demande Patrick.

— Ce n'est pas toujours le cas. Cette fois, c'est différent. Ni toi ni moi n'avons voulu ce qui arrive. C'est le hasard de la vie qui nous l'a imposé. Je ne peux pas t'en vouloir ; après tout, jusqu'à aujourd'hui tu ignorais l'existence de Sébastien. Et en plus il a été conçu avant qu'on soit ensemble. Mais le plus important, c'est que ce jeune n'a pas à payer pour tout ça. Il vient de perdre ses parents, c'est bien suffisant. Je n'ai aucun doute que son arrivée dans notre famille va chambouler notre vie, et pas seulement en ce qui concerne le réaménagement de la maison. On ignore comment nos enfants réagiront. Et nous deux, comment traverserons-nous cette épreuve ? Je ne te cacherai pas que j'ai l'impression d'avoir mis les pieds sur un terrain miné. Mais advienne que pourra. Il ne nous reste plus qu'à nous serrer les coudes et à espérer que tout ira pour le mieux.

— Je ne sais pas ce que je ferais sans toi, dit Patrick.

— Tu ferais ton possible, réplique Agathe, seulement ton possible. C'est d'ailleurs ce que nous faisons tous.

Au moment d'arriver dans la cour, Agathe voit une auto stationnée dans l'entrée de l'ancienne propriété d'Hélène. Les deux amies se sont parlé deux fois depuis que cette dernière et Pierre-Marc habitent en Floride. Hélène est enchantée par sa nouvelle vie. Elle adore sa maison, et Paul est une vraie soie avec elle et son fils. Elle voulait se mettre tout de suite à la recherche d'un emploi, mais son amoureux l'a convaincue de prendre le temps de s'installer. Pendant que Paul est au travail et Pierre-Marc à l'école, elle se prélasse sur le bord de la piscine. Hélène veut bien se reposer quelques semaines, mais il est hors de question qu'elle traîne à la maison trop longtemps.

Agathe sort de l'auto. Elle vient d'avoir une idée.

— Donne-moi quelques minutes, Patrick, déclare-t-elle. Je vais saluer notre nouvelle voisine.

— Et moi, je vais appeler ma secrétaire.

Agathe n'a pas encore eu le temps d'aller se présenter. La voilà maintenant devant la porte. Elle sonne. La femme qui vient lui ouvrir n'a rien de banal. Elle est grande et mince. Ses longs cheveux bruns ondulent sur ses épaules au rythme de ses mouvements. Dans son genre, elle est aussi belle que Suzie et France.

— Bonjour, dit-elle en souriant à Agathe. Vous êtes ma voisine de droite, n'est-ce pas ? Je vous ai vue étendre du linge sur la corde avant-hier.

— Vous ne vous trompez pas. Je m'appelle Agathe Gauthier.

— Et moi, Mylène Rajotte. Voulez-vous entrer ?

— Je ne voudrais pas vous déranger.

— Au contraire, ça va m'obliger à me reposer un peu. Suivez-moi. Je vais nous préparer du café.

Dans la maison, plus rien n'est pareil, à part la couleur des murs. On peut connaître la personnalité des gens selon le décor dans lequel ils vivent. Mylène est beaucoup moins conservatrice que ne l'est Hélène. Ici, les couleurs rayonnent. C'est dynamique.

— Mais j'y pense, peut-être que vous n'aimez pas le café ! lance Mylène.

— Je ne l'aime pas… je l'adore ! lance Agathe d'un ton joyeux.

— C'est pareil pour moi !

Dans les minutes qui suivent, les deux femmes commencent à se tutoyer sans même s'en rendre compte. Elles parlent de leur vie comme le feraient deux vieilles amies.

— Je vis seule avec mon fils de sept ans. Il s'appelle Mario.

Agathe résiste à grand-peine à la tentation de poser des questions sur le père de l'enfant.

— Je vais te faire une confidence, ajoute Mylène. Son père n'est pas tellement présent dans sa vie. J'étais bien jeune quand je l'ai eu et, sans l'aide de mes parents, je n'y serais jamais arrivée. J'ai fini mon cégep et je suis allée à l'université. Je travaille à l'hôpital Pierre-Boucher ; je suis psychologue. J'ai pris une semaine de vacances pour m'installer.

— Wow ! s'exclame Agathe. Eh bien, moi, j'ai fini mon cégep un vendredi et je me suis mariée le lendemain. Je viens tout juste de commencer à travailler à l'extérieur. Je donne des cours de confection de lampes en papier de riz au centre communautaire, je fabrique des murales pour les femmes de Westmount et des bijoux en vitrail.

— Tu fais réellement tout ça ? s'étonne Mylène. Moi, j'ai les mains pleines de pouces, comme ma mère se fait un plaisir de me le répéter. Il faudra que tu me montres tes créations. Je manque d'inspiration pour décorer les murs de ma nouvelle maison.

Le premier contact, qui devait durer le temps d'un café, se prolonge jusqu'à ce que la verseuse soit vide.

— Tu m'as consacré suffisamment de temps pour aujourd'hui, dit Agathe. Si je ne veux pas que mon mari vienne me chercher, il vaut mieux que j'y aille. Disons que la journée a été difficile pour nous deux…

Elle raconte à sa nouvelle voisine les derniers événements.

— La vie est remplie de surprises, dit simplement Mylène. Si tu as besoin de quoi que ce soit, n'hésite pas à venir me voir.

Alors que Mylène ouvre la porte, un avion survole à basse altitude, ce qui fait sursauter Agathe.

— Heureusement que ça n'arrive pas trop souvent, s'écrie-t-elle, sinon je déménagerais!

— Le père de mon fils pilote de petits avions comme celui-là.

— C'était peut-être lui, alors?

— Ce n'est pas impossible. Mais tu le connais sûrement. Il tient le plus gros magasin d'antiquités de Longueuil avec son frère jumeau. Il s'appelle François Pelletier. Sa mère est chanteuse d'opéra.

— Sylvie Pelletier? Tu la connais? Je ne suis pas une fanatique d'opéra, mais je sais de qui il s'agit.

— Oui, c'est ma belle-mère. Tu auras certainement l'occasion de la croiser. Quand elle est en ville, elle vient toujours voir son petit-fils. Mario l'adore!

De retour à la maison, Agathe en a long à raconter à Patrick.

Chapitre 33

Pour la cinquième fois ce matin, Anna descend la fermeture éclair de la housse qui protège sa robe de mariée. Elle regarde sa robe avec des yeux pétillants comme s'il s'agissait de la huitième merveille du monde. Lorsqu'elle est arrivée avec ses achats hier soir, elle a avisé Jack qu'il ne devait pas aller fouiller dans la garde-robe de Myriam. C'est là qu'elle les a rangés. En voyant cette robe, Anna avait été conquise. Elle lui va comme un gant. La vendeuse et Agathe avaient eu beau insister pour qu'elle en essaie d'autres, Anna avait refusé catégoriquement.

— C'est elle que je veux !

La vendeuse avait raconté que c'était la première fois qu'une de ses clientes n'essayait qu'une seule robe.

— La plupart des femmes passent des heures à en revêtir, avait-elle ajouté, quand ce n'est pas une journée au complet. Je voudrais bien avoir plus de clientes comme vous. La vie serait beaucoup plus facile !

Et la cerise sur le gâteau, c'est qu'il n'y avait aucune modification à apporter au vêtement. Même la longueur était parfaite.

Tout s'était passé si vite qu'en sortant du magasin Agathe s'était plainte qu'elle n'avait même pas eu le temps de regarder les autres robes.

— Je vais d'abord déposer mon paquet dans le coffre de mon auto, avait dit Anna. Ensuite, on ira se faire plaisir. Seulement, c'est toi qui enfileras les robes.

— Tu n'y penses pas ! s'était exclamée Agathe. Je ne suis plus d'âge à me marier.

— Arrête un peu ! Tu n'es pas vieille. Viens, on va bien rire !

Et elles avaient joué le jeu pendant plus de deux heures. Lorsqu'elles étaient retournées à l'auto, Agathe avait demandé à Anna si elle regrettait son choix.

— Pas le moins du monde ! Je te l'ai dit : cette robe m'était destinée. J'ai tellement hâte de la porter à mon mariage !

Anna nage en plein bonheur. Les dernières semaines ont été un peu plus difficiles avec la réapparition soudaine de Rémi à deux reprises. Mais depuis qu'il est sorti de l'hôpital, les choses sont rentrées dans l'ordre. Et Anna a décidé qu'elle ne passerait pas sa vie à avoir peur que quelque chose arrive à sa fille. Elle est toutefois prudente, sans tomber dans l'excès.

Le contrat d'achat du chalet a été signé au début de la semaine. Demain matin, les nouveaux et heureux propriétaires prendront la route de Saint-Georges-de-Beauce à la queue leu leu. Le temps de la pêche est fini, mais ils se promettent de fêter dignement leur nouvelle acquisition. Céline a confirmé qu'elle les accompagnerait.

Anna voit arriver avec joie son retour prochain au travail. Elle apprécie chaque minute qu'elle passe avec sa fille à la maison, mais la satisfaction que son emploi lui procure commence à lui manquer sérieusement. Sa belle-mère lui a offert de garder Myriam jusqu'à ce que la petite ait un an, mais elle a refusé. Elle a trouvé à sa fille une place dans une garderie à quelques rues de chez elle. Le grand avantage d'une garderie, c'est que l'établissement est toujours accessible même si une des éducatrices est terrassée par la grippe. Anna ne se voyait pas manquer le travail parce que sa gardienne est sur le carreau. Elle préfère réserver sa belle-mère pour les jours où sa fille sera trop malade pour aller à la garderie.

* * *

Pendant qu'Anna rêvasse devant sa robe de mariée, Suzie est dans tous ses états. Cet après-midi, elle signera le contrat d'achat de l'agence. Elle a peine à croire que dans quelques heures elle sera LA propriétaire du commerce. Depuis qu'elle a signé la promesse d'achat, elle se retient d'en parler à quiconque. Tant et aussi longtemps qu'un contrat n'est pas signé, tout peut arriver. Le bruit a couru à l'interne qu'elle avait un œil sur l'agence, mais chaque fois que cela est venu à ses oreilles elle a démenti la rumeur. Elle ignore totalement comment les employés réagiront quand ils apprendront la nouvelle. Elle passera quand même du statut de collègue à celui de patronne, ce qui est un changement majeur. Selon elle, seule Béatrice risque de mal le prendre. C'est le genre de personnes qui se pense au-dessus de tout le monde. Enfin, on verra en temps et lieu.

Son père l'a beaucoup aidée dans sa réflexion. Il a vérifié consciencieusement plusieurs éléments pour elle. Quand Suzie l'avait appelé pour lui annoncer qu'elle plongeait la tête la première dans cette nouvelle aventure, il l'avait félicitée. Il était sûr qu'elle réussirait haut la main.

— Si j'habitais plus près, avait-il ajouté, je te donnerais un coup de main.

Cela n'était pas tombé dans l'oreille d'un sourd. Suzie attend que tout soit signé et, ensuite, elle communiquera avec son père. Elle serait très heureuse de l'avoir auprès d'elle. Il y a quelques marches à monter avant d'entrer dans le bâtiment, mais une fois à l'intérieur l'essentiel se trouve sur le même plancher.

Francis a essayé de prendre congé, mais cela a été impossible. Étant donné qu'il travaille actuellement de soir, il leur faudra attendre d'être au chalet pour fêter. Dieu qu'ils auront des choses à célébrer demain soir!

* * *

Agathe travaille d'arrache-pied depuis qu'elle est debout. Elle veut que tout soit prêt pour demain. Ce sera une journée de première. Sébastien aura complété sa première semaine à la maison. La famille passera une première fin de semaine à son chalet. Ce sera aussi la première sortie des Gauthier en tant que «famille élargie». Les enfants ont bien pris la nouvelle; même Isabelle a l'air contente d'avoir un grand frère. Quand Sébastien est arrivé, ils sont venus se présenter à lui à tour de rôle, puis ils l'ont entraîné dans sa nouvelle chambre. Tous les trois essayaient de retenir son attention. Ils avaient manifestement l'intention de profiter au maximum du fait d'avoir un grand frère. Sébastien est encore réservé, mais il sourit quand les gamins font des pitreries devant lui pour l'impressionner. Quant à Patrick, il se comporte plutôt bien avec son fils. Et il apprivoise doucement le fait d'avoir conçu un enfant alors qu'il avait à peine dix-sept ans, et que cet enfant fait maintenant partie de la famille. Quand il avait annoncé à sa mère qu'elle avait un autre petit-fils, elle s'était mise à pleurer de joie. Puis Patricia lui avait dit à quel point elle était fière de lui.

La réaction de Sébastien en les voyant chez le notaire avait prouvé à Agathe et Patrick qu'ils avaient raison de le prendre en charge. Visiblement, Sébastien était très affecté par la mort de ses parents, mais il semblait reconnaissant qu'ils acceptent de l'accueillir chez eux alors qu'en réalité il était un pur étranger. Quand Patrick avait voulu lui montrer la lettre écrite par sa mère, le garçon lui avait dit qu'il était au courant. Évidemment, son arrivée chez les Gauthier exige encore quelques ajustements, mais le jeu en vaut la chandelle.

Ce matin, Agathe avait un cours. Chaque fois, elle est étonnée de voir à quelle vitesse certains individus assimilent la matière, tandis que d'autres éprouvent de grandes difficultés d'apprentissage. Mais c'est avec ces derniers qu'elle doit se surpasser. Elle doit faire preuve d'originalité pour les amener à comprendre. Et avec eux, il faut découvrir des façons plus simples de faire les choses.

Aussitôt que le contrat d'achat du chalet a été signé, Agathe et Patrick ont mis une pancarte *À VENDRE* sur leur roulotte, qu'ils ont placée dans leur entrée. Ce n'est pas le meilleur temps de l'année pour vendre un tel article, mais ça ne coûte rien d'essayer. Si cela ne fonctionne pas, ils se reprendront au printemps.

* * *

Les voilà maintenant devant leur chalet. Les parents et les enfants affichent un air béat. Mais heureusement que les enfants sont là. Sinon qui sait combien de temps les adultes auraient admiré leur nouvelle acquisition sans sortir de leur auto!

— Est-ce que Sébastien et moi pouvons aller marcher dans le bois? demande Dominique.

— Moi, je veux aller jouer dans l'eau avec Tommy et Édith, lance Steve.

Ces deux interventions tirent Agathe et Patrick de leur contemplation.

— Tout d'abord, on va sortir les bagages de l'auto, répond Agathe. Après, on répondra à vos questions. Allez, tout le monde dehors maintenant! Et que je ne vois personne entrer dans le chalet les mains vides!

Agathe et Patrick réalisent d'un coup tout ce qu'implique le fait d'avoir un chalet. Ici, il n'y a pas de circulation automobile mais, en revanche, il y a la forêt et le lac. Cela nécessitera une surveillance accrue.

Quand Céline découvre l'endroit, elle s'exclame :

— J'adore la place ! Quand est-ce qu'on va marcher en forêt ?

Aussitôt que tous les bagages sont entrés dans le chalet, les enfants reviennent vite à la charge. Comme l'heure du dîner approche à grands pas, les femmes filent à la cuisine. Francis et ceux qui veulent se promener prennent la direction de la forêt. Pour leur part, Patrick et Jack surveillent ceux qui veulent se baigner.

— J'ai encore du mal à croire que tout ça, c'est à nous ! s'exclame Patrick après avoir pris une gorgée de bière. Je n'en reviens tout simplement pas. Nous avons un chalet !

— C'est incroyable ! s'écrie Jack. Réalises-tu qu'on pourra venir ici chaque fois qu'on en aura envie ? Je me vois en train d'abattre mon premier chevreuil.

— Pas moi ! répond Patrick. Je préfère la pêche. La chasse, ce n'est pas pour moi. Pour tout avouer, je ne me vois pas marcher dans l'eau et dans la boue pour traquer une bête. Je déteste me salir. Ou pire encore, rester terré dans une cache pendant des heures. Je vais passer un marché avec toi : je te fournis en poisson et toi, tu me fournis en chevreuil. Qu'en dis-tu ?

— Tu arranges vite les affaires, toi ! C'est pas mal moins dur de prendre un poisson que de tuer un chevreuil.

— Oui, mais au moins tu es certain de manger !

Aussitôt qu'elles ont fini de ranger tous les effets, Suzie, Agathe et Anna entreprennent de préparer le dîner. Céline a filé à l'anglaise avec Francis et quelques enfants. Suzie a fait des lasagnes. Debout devant la cuisinière, les femmes essaient de se souvenir comment fonctionne le four. Chacune y va de sa suggestion, mais sans succès. En désespoir de cause, Anna va chercher Jack et lui expose le problème. Il examine la situation et tente quelques manœuvres. Rapidement, le four commence à chauffer.

— Pourtant, on a fait les mêmes choses que toi, se plaint Anna, et ça ne marchait pas. J'aimerais bien que quelqu'un m'explique. Pourquoi les hommes sont-ils plus habiles que nous pour ces affaires-là ?

— Parce que c'est comme ça, répond simplement Jack. À l'inverse, les femmes sont nettement meilleures que nous dans un tas d'autres domaines. Si vous n'avez plus besoin de moi, je vais retourner dehors.

— C'est chaque fois la même histoire, râle Anna. Je m'acharne sur quelque chose sans arriver au moindre résultat. Quand je me décide enfin à demander à Jack de m'aider, il règle mon problème en claquant des doigts.

— Tu te tracasses pour rien, dit Agathe. Pour moi, c'est un des nombreux mystères de la vie. Il y a longtemps que j'ai renoncé à tout comprendre.

— Est-ce qu'on fait une salade ? demande Suzie.

— Oui, si on ne met pas de crudités sur la table, répond Agathe.

— Je suggère qu'on garde la salade pour ce soir, propose Anna. Les enfants seront pressés de retourner dehors, et moi aussi. Je n'ai pas l'intention de rester tout l'après-midi dans le chalet.

* * *

La journée a passé trop vite pour tout le monde. Les plus jeunes étaient si fatigués que c'est à peine s'ils ont mangé avant d'aller dormir. Seuls Isabelle et Sébastien sont encore debout. Ils jouent au Monopoly dans le solarium pendant que les adultes discutent tranquillement en mangeant le dessert.

— Je ne savais pas qu'on pouvait être si bien, commente Anna. Tout ce qu'on entend, ce sont les grenouilles qui coassent. C'est si agréable !

— Moi aussi, j'aime ça, déclare Patrick. Mais un bon soir, il faudrait qu'on aille à la chasse aux grenouilles. Il paraît que des cuisses de grenouilles à l'ail, c'est délicieux, surtout quand elles sont fraîches.

— Ne compte pas sur moi pour t'accompagner, le prévient Jack, ni pour les manger. Tout ce que j'aime de cette bête, c'est son cri. Pour le reste, elle ne m'inspire que du dédain.

— Quand j'étais jeune, dit Suzie, je chassais les grenouilles avec mon père et mes frères. On se dépêchait de les arranger en arrivant et on les faisait cuire. On se régalait. C'était à qui en mangerait le plus. Figurez-vous que, la plupart du temps, c'était moi qui gagnais. J'aimais vraiment ça. Je pourrais aller les attraper avec toi, Patrick, et ensuite je les préparerais.

— Vous irez sans moi, indique Agathe.

— Vous allez m'excuser, lance Francis, mais je commence à être inquiet. Mon grand-père m'avait dit qu'il viendrait manger le dessert avec nous et il n'est toujours pas là. Je vais voir ce qu'il en est.

— Je t'accompagne, dit Patrick.

— Moi aussi ! décide Jack.

Les femmes leur jettent un regard noir. Elles savent bien qu'ils s'attarderont là-bas. Roger leur offrira certainement un verre, et peut-être un deuxième, avant qu'ils finissent par revenir avec lui.

— Si vous n'êtes pas là dans une heure, on boira à nous quatre tout le champagne qu'on a apporté, les prévient Agathe.

— Et on vous attendra pour faire la vaisselle, intervient Céline sur un ton ironique.

Les trois hommes discutent allègrement en parcourant la courte distance qui sépare leur chalet de celui de Roger. Lorsqu'ils arrivent à proximité, ils sont surpris de ne pas voir de lumière à l'intérieur alors qu'il est près de neuf heures.

— Il lui est sûrement arrivé quelque chose, crie Francis en se mettant à courir. Suivez-moi !

Francis court si vite que ni Patrick ni Jack ne parviennent à le rattraper. Une fois devant le chalet, le jeune homme reprend son souffle quelques secondes, puis il entre. Il découvre son grand-père étendu sur le plancher de la cuisine.

— Je l'ai trouvé ! hurle-t-il. Allez vite chercher du secours !

— Mais on va se perdre ! proteste Patrick.

Jack s'agenouille à côté de Roger. Il prend le pouls du vieil homme. Puis il déclare :

— Il n'y a plus rien à faire. Roger est mort depuis quelques heures déjà.

MARQUIS

Québec, Canada